光文社文庫

長編時代小説

鬼を待つ

あさのあつこ

光　文　社

目次

『鬼を待つ』 おもな登場人物

木暮信次郎 北町奉行所定町廻り同心。

清之介 森下町にある小間物問屋「遠野屋」のあるじ。

伊佐治 木暮信次郎から手札をもらっている岡っ引。尾上町の親分と呼ばれる。小料理屋「梅屋」のあるじの傍ら、十年以上、信次郎の小者として働いてきた。

おふじ 伊佐治の女房。店に不在がちな伊佐治に代わり、小料理屋「梅屋」を切り盛りしてきた。

太助 伊佐治の息子。もっぱら岡っ引として飛び回る伊佐治にかわって、小料理屋「梅屋」の料理人となる。

おけい 伊佐治の息子太助の嫁。小料理屋「梅屋」を手伝う。

信三 遠野屋の一番番頭。

おしの 遠野屋の大女将。

おみつ 遠野屋の女中頭。

鬼を待つ

ああ、そうか。

こんな力が我が身の内にはあったのか。

知らないまま、今日まで生きてしまった。口惜しい。

でも、明日からは変わる。もう、今までとは違うのだ。

あの人がそう言ってくれた。耳元で囁《ささや》いてくれた。

不意に呼びかけられたときは驚いたけれど、あんな所であの人に出会えたのも神の力だ。

足にも手にも熱がこもる。身体が伸びて行くようだ。

あの一言、あの囁き。

何でもやれる。望むことは何でも。誰も邪魔などできない。

誰にも邪魔などさせない。

第一章　細　萩

大川《おおかわ》に鴨が帰ってきた。
十二、三羽ほどの一群れと、やや離れて五、六羽の群れが流れに揺蕩《たゆた》い浮かんでいたと、やや急《せ》いた口調で太助《たすけ》は告げた。河岸で沙魚《はぜ》を仕入れての道すがら、見たと言う。
「まあ、鴨が。もう冬なんだねえ」

太助の女房、おけいは素直に応じたが、母親のおふじは軽く鼻を鳴らして、

「そういうことかい。どうりでいつもより帰りが遅いと思ったよ。おまえ、欄干《らんかん》にでももたれて、しばらく鴨なんぞ眺めてたんだろ」

と、言い放った。図星だったらしく、太助が首を竦《すく》める。おふじが続ける。

「あっちの群れとこっちの群れは関わりがあるのかないのか、なんて考えながらね。さもなきゃ、梅《うめ》屋でもそろそろ鴨飯を出してみるかと思案してた。だろ？」

「うへっ、勘弁だぜ。どうしてそう何もかもお見通しなんだよ」

「恐れ入ったかい」

「恐れ入りました。恐れ入ったから、もう黙っててくれよ、おっかさん」

太助が顔を顰《しか》め、その顔がおかしいとおけいが笑う。

伊佐治《いさじ》は太助の仕入れてきた沙魚に串を刺しながら、女房と息子のやりとりを聞くともなく聞いていた。おけいの若い笑い声は聞く気がなくともぽんぽんと弾んで、勝手に耳に転がり込んでくる。

本所尾上町《ほんじょおのえちょう》の小料理屋『梅屋』の板場は、早朝から穏やかで明るい。格子《こうし》の間から差し込む光を湯気が白く彩っている。湯気は竈《かまど》の上の鍋から上がっていた。里芋を茹《ゆ》でている。竹串が通るほど軟らかく茹でれば、皮はつるりと剝《む》けた。醬油と酒で薄く味付けした芋に、合わせ味噌《みそ》だれをかけて、出す。この季節、梅屋の馴染《なじ》みの一品だった。里芋のかわりに大根を使うときもあるし、豆腐のときもある。どれにしろ、熱々の具の上にかけるのは二色の味噌に出汁《だし》と酒と味醂を加え練ったたれだ。伊佐治がおふじと所帯を持ったさい、おふじの父親から作り方と味を引き継いだ。伊佐治は先代のやり方を律儀に守り、そのまま太助に伝えたけれど、太助は味噌や味醂の塩梅《あんばい》を自分なりに工夫し、こってりと甘味のかったたれを新しく作り上げた。酒の肴《さかな》にも子どものおかずにもなると、評判は上々だ。沙魚の方は串に刺して軽く炙《あぶ》り、酢醬油を塗ったり、番茶で臭みを消した後、甘露煮にしたりする。太助の代になって新たに品書きに加えた。

伊佐治の代まで梅屋は小料理屋というより、盛りきり御台《おだい》に香《こう》の物と汁物、ちょっとした菜《さい》を添えて供するだけの一膳《いちぜん》飯屋に過ぎなかった。酒も飲ませはしたが、これといった肴は出さない。品書きなど端《はな》からなかったし、入用《いりよう》とも考えなかった。今でも朝と昼は一汁一菜の膳しか拵《こしら》えないが、夜は季節おりおりの料理を数種、用意する。客は壁の品書きを眺め、注文を決めた。

梅屋の飯が何よりの楽しみだと語る隠居がいた。弟子にしてくれと太助に縋《すが》った若者がいた。「この値で、この飯が食えるとは。江戸っちゅうとこはえらいとこだわ」と国《くに》訛《なま》りで驚嘆した武士がいた。

太助に代替えしたことで、梅屋は確かに変わったのだ。生まれ変わった。

「甲斐性のある倅《せがれ》でよかったじゃないか。おまえさんもこれで心置きなく岡っ引の仕事に精が出せるってもんさね」

太助は浅草《あさくさ》の老舗料理茶屋で修業し、数年間、板場を任されていた。そのときに貯めた給金におふじの隠し金を足して、梅屋を上がり床のある小料理屋に造りかえた。真新しい木の香りが漂う店内で、おふじは亭主を見やってそう言ったのだ。稼業を顧《かえり》みず、江戸市中を走り回る亭主への皮肉ではなく、ただただ息子が誇らしかったのだろう。頬が上気して、口元が綻《ほころ》んでいた。その横顔が妙に艶《つや》めいて、美しく、束の間見とれてしまった。清々《すがすが》しい木の香りと古女房の色香が混ざり合う。どうしてだか、腋《わき》と額に汗が滲《にじ》んできた。

おや、おれはまだ、こいつに惚れてるのかよ。

汗を拭きながら、笑いたいような、ため息を吐《つ》きたいような何とも収まりの悪い心持ちになったことを覚えている。

ともかく、梅屋は繁盛していた。馴染みの客に乞われて、今年の春から朝飯も作るようになった。馴染み客のためだけの数を限った膳だが、毎日、用意した分はきれいになくなる。朝飯が終われば、昼の用意をすぐに始めなければならない。忙しい。みんな、目いっぱい働いている。このごろ、できればもう一人、下働きの女を雇いたいと、そんな話まで出てくるようになった。とくにおふじが度々、口にする。

馬鹿野郎。何を惚《とぼ》けてやがる。うちみてえな小体《こてい》の店が他人《ひと》なんぞ雇えるか。身内で回してるから、何とかもってるんじゃねえか。しゃんしゃん目を覚ましな。

と、伊佐治としては啖呵《たんか》の一つもきりたいところだが、唇を結んで黙っていた。ようは、伊佐治本人が当てにならないのだ。伊佐治が料理の下拵えなり、客あしらいなりを引き受ければ、太助もおふじもおけいも少しは楽になる。雇人など不用なはずだ。はずだが……。

伊佐治は当てにならない。

いつ飛び出していくかわからないし、飛び出したが最後、いつ帰ってくるか見通せない。

二月《ふたつき》ほど前になる。まだ夏の名残《なごり》が感じられるころだ。

伊佐治は今のように料理人の顔をして板場にいた。鯉《こい》を三枚におろしていたのだ。その最中に手下の源蔵《げんぞう》が呼びに来た。石原町《いしわらちょう》の飲み屋で男二人が取っ組み合いの喧嘩になり、一人が相手の頭を丸太で殴った。殴られた方は額から血を噴き出し倒れたまま動かなくなり、殴った男は遁走《とんそう》したというのだ。頭を落としたばかりの鯉と出刃包丁を放り出して、伊佐治は梅屋を飛び出した。遁走した男を一刻も早く取り押さえねばならない。自棄《やけ》になって往来で暴れでもしたら厄介だし、思案を乱して大川に飛び込む懼《おそ》れも十分にある。

殴られた男は額がぱっくりと開きはしたが、命に別状はなかった。しかし、逃げた男は無事ではすまなかった。

伊佐治の懼れていた通り、翌朝、死体で見つかったのだ。川ではなく寺の境内で。まだ緑葉の香りを放つ銀杏《いちょう》の枝で揺れていたという。

菊八《きくはち》という名の版木彫《はんぎぼり》の職人だった。母親を三月《みつき》前に亡くしてから、酒の量が増えていた。淋しさからではない。戒め役の母親がいなくなり、それまで辛うじてはまっていた箍《たが》が外れた。このごろは毎晩のように泥酔していたと、飲み屋の親仁《おやじ》も裏店《うらだな》の隣人も版木屋の親方も職人仲間も口を揃えた。みな一様に合点《がてん》がいった風に頷《うなず》き、横を向いた。

「いつか、こんな日がくるような気がしてたんですよ。覚悟してました」

はっきり言い切ったのは菊八の女房、おはまだ。色白の小柄な女は乾いた目と声で、伊佐治ではなく琉球《りゅうきゅう》畳の隅を見ながら告げた。

「ええ、あたしにはわかってたんです。菊八が酔って帰るたびに、この人はもう駄目だなって。だってね、親分さん、おっかさんの葬儀の夜から飲みに出ちまったんですよ。みなさんからいただいた香典を飲み代《しろ》に使っちまったんです。『これで、誰憚《はばか》ることなく飲める』なんて、おっかさんの位牌の前で笑ったりして……。あの人、酒を飲んでたんじゃなくて、飲まれてたんですね。だから、あたし……わかってたんですよ。菊八はいつか、いつか、自分で身を亡《ほろ》ぼすんだとわかってました。今度のことも驚きません。相手の方が怪我だけで済んだことにほっとしてます。あの夜、菊八は一旦、ここに帰ってきたんですよ。着物の前が血で汚れてました。手のひらも……。人を殺したって言いました。『おはま、おれは人を殺《や》っちまった。もうお終《しめ》えだ』って。それだけ言って、また、飛び出していったんです。あれが、あたしの聞いた亭主の最後の言葉でした。ええ、親分さん。あたし、ほっとしてます。あの人が人殺しにならなくてよかったって。人を殺したと悔いて、死んで詫びをするだけの気持ちが残っててよかったたと……」

そこで、おはまは初めて涙を浮かべた。膝には二歳ほどの男の子が座っている。眠いのか、とろんとした目で母親の泣き顔を見ていた。

菊八は酒飲みではあったが、腕はよく、そこそこの稼ぎはあったようだ。ぎりぎりかもしれないが、女房子どもを飢えさせない程度の金は渡していたらしい。働き手を失って、この先、母子はどうして生きていくのか。

こういうとき、伊佐治はやりきれない思いに心身が重くなる。走り回るのもいい。寝食を忘れてあちこち探るのもいい。そういう日々が性《しょう》に合っている。大きな声では言えないが、板場で魚や青菜を相手にしているより余程《よほど》、しっくりくるのだ。もっとも、おふじにかかれば、「そんなこと、とっくの昔に承知してるさ。今更、隠すほどのものじゃないね」と鼻先で嗤《わら》われてしまうだろう。女房に呆れられ、出来のいい倅や屈託のない嫁に頼り切って、伊佐治は岡っ引を続けてきた。どうして、続けてきたのか。二つ、三つ、大きなわけがある。そのうちの一つが矜持《きょうじ》だ。ささやかなものであっても誰かの役に立てる、誰かの憂いを、苦悶《くもん》を僅《わず》かでも除《の》けられる、命を救える。

それがおれの仕事だ。

思えた一瞬、胸の奥から湧き上がる矜持に伊佐治はずっと支えられてきた。菊八の一件はその支えを揺らし、気持ちを萎《しぼ》ませた。疲れが全身にのしかかる。

足を引きずるようにして帰ってきた亭主に、おふじは湯屋に行って来いと、ほとんど命じるように告げる。わざとらしく、顔を顰《しか》めてみせる。

「どうせ、一晩中、汗みずくで走り回ってたんだろ。まあ、ほんとに今にも倒れそうな顔してるじゃないか。こんなしょぼくれた男なんてごめんだね。丸めて大川にでも捨てちまおうかねえ。ささっ、ぐずぐずしないで湯にでも浸かって、しゃんとしてきな」

鉄火《てっか》な物言いの裏に、長年連れ添った女の優しさと労《いたわ》りが潜んでいる。十分に察していたから、素直に従う。確かに一風呂浴びれば、多少なりとも気持ちが上向いてくる。疲れの皮が一枚めくれて、流れる湯とともに消えていく気はするのだ。ただ、伊佐治のやりきれなさを拭ってくれたのは、おふじでも風呂の湯でもなかった。

菊八に額を割られた男だ。慶五郎《けいごろう》という四十半ばの大工の棟梁《とうりょう》だった。慶五郎は、菊八の倅が一人前になるまで面倒をみると申し出てきたのだ。伊佐治からその旨《むね》をおまに伝えてくれないかと手をつき、まだ晒《さらし》を巻いている頭を下げた。

「実は、あの夜……、先に突っかかっていったのは、あっしのほうなんでさ」

慶五郎は、さも言いづらそうに口元を歪めた。

「あっしと菊八さんは、まったく知らぬ仲じゃありやせん。ときたま、飲み屋で顔を合わせてやした。二度ばかり、一緒に飲んだこともありやす」

伊佐治は軽く頷いた。そのあたりは調べ済みだ。事のあった飲み屋は菊八の行きつけの店で、慶五郎もちょくちょく覗《のぞ》いていた。二人とも馴染み客というわけだ。顔を合わせていても、おかしくはない。

「頭《かしら》は確か一月《ひとつき》ほど前にも、菊八と飲んでたんでやすね」

「へえ。そのときは菊八さんから声をかけてきやした。それで、並んで飲んでたんでやすが……。酒が進むにつれて、菊八さんが妙にからんできたんで。それまでも、きれいな酒とはお世辞にも言えやせんでしたが、そのときは殊《こと》の外《ほか》ひどくてねえ。口うるさい母親が亡くなって、酒がすっきり飲めるようになったなんてしゃあしゃあと言いやがっ……いや、言うんで、何ともむかむかしちまいましてね。あっしは、母一人子一人で育ったて、親孝行の真似事もできねえ間《ま》におふくろを亡くしちまったんで、母親を悪くいうやつにはむかっ腹《ぱら》が立つんでやす。ですから、そのときは早々に菊八さんの側を離れやしたよ。腹を立てたまま飲んでちゃ、酒は不味《まず》くなる一方でやすからね」

そこで、慶五郎は深いため息を吐いた。その一息で、肩幅のある逞《たくま》しい身体が一回り縮んだように見えた。額の晒をそっと撫でて、慶五郎はまた息を吐き出した。

「そうなんで。あっしも自分の喧嘩っ早い性分は承知してたんで。だから、喧嘩の因《もと》になりそうなやつからは、遠ざかるように気を付けてたんでやすがねえ。この前は、どうして……あんなことになっちまったのか、正直よくわからなくて……ええ、ほんとに」

慶五郎の歯切れが悪くなる。伊佐治は相槌《あいづち》を打ちながら、聞き役に徹した。菊八は自死した。もう咎人《とがにん》はどこにもいない。罪もない。目の前に、取り返しのつかない悔いに苛《さいな》まれている男がいるだけだ。その男の話をじっくり聴くのが、今の己の役目だろう。

「あの夜、あっしは菊八さんに背を向けて飲んでやした。いや、店に入ったときには気が付かなかったんで。後ろに、誰がいるかなんて気にもしやせんでしたからね。そしたら、後ろから聞き覚えのある声が母親の悪口をさかんにしゃべってて。誰の声かってすぐにわかりやしたよ。そのときあっしは……おそらく菊八さんもしこたま飲んでて。それで、あっしは気持ちの抑えが利かなくて……、この野郎、まだ親を悪《あ》しざまに言ってやがると思うとどうにも堪《こら》えきれなくなって……、それで……その……」

気性の激しい大工衆を束ねる男は、そこで目を伏せ、口ごもった。伊佐治はさりげなく、一言を挟む。

「菊八に突っかかっちまったってわけで？」

「へえ、突っかかっちめえやした。腹が立って、腹が立って、許せねえって心持ちになっちまったんで。『野郎、いいかげんにしやがれ。てめえ、それでも人の子か。どこまで性根が曲がってやがる』なんて叫んで、菊八さんの胸倉を摑《つか》んで揉み合ったところまでは覚えておりやす。殺すだのなんだの物騒《ぶっそう》な台詞《せりふ》をお互いぶつけたのも……。けど、後はさっぱりでさ。気が付いたら座敷に寝かされていて、頭がやたら痛くてろくに話もできねえありさまでやした」

「菊八は頭を殺したと思い込んで、己で己にけりをつけやした」

「へえ……。起き上がれるようになって、そのことを聞いて、何とも言えねえ気分になりやした。あっしがあのとき我慢さえすれば、もうちょい自分を抑えていたら、こんなことにゃあならなかった。あっしが災いの種を蒔《ま》いちまったようなもんでやす」

「菊八の女房と倅の面倒をみるってのは、頭の罪滅《ほろ》ぼしのお気持ちなんで」

「へえ。てえしたこたぁできやせんが、菊八さんの倅が一人前になるまでは何とかしようって思っちゃあおりやす。けど、お内儀《かみ》さんからすりゃあ、すんなり受け入れられる話じゃありやせん。あっしも、先年、女房を亡くして寡《やもめ》の身ですし、あれこれいらぬ噂が立つのも困りやす。それで、親分さんに橋渡しをお頼みしてえんで。内々にまとまった金子《きんす》をお内儀さんに渡しちゃあくれやせんか。その金子を受け取るように説き伏せてもしていただきてえんで。お内儀さんが納得さえしてくれたら、後はあっしの方で人を使って金を渡すようにしやす。長くは親分さんに手間ぁとらせやせん。ですから、お願いいたしやす。どうか、おはまさんの暮らしが立つように、あっしに取り計らせてくだせえ」

慶五郎の願いを、伊佐治は二つ返事で引き受けた。その心意気が胸に染みたのだ。

しかし、おはまは手強《てごわ》かった。頑《がん》として、慶五郎の申し出を拒んだ。

「親分さん、そんなお金、受け取れるわけがございません。考えてもみてください。お頭に怪我を負わせたのは菊八ですよ。本来なら、こちらが見舞金を持っていかなきゃならない立場なはずです。それができない上に、この子との口過《くちす》ぎの銭までいただくなんて。駄目です。そんなことできっこありません。あまりに申し訳なさ過ぎます」

拒まれて、はいそうですかと引っ込むわけにはいかない。慶五郎の心意気を背負ってきたのだ。金子云々《うんぬん》ではなく、人の想いの温かさをおはまに手渡したい。

伊佐治は懸命に説き、宥《なだ》め、諭《さと》した。

「おはまさん、人には意地も入用だ。理を通すのも大事だ。けどよ、他人さまの情をきちんと受け取るのも大切なんじゃねえか。あんたがこれを突き返しちまえば、頭はずっと苦しむことになる。一旦、持っちまった罪の気持ちをずっと引きずることになるんだぜ。そりゃあ、かえって、頭に申し訳ないと思わねえかい」

「でも、親分さん、あたしは……」

「あんたじゃねえ、坊のためだ。女手一つで子を育てるのはきつい。あんたが無理をして身体を壊しでもしたら坊はどうなる？　よく、考えてみな。な、坊のために、この金子ありがたく貰《もら》っときな。いや、おはまさんがどうしても嫌なら借りちゃあどうでえ」

「借りる？」

「そうさ。坊が一人前になるまで借りとくのさ。それから、母子《おやこ》で返していきゃあいい。坊によ、頭への恩義をちゃんと教えて、二人して報いていきゃあいいんじゃねえか」

伊佐治は口をつぐんだ。おはまがはらはらと涙を零《こぼ》したからだ。

「親分さん、わかりました。このお金、お借りいたします。本当は……本当は、この子を抱えて明日からどう暮らしたらいいのか思いあぐねていたんです。もう、今日の米もないありさまで……。ほんとに助かります。ほんとにありがたくて……。でも、でも、必ずお返しいたしますから。あたし、この子と二人して、必ずお頭に……」

最後まで言い切れなかった。おはまはその場にわっと泣き伏し、肩を震わせた。伊佐治も目玉の裏が熱くなる。涙を堪えると、鼻の奥が微《かす》かに疼《うず》いた。

「いい話だねえ。心持ちが洗われるよ」

伊佐治から顚末《てんまつ》を聞いたおふじも、目を潤ませた。指先で目頭を拭い、

「お江戸の人情も廃《すた》れたわけじゃないんだ。あんたも報われたじゃないか」

と、微笑む。その通りだ。菊八に自業自得《じごうじとく》の一面が僅かもなかったとは言い切れない。いずれは、さらに酒に溺れ崩れていったかもしれない。その見込みは大いにあったのだ。銀杏の枝にぶら下がった男は禍々《まがまが》しくも哀れではあったが、この件は一抹《いちまつ》の清々《すがすが》しい後味を残してくれた。人の心情を美しく見せてくれた。

報われた。

岡っ引として生きてきた日々が報われた。こういうとき、伊佐治は天から小さな賜《たまわ》り物を授けられた気がする。江戸の町を、人々の間を走り回り、嗅《か》ぎ回り、捜し回る日々は無駄ではない。誰かの生きるよすがになることも、支えになることもある。そう信じられた。

気持ちが晴れる。指の先まで温かな血が巡るようで、心地よい。その心地よさは、しかし、大抵は砕かれる。あるいは冷やされる。木暮信次郎《こぐれしんじろう》によって。伊佐治の温《ぬく》もった心に伊佐治の仕える北町奉行所定町廻《じょうまちまわ》り同心は薄く笑いながら、水をかける。

「親分、夜叉《やしゃ》の下に仏が宿るこたぁ滅多《めった》にないが、仏の面の裏に夜叉が潜んでるなんざ、あちこちにごろごろ転がってる話じゃねえかよ。どうにもならねえほど惨《むご》くて汚えことなら鵜呑みにしたって差支えはあるまいよ。けどな、涙を誘うようないい出来事となると、まんま信じるわけにはいくまいぜ。ふふ、親分ならそれくれえ百も承知だろうに」

「じゃあ、菊八の一件も裏があるとおっしゃるんで」

「あるとは断言できねえ。けどよ、大の男が一人、枝からぶら下がったんだぜ。それがお涙頂戴の人情噺《ばなし》に落ち着くってのが、ちょいといただけない。そう言ってんのさ」

伊佐治は顎《あご》を引く。十年以上、従っている主人の薄笑いを見詰める。もうとっくに馴染んでいいはずの皮肉な笑みも物言いも、いっかな慣れない。見るたびに、聞くたびに背中がぞわぞわする。凍えた足を持つ虫が、無数に這《は》い上ってきたように感じる。気味が悪い。怖くもある。不快も怯《おび》えも呑み込んで、普段の口調で問うてみる。

「どこらへんがいただけねえんで。あっしには疑うとこなんざ、とんと見つけられやせんが」

「へえ、そうかい」

信次郎が目を細める。とろりと粘《ねば》い光が瞬時に宿る。粘いくせに鋭い。粘り気と棘《とげ》がある。纏《まと》わりつきながら刺す。撫でながら抉《えぐ》る。

こういう眼差しを持つ者を、この男の他に伊佐治は知らない。

おそらく世間に二人とはおるまいと、思う。極悪人も下手人も、女子どもを平気で殴りつける男も、恋に乱れて男の一物に簪《かんざし》を突き立てた女も見てきた。荒《すさ》んだ、冷酷な、猛々《たけだけ》しい、悪意に満ちた、尋常ではない眼つきに塗《まみ》れてきた。慣れてきた。それでも、信次郎の眼差しには息が詰まる。どうしても、目を逸《そ》らしてしまう。

「おれには親分が納得してるようにゃ、見えねえけどなぁ」

自身番の、外よりはよほど薄暗い三畳板場に座り、信次郎は唇の端を持ち上げた。

「どっかに何かが引っ掛かってんじゃねえのか、喉に刺さった小骨みてえによ。そいつが、ちくちく悪さをする。けど、親分は信じてえんだよな、人情ってやつをよ。慶五郎とやらの情、おはまの涙、人が人を支える温かさ。そんなものを信じたくて、小骨のちくちくに気付かねえ振りをしてる。そんなとこだろう。違うかい」

違いますよ。いいかげん、一人勝手なしゃべりは止《や》めにしてくだせえ。

そう撥《は》ねつけられたら、どれほど清々するか、胸の靄《もや》が晴れるか。しかし、伊佐治は返答できなかった。あまつさえ、喉元に手をやって表情を曇らせたりしてしまった。

喉に小骨は刺さっているのか。ちくちくと痛むのか。目を伏せる。己の、日に焼け込んだ手の甲が目に映った。紛《まぎ》れもない岡っ引の手の甲だ。小さく声をあげていた。

そうか、あれだ。

「さ、思い出したかい。思い出したんなら聞かせてもらおうか。小骨の正体をな」

信次郎の眼差しには、もう、粘りも棘もなかった。こちらを促すような、励ますような気配さえ伝わってくる。それはおそらく、獲物を嗅ぎ当てた犬に猟師が向ける眼つきと大差ないだろう。別に構わない。自分に嗅ぎ当てる鼻が備わっているなら、何よりだ。

「どうってこたぁねえんでしょうが……、頭が、慶五郎がおはまの名ぁ知ってたんでやすよ」

――おはまさんの暮らしが立つように、あっしに取り計らせてくだせえ。

慶五郎はそう言わなかったか。言った。それまでは、〝お内儀さん〟だった女を名前で呼んだのだ。騒ぐほどのものではないだろうか。慶五郎が菊八の女房の名を知っていたとしても、おかしくはない。気にかけて調べれば、すぐにもわかる。ただ、あれは慶五郎の気の緩みではなかったか。しゃべっているうちに、ふっと気が緩み〝お内儀さん〟が〝おはまさん〟になってしまった。そうは考えられないか。

「なるほどな。てこたぁ、大工の棟梁とおはまは顔見知りで、二人で組んで菊八殺しを企てたって読みもできる。そういうわけだな、親分」

「いや、正直、そこまでは言えやせん。菊八が近くにあった丸太で慶五郎を殴ったのは本当でやすし、慶五郎の傷も本物でやした。やはり酔っ払いの小競《こぜ》り合《あ》いから大事になったと見るのが一番しっくりとは、きやす。それに菊八は刺されたんでも、毒を盛られたんでもねえ。自分で縊《くび》れて死んだんでやすよ。殺されたんじゃなくて自死なんで」

「どうして、丸太があった」

「へ？」

「菊八が慶五郎をぶん殴った丸太だよ。飲み屋に何でそんな物が転がってたんだ」

「ああ、それは丁度、板場の修繕をやっていて、そこで使う丸太がたまたま店の方に」

口をつぐむ。信次郎がちらりと伊佐治を見やり、頷いた。

「そうさな。たまたまなんて、これほどいい加減なもんはねえよな。板場の修繕用の丸太が店の方にあった。どうしてだ？　誰かがこっそりそこに置いたからじゃねえのか」

酒飲みが集まる小体《こてい》な店。かなりの数の男たちが思い思いに飲んでいる。壁には掛け行灯《あんどん》が一つ二つ、灯っているばかり。薄暗く、隅に屈《かが》めば闇に溶けるのはさして難くない。

「菊八ってのは、店の馴染み客だったんだよな」

「さいで。親仁によると、ここ二月《ふたつき》、三月《みつき》はほぼ毎日、飲みに来てたってこってす」

「毎日か。だったらよ、座る席ってのもだいたいがとこ、決まってたんじゃねえのか。

つまり、後ろに座るのはそう難しくはねえはずってことよな。あぁ、そういえば、先に喧嘩を売ったのは慶五郎だった。

「へえ。前々から、母親を悪しざまに罵《ののし》る菊八を苦々しく思ってたとか。その鬱憤《うっぷん》がとうとう破裂しちまったって話でやしたね。慶五郎は自分の短気をひどく悔いちゃいやしたが」

——野郎、いいかげんにしやがれ。てめえ、それでも人の子か。どこまで性根が曲ってやがる。

大声で怒鳴りつける。その寸前、相手の足元に丸太を転がす。いや、もしかしたら前もって席近くに置いたのかもしれない。どちらにしても、その丸太で自分を殴らせる。できるか？　できなくはない。できなくはないが……。

「何のために、そんなことをするんでやす」

「殺すためさ。もちっといやあ、菊八が死なねばならねえわけを作るため、ってな」

「……旦那、旦那は、菊八が殺されたとお考えなんで」

喉に閊《つか》える言葉を何とか押し出す。心の臓が激しく鼓動を刻む。息が苦しい。

殺し？　あれが殺し？　菊八は自死じゃなくて、殺されたってのか？　まさか。

「その見込みもまるっきりなしじゃねえと、考えてるだけさ。酒に崩れた男が、酔った勢いで喧嘩相手の頭をかち割った。逃げ出したのはいいが、自分は人殺しだと思い込み、早合点の挙句、行く末を儚《はかな》んで銀杏の木からぶらさがっちまった。まあ筋書きとしちゃあそこそこできてるじゃねえか。大きな綻《ほころ》びは見当たらねえよな」

伊佐治にはどんな綻びも見えなかった。ただ、慶五郎の一言に、〝おはまさん〟の呼び方に引っ掛かっただけだ。それも、さして気にせぬまま思案の隅に押し込めていた。

「けど万が一、菊八が殺されたのだとしたら、下手人は慶五郎だと……そういうことで？」

生唾を呑み込む。胸の動悸《どうき》はまだ、収まらない。

慶五郎は大工の棟梁だ。人並み外れて身軽だし力もある。もし、菊八が動けない、抗《あらが》えない様子であったとすれば、担いで枝まで持ち上げ、吊るすのはそう難くはないだろう。菊八はさほど大柄ではなく、どちらかと言えば細身の類《たぐい》だ。

動けない？　抗えない？　暴れも、逃げもできない？

どんなときだ。大の男が為すがままにされるとなると、どんなときが考えられる。

死んでいる。眠りこけている。気を失っている。酔い潰れている。

伊佐治は膝の上で指を握り込んだ。

酔い潰れている。そうだ、もし、菊八が泥酔していたらどうだ。死んだように、気を失ったように眠りこけていたとしたら。

飲み屋から遁走したとき、菊八はそこまで酔ってはいなかった。「て、てえへんなことをやっちまった」。逃げ出す寸前に、菊八はそう叫んだ。聞いた者が幾人かいる。自分が何をしたか解する力は残っていたのだ。半分は素面《しらふ》だったのだろう。

酒を飲ませた者がいる……のか。

あの一件の後、菊八に正体を失うほどの酒を飲ませた者がいる。慶五郎ではない。慶五郎が医者の手当てを受けたのも、夜半過ぎに手水《ちょうず》に立ったのも確かめてある。通いの女中が主人の怪我を案じて泊まり込んでいたのだ。その女中に慶五郎は「おれは、もう大丈夫だ。朝までゆっくり寝るからよ、おまえも休んでくれ」と告げ、翌日、労い《ねぎら》の言葉と心付けを与えたと、当の女中から伊佐治が直《じか》に聞き出した。

菊八の遺体が見つかったのは、まだ靄が立ち込めている早朝だった。女中を下がらせてから、菊八を酔い潰させるだけの刻《とき》は慶五郎にはなかっただろう。慶五郎ではない。

だとすれば、残るのはただ一人。

おはまの俯《うつむ》いた顔が脳裏を過《よぎ》る。

おはまなら、やれる。人を殺したと慌てふためき、半ば喪心《そうしん》した亭主に労わるふりをして酒を勧めるなど、容易《たやす》い。菊八は注《つ》がれるままに酒を飲み、現《うつつ》を忘れたくて酒に逃げ、酒に負けて泥酔していく。おはまなら……やれる。

後は明け方、慶五郎と一緒に菊八を運び出して銀杏に吊るす。

できなくはない。けれど、頭で組み立てることと、現に為すことは別物だ。鳥と魚ほどにも違う。現の前には高い壁があるのだ。大抵の者は壁の前で引き返す。殺してやりてえ。死ねばいいのに。あいつさえいなかったら。いっそ楽にしてやろう。憎い。怨《うら》む。憐《あわ》れむ。

そんな想いを抱えながら、人が人を殺す現に踏み込まない。踏み込めない。壁は高く高く聳《そび》え立ち、人の殺意を弾いてしまう。が、大抵の中に入らない者もいる。難なく壁を越えて、現で人の命を奪う。あるいは、端から壁など持たぬ者もいる。鳥を射るように、魚をさばくように人を殺せる者がいる。確かにいる。伊佐治はそういう男に、そういう女に幾度も出会ってきた。おはまも慶五郎も、その内の一人なのか。

そこで、伊佐治の思案はまた、僅かにずれて揺れた。

「万が一、万が一でやすよ。おはまと慶五郎がつるんで菊八を殺ったとしたら、そりゃあ、何でですかね。どうして、あんな、ちっと入り組んだ殺り方をしたんでやしょうか。いや、そもそも、どういうわけで殺さなきゃならなかったんですかね」

慶五郎とおはまはできていて、菊八が邪魔になった。ざらにある男と女の揉め事を当て嵌《は》めれば答えはすんなり出てくる。が、すんなり出てきた答えが正しいとは限らない。むしろ、誤っている見込みの方が高い。おはまはどことといって目立つところのない、地味で華奢《きやしや》な女だった。男を狂わせ、静心《しずごころ》を乱すような力を秘めているとは、どうにも思えない。

美醜でなく気性でなく、男を虜《とりこ》にする女は、どこか得体のしれない匂いを纏ってい
た。玄人女《くろうと》だろうが、商家の女将《おかみ》だろうが、御家人《ごけにん》の妻女だろうが同じだ。身分や立場
ではない。その女が女として持っている業《ごう》のようなものだ。そして、人の業を嗅ぎ取る
力が自分には備わっている。持って生まれた力を岡っ引暮らしの間に磨き込んできた。
自慢にはならないが、役には立つ。信じるに足る鼻だ。
ただ、おはまから、その匂いは感じ取れなかった。慶五郎がおはまに狂って菊八を殺《あや》
めたとは、どうしても考えられない。ならば、他のわけがあるのか。なければならない
が。
「さあ、どうだかな。わかんねえな」
信次郎が右肩だけをひょいと上げる。伊佐治は心持ち、前のめりになった。
「調べてみやす。もう一度、性根を入れて洗い直しやすよ。ちっと日数《ひかず》をくだせえ」
「いや、いい。止めときな」
にべもない返事だった。伊佐治は口を開き、暫《しばら》く主人を見詰めた。口の中が乾いて
ひりつく。何とか舌を動かし、唇を舐める。妙にかさついて、唾が染みた。
「止めとけってのは、調べ直さなくていいってこってすか」
「そういうこった。この件は一応、ここまでさ。一旦、手を引きな」
「何ででやす。おかしいじゃねえですか。だいたい、旦那があっしを焚きつけたんでや

すよ。旦那に言われなきゃ、あっしはこの件、すでに片が付いたとして済ましちまってやした。そこをもう一度、確かめてみろって命じたのは旦那ですぜ」

信次郎は小指で耳をほじくると、欠伸《あくび》を漏らした。口調が気怠《けだる》げに重くなる。

「おいおい、おれは命じてなんざいねえよ。親分が、釣り針を丸呑みした虎魚《おこぜ》みてえな面してるからよ、何か引っ掛かりがあるなら吐いちまった方が楽だぜと忠告してやった。それだけさ。そこから、あれこれ思案を進めたのは親分だぜ。ふふ、引っ掛かりに気付かぬ振りをしてたのはおれじゃねえ。親分だ。他人《ひと》のせいにするのは潔くねえな」

「さいですか。へえへえ、よござんすよ。あっしは慶五郎の一言にちょいと引っ掛かっておりやした。けど、その引っ掛かりが何なのか思案もせずに見過ごしてたんでやす。旦那のご忠告で、やっと気が付いたって体たらくでやすよ。これで、よろしゅうござんすかね」

「何だよ、そのすねたガキみてえな物言いは。尾上町の親分の名が泣くぜ」

「あっしの名前なんざ、泣こうが喚《わめ》こうがかまやしやせん。で、旦那はどうなんでやす。なぜ、あっしを止めるんで。いつもなら、とことん追い詰めるじゃねえですかい。ほっぽらかしてそのまんまなんてこと、あっしの知る限り、ただの一遍もありやせんでした」

そうだ、信次郎は追い詰める。獲物と定めた相手には容赦ない。そこが、伊佐治には受け入れかねるのだ。人の罪はさまざまだ。むろん、犯した過《あやま》ちは償わねばならない。

どんな罪人も罰せられて当然だ。けれど、罪には形が、さまざまな姿がある。

金欲しさに押し入って、家人を手に掛ける。いわゆる押込み強盗は江戸では珍しくない。伊佐治の縄張《しま》りでもかなりの数、起こる。捕まれば死罪だ。首を落とされ、死骸は〝様《ためし》もの〟にされる。そこで伊佐治は首を傾《かし》げるのだ。

遊ぶ金欲しさに押し入った者と、病の子の薬代のために切羽詰まって越えてはならない壁を越えてしまった者とを同じに考えていいのだろうか、と。身代《しんだい》目当てに後添いに入り、老いた亭主に毒を盛った女と、自分を弊履《へいり》のごとく捨て去った男に刃を突き立てた娘。その罪は同じなのか、と。同じだと伊佐治には言い切れない。人が人を殺す。人が人を害する。罪は罪として、その形は、姿は千差万別、一つ一つが違うと感じる。

自分が感じたことを信次郎に話したことは、ない。話しても通じないとわかっているからだ。信次郎は人の罪の見目形《みめかたち》など歯牙《しが》にもかけない。目を凝らそうとはしない。

どうでもいいのだ。いや……違う。どうでもよくはない。むしろ、ひどく興を覚え、そそられる。

異形《いぎょう》であれば、だが。

どんな凄惨な、極悪な事件であっても、それが夜盗のしわざとわかりきっていたとしたら、ほとんど心を動かさない。たとえ、血だまりに乳飲み子の遺体が転がっていても、その罪科《つみとが》に憤《いきどお》ることも、罪科を詰《なじ》ることもない。涙を零すなど、天地がひっくり返ってもありえないだろう。けれど、常ならざるものが、尋常でない何かがあれば、猫一匹の死骸にも執拗《しつよう》に拘《こだわ》る。やせ衰えて死んでいる猫のどこに常ならざるものがあり、なにゆえに異形を見るのか、伊佐治にはさっぱりだ。一分《いちぶ》の見当もつかない。

異様に捻《ね》じれ、歪み、膨らみ、欠け、曲がりながら尋常を装い、大凡《おおよそ》を演じる。その皮なり装束なりを引き剝がすことが、信次郎は好きだった。金よりも女よりも讃辞よりも栄達よりも好きだった。他に好きなものも心惹かれるものもないのではと、伊佐治は勘繰《かんぐ》る。

あるとすれば、唯一……。

「なんでえ」

信次郎が片眉を心持ち、上げた。それで伊佐治は、自分が若い主《あるじ》の顔を無遠慮に眺めていたと気が付いた。首筋に手をやり、軽く頭を下げる。

「いえ、何でもござんせん。旦那がこの一件の調べ直しに乗り気でねえのはどうしてか、なんてことをついつい考え込んじまったもんで。すいやせん。ご無礼をいたしやした」

「別に詫びてもらわなくてけっこうだ。まあ、親分に舐めるように見られても、ちっとも嬉しかねえがな。それに、気が乗らねえって決めつけられるのも心外だぜ、親分さん」

「けど、さっき、あっしを止めたじゃねえですかい。ええ、はっきり止めやしたぜ」

「一旦は手を引きなって言ったんだよ。一旦はな。その方がいい」

「何でいいんです。何がいいんでやすか。ちゃんと、教えてくだせえ」

信次郎に突っかかるつもりは毛頭《もうとう》なかった。責める気も文句をぶつける気もない。ひたすら知りたいだけだ。今、このとき、木暮信次郎の内に蠢《うごめ》いている思案の正体を知りたい。それはおそらく、奇怪とも突飛《とっぴ》とも思える代物《しろもの》だ。いつもそうだった。信次郎の思料《しりょう》に伊佐治はついていけない。ついていこうとも望んでいない。

そんな馬鹿な。ありえやせんよ、旦那。信じられやせん。まさかこんな……。

吃驚《きっきょう》と感嘆の綯交《ないま》ぜになった台詞を何度口にしただろう。信次郎が見せてくれる真の相、伊佐治には見通せなかったことの正体。それを目の当たりにするたびに、身体の内側が震える。震えているものを心と呼ぶのか、魂と言うのか、伊佐治にはわからない。ともかく震える。暗い岨道《そばみち》を歩き続け、ふいに頂《いただき》に出たときのような、眼下に広がる風景を目の当たりにしたときのような、暗い帳《とばり》が払われ、降り注ぐ光に塗《まみ》れたときのような震えだ。

世の中が一変する。ひっくり返り、転がる。

白が黒になり、黒が虹色に変わる。

信次郎に供《とも》して、江戸の巷《ちまた》で起こる事件と向かい合う。そして、伊佐治は震えるのだ。

人はぬばたまの闇と眩《まばゆ》い光を抱え持ち、夜叉《やしゃ》にも菩薩《ぼさつ》にもなれる。善人とか悪人とか、そんな線引きなど何の役にも立たない。決して線引きできないのが人だ。いつも闇と光の間《あわい》にいる。一筋縄ではいかない。正体が知れない。

信次郎といると、人の正体の一端を垣間《かいま》見ることができる。ほんの一端だ。全てを見通すことなど神さまも仏さまもできはしないと、伊佐治は思う。だから、一端でいい。信次郎がいなければ窺《うかが》い知れなかった人の貌《かお》、姿に接し、唸《うな》る。

そんな馬鹿な。ありえやせんよ、旦那。信じられやせん。まさかこんな……。

その一時のなんと甘美《かんび》であることか。快意に揺さぶられて、伊佐治は独《ひと》り言《ご》つのだ。

人ってのは、とてつもなくおもしれえや。

人の情に触れて報われたと感じる。その気持ちに嘘はない。けれど、人の端《は》に触れるおもしろさには及びもつかない。温かく美しい情よりも、剝き出しになった本性がおもしろい。そう感じてしまう。感じるたびに、両手で面《おもて》を隠したくなる。

ずい分とあさましい面《つら》をしてるだろうぜ。

肉に食らいつく餓狼《がろう》に似たあさましい眼をしているだろう。自分がそういう眼をした者であることをずっと知らずに生きてきた。岡っ引の道に踏み込まなければ、信次郎と出逢わなければ、知らぬままだったはずだ。知ったから幸運だとは言えない。知らぬままが幸いだったと悔いもしない。そうか、おれもなのだと身に染みはするが。

そうか、おれもこんな本性を抱え持っていたのか。

染みて痛いのか、愉快なのか、よくわからない。ともかく、伊佐治は信次郎の後ろをずっと付き従ってきたし、これからもそのつもりだ。この鼻が利くうちは、足腰頭がしゃんとしているうちは、信次郎が生きている限りは。そこまで考えて、伊佐治は肩を竦《すく》める。類まれな才力と歪《いびつ》な性根を具《そな》えた男は百を超えて生きるようでも、存外若く散るようでもある。まっとうな生き方もまっとうな死に方もできないだろうが。

「急くなよ」

信次郎が舌打ちをする。それから、片頰だけで嗤う。

「餓えた山犬みてえだぜ、親分。ちっと落ち着きな」

「山犬でも三毛猫でもよござんすよ。もったいぶって、こっちを焦《じ》らしてるのは旦那じゃありやせんか。どうなんでやす。菊八の一件、旦那はどうお考えなんでやすか。一旦、手を引けってのはどういう料簡《りようけん》なんでやすかね」

高くなる声を何とか抑え、伊佐治は畳みかけて尋ねた。自身番の板場は薄暗く、腰高障子を通して家主たちの気配が伝わってくる。

「ああ、うるせぇ。まったく、のべつ幕なしよく吠える犬だ。耳の奥がじんじんすらあ」

「旦那。あっしは」

「今、調べ直したって何にも出てきやしねえよ」

伊佐治を遮り、信次郎はかぶりを振った。舌打ちの音をさらに響かせる。

「もし、菊八が殺されたなら、よほど前々から練られていたと考えられねえか。木から吊るして自死に見せかけるなんざぁ手が込んでらぁな。かっとなって刺しました、殴り殺しましたってのとは、違う。そうさ、親分。これは、周到に用意された殺しかもしれねえ。としたら、そう容易く尻尾は出さねえだろうよ。用心深いやつは、どこまでも用心深い。ほとぼりが冷めるまで、尻尾は丸め込んでるもんだ」

「あっしたちが嗅ぎ回っても何にも出てこねえとおっしゃるんで」

「出てくるかもしれねえ。けど、嗅ぎ回ってると感づかれちまうこともありえる。相手を余計に用心させるのは、得策じゃねえよ」

「……慶五郎とおはまを泳がしておくってわけでやすか」

「だな。二人の周りで適役を探しな。口が堅くて、金を欲しがってるやつ。長屋のかみさん連中でも、通いの女中でもいい。そいつに小金を摑ませて、暫《しばら》く見張らせときゃあいい」

そこで、信次郎は息を吐いた。声音も眼つきも緩み、さもおっくうそうな気配が漂う。

「けど、ただの痴情絡みの事件かもしれんよな。女房と女房の情夫が邪魔な亭主を始末したただけのこと。違うのは、わりに手の込んだ賢《さか》しらな殺り方をしたってとこだけでよ。その線も十分にありだぜ、親分。だとしたら、とんだ骨折り損ってことになる」

「菊八が殺されたんなら、殺した者をとっつかまえる。旦那のお役目じゃねえですかい。骨折り損ってこたぁねえでしょうよ」

「お役目ねえ……。どうにも、そそられねえな。菊八が自分で自分にけりをつけた見込みも捨てきれねえ。いや、けっこうあるかもな。そうなったら何てこたぁねえ、ただの些事《さじ》だぜ」

「どうであれ、人一人が死んでるんでやす。些事であるわけねえでしょう。世の人っての は、旦那を喜ばせるために死んだり生きたりしてるわけじゃありやせんからね。まったく、言っていいことと悪いことがありやす。ご自分の立場ってもんを考えなすって」

信次郎が立ち上がり、大小を腰に落とす。ついでのように欠伸を漏らす。

「旦那、森下町《もりしたちょう》はいけやせんよ」

「うん？」

「遠野《とおの》屋さんのところに寄る気なら、いけやせんぜ。邪魔になるだけでやす」

「おれがいつ、遠野屋に行くって言った」

「言わなくてもわかりやす。旦那は世事に飽きると、遠野屋さんに足が向くんです。自分が退屈しているからって遠野屋さんの邪魔しちゃいけやせん。忙しいお人なんでやすから」

「何で忙しいんだ」

「へ？」

「遠野屋だよ。親分が気に掛けなくちゃいけねえほど忙しいのか」

「そりゃあそうでしょうよ。このところ、ますます身代が肥えたって噂を聞きやすぜ。たいそうな評判で、あちこちのお大名屋敷にも出入りしているとか。まあ、やっかみも混じっての噂でしょうが、やっかみを買うぐれえ遠野屋ってお店《たな》が栄えているってこってす」

「なるほど、たんまり稼いでるわけか。商人としてもなかなかの腕前ってことだな」

「商人として凄腕なんでやす。あそこまで店を育てたんだ、てえしたもんですよ」

くすっ。

信次郎が笑った。伊佐治の嫌いな、虫唾《むしず》が走るほど嫌いな笑みだ。

「木暮さまに笑《え》まれますと、喉元がひやりといたします。白刃がゆっくりと食い込んでくるような……。ええ、一思いに斬り裂かれるのではなく、ゆっくりと食い込んでくる。そんな気がして、肌が粟立《あわだ》つことがございますよ」

遠野屋の主人、清之介《せいのすけ》は真顔で言った。あれは、今年の春だったか、去年の冬のとば口だったか。季節は忘れてしまったけれど、伊佐治も真顔で深く頷いたのは覚えている。

嫌いなのではない。怖じ気《おけ》るのだ。遠野屋清之介は肌が粟立つと告げたが、伊佐治は背筋が凍えていく。

「森下町なんて行きやしねえよ、いずれは出向くことになろうがな」

「いずれはって……、遠野屋さんに何があるんで」

「さあ、何があるかな。皆目《かいもく》、わからねえ。けどよ、あやつが凄腕の商人のままでいられるわけがなかろう。いずれまた、剣呑《けんのん》な血の臭いのたっぷりする何かを引き寄せるさ。今までだってそうだったじゃねえか」

「旦那、口が過ぎますぜ。そりゃあ、旦那の一人勝手な思い込みでやすよ。遠野屋さんからしたら、いい迷惑ってやつです。いいかげんにしといてくだせえ」

「残念だがな、おれは思い込みも思い間違いもしねえのさ。これまでも、これからもな。ふふ、それは、親分が一番よくわかってんじゃねえのかい」

笑みながら、信次郎が出て行く。畳の間にいた家主や書役《かきやく》が、いっせいに頭を下げた。腰高障子の戸が開くと、陽と風がどっと流れ込んできた。薄闇に慣れた目には、眩しすぎる。伊佐治は目を細め、巻羽織の黒い背中を見送った。

あれから二か月近くが経ち、季節はとうに移り変わった。

信次郎に命じられた通り、おはまと同じ長屋に住む女と慶五郎の家の下働きの小女に金を握らせ、それとなく様子を探らせている。二人とも、近所仲間や雇い主を裏切るようで嫌だと顔を曇らせた。当然だろう。頼み込む伊佐治だって嫌なのだ。しかし、綺麗事では何一つ、前に進まない。

「菊八さんの最期に、うちの旦那が納得してくれねえんだ。おれは、納得させるためにやってんだよ。そこんとこを汲んで、ちょっと助けてくんな」

伊佐治の口説きが効いたのか、渡した銭が物を言ったのか、女二人はしぶしぶながら引き受けてくれた。しかし、この二月、目立った報せは届いていない。おはまと慶五郎が密かに逢っている気配はまるでなかった。

「ちょっと、あんた」

おふじがぴしゃりと伊佐治の腕を叩いた。かなりの力だ。

「なにしてんのさ。そんな力任せに串を突っ込んだら、せっかくの沙魚が崩れちまうじゃないか」

「あ、いけねえ」

「まったく何やってんのさ。どうせ、ろくでもないこと考えてたんだろ。下手人がどうのとか、殺し方がどうのとか、死体がどうのとか。ほら、図星じゃないかい」

「うるせえや。亭主をぽんぽん叩きやがって。おれは木魚《もくぎょ》じゃねえんだ」

「おや、洒落《しゃれ》たことを言ったおつもりかい。あたしからすれば、寺の鐘ぐらい力任せに撞《つ》いてやりたいけどね」

義父母のやりとりを聞いていた、おけいが噴き出す。こちらの笑いはいい。明るく響いて耳に心地よい。伊佐治もつい、苦笑いを浮かべていた。

「親分」

おけいの笑声《しょうせい》を断ち切るように、源蔵が飛び込んできた。

「おや、また始まっちまったよ」

おふじが諦め顔で呟《つぶや》く。

「親分、殺しだ。相生町《あいおいちょう》で男が殺されてるんで」

そこで源蔵は口を閉じた。伊佐治を見やり、唾を呑み込む。深川常盤町《ふかがわときわちょう》の髪結い床の奉公人ではあるが、主の許しを得て伊佐治の下で働いている男だ。頭の巡りはさほどでもないが、粘り強く労を厭《いと》わない性質《たち》で、炎天下であろうと寒風の中であろうと走り、見張り、歩き続けることができた。この上なく重宝な手下の一人だ。

伊佐治は包丁を投げ捨てると、襷《たすき》を解いた。

「わかった。すぐ行く。案内しな。それから、旦那に報せるんだ」

「へい。それは新吉《しんきち》が走りやした」

「よし、行くぞ」

素早く身支度をして、梅屋を飛び出す。

「あんた、気を付けて」

おふじの声は、伊佐治の耳にはもう届かなかった。

本所深川はどこも掘割が張り巡らされ、橋が多く、季節にかかわらず水の匂いが漂う。竪川《たてかわ》に沿って長く延びる本所相生町では殊《こと》の外《ほか》、水は濃く匂った。

男は甘酒屋『よしや』と油屋に挟まれた路地に倒れていた。見つけたのは、甘酒屋の奉公人で、おきんという女だ。『よしや』は甘酒だけではなく、女も売る店だった。二階に小座敷が三間あり、そこで客は甘酒を運んできた女と遊べた。割高になる代金を払えるなら、女を外に連れ出すことも、呼び出すこともできた。呼び出されれば、女は甘酒の小桶を提《さ》げて出かけ、空桶と共に帰ってくる。

おきんもそういう私娼の一人だった。三十路に入ってかなり経つが、腰にも胸にもたっぷりと肉がつき、ちょっとした仕草や何気ない眼付きにも艶と愛嬌が零れていた。贔《ひい》屓《き》の客も多く、三日に一度は呼び出され、小桶を提げて出かけていたという。もっとも、そういう諸々を伊佐治が知ったのは、少し後、騒ぎが一段落してからになる。

おきんは今朝も、朝方まで客の相手をして『よしや』に戻って来た。桶にはそれぞれ異なる文様《もんよう》がついていて、板場の隅に並べておけば女の在、不在が一目で知れる仕組みになっている。朝帰りの女は、昼過ぎまで休んでいて構わないのだ。

これから湯屋にでも行って、さっぱりしようか。

男の名残を身体から洗い流してしまう。そうすると、ほんの僅かだが身体が軽くなる気がする。纏わりつく愛撫も汗も口説き文句も睦言《むつごと》も、みな重い。目合《まぐわ》うたびに棄てていかなければ、重すぎて潰れてしまう。

棄てて、流して、忘れる。それから、また、今日の商売を始めるのだ。

空桶を揺らしながら店の裏木戸に手をかけたとき、背筋がぞくりとした。心《しん》の臓《ぞう》が俄《にわ》かに激しく脈打ち始める。なぜだかわからない。

でも、何かが、いつもと違う何かが、〝いつも〟を砕いてしまう何かがある。

おきんはゆっくりと周りを見回した。

朝霧が流れている。夜はとっくに明けたというのに、路地にはまだ薄闇が溜まっていた。闇溜まりのような底なしの暗みはない。ただ、濃《こ》い鼠《ねず》の幕に包まれている。

目を凝らす。薄闇に目を凝らしたまま、おきんは立ち尽くす。

ピピピ、ピピピィ。ピー、ピッピッイ。

不意に鳥がかしましく鳴き交わす。やっと光が闇を退け始めたのだ。少しずつ、鼠の幕が上がっていく。少しずつ……。

ピッピッイ、ピッピッイ、ピー。

おきんは悲鳴を上げた。その声に、鳥たちが一斉に飛び立つ。

路地の行き止まりは、『よしや』の壁になっていた。そこにもたれかかる格好で、男が座り込んでいる。二本の足を投げ出して、うなだれていた。酔っぱらって眠りこけているようにも見える。見えるだけでそうでないことは、すぐに解《げ》せた。男の首から下は、血に塗れている。その臭いが強く鼻をついた。風向きが変わったのだろうか。

人が……死んでる……。

「誰か、誰かきてぇーっ」

先刻よりも激しく叫びながら、おきんは家中に転がり込んで行った。足がもつれた。声を上げる間もなく倒れ込む。目の奥で火花が散った。

「あらまっ、おきん、どうしたのさ」

女将の声が遥か遠くで聞こえる。おきんは、そのまま気を失っていた。


「すいませんねえ、親分さん。お報せするのが遅くなっちまって。おきんがあの通り、お頭《つむ》をしこたま打ってひっくり返ったりしたもんだから、そっちに気をとられて、あの……、気が付くのが遅れちゃったんです。だって、ほらね、あんなもの……仏さんをあんなものって言っちゃいけないんでしょうけど、人の死体が転がってるなんて、そんなこと思いもしませんからねえ。おきんがおでこから血をだらだら出してるのに、すっかり動転しちゃったんですよ。まあ、あの死体を見たときの方が百倍も驚きましたけど」

背後で『よしや』の女将がくだくだと言い訳をしている。むっつりと押し黙ったままの伊佐治の様子に肝を冷やしているのだろう。報せの遅れを詰《なじ》られ、仕置きがあるかもしれないと。

伊佐治にすれば、女将の繰り言などどうでもよかった。耳を素通りしていくだけで、鳥の地鳴きや風音と大差ない。それどころではなかった。胸の内は荒れに荒れ、頭の中では野分《のわき》に似たざわめきが響いている。

何で、何で、こんなことが……。こんなことがあるんだ。

菰《こも》を被《かぶ》せた死体の前に膝をついたまま、半分、放心していた。

背後の気配がふっと変わる。首筋を冷えた手で弄《いじ》られるような応えがした。

「旦那」

ゆっくりと振り向き、主を見上げる。

信次郎が一度だけ、瞬《まばた》きをした。眉間にあるかなきかの皺《しわ》が現れる。

「どうした？　親分がそんな面ぁするなんざ、珍しいじゃねえか」

そんな面とはおそらく、迷い子の途方に暮れた顔つきに近いものだろう。戸惑いと怯えと心許なさが綯交ぜになっている。そこに、隠し切れない驚駭《きょうがい》が加わってもいるだろう。

「旦那、ごらんになってくだせえ」

伊佐治は菰をめくった。

骸《むくろ》はすでに硬く強張《こわば》っていた。何とか脚を伸ばさせようとしたが上手くいかず、崩れた〝く〟の字の形で曲がっている。その姿勢よりも、目を引くのは釘だった。五寸釘が首の中ほどにめり込んでいる。どれほどの力が使われたのか先端は突き抜け、妙に艶々《つやつや》しく輝いていた。その下で首は、さらに一文字に裂かれている。流れ出た夥《おびただ》しい血はすでに赤黒く色を変え、生臭く臭ってきた。しかし、伊佐治を当惑させ、驚かせたのは、骸の凄惨な姿ではなかった。そんなものにはびくともしない。哀れとは感じても、怯えることも呆然とすることもない。ただ、この骸は……。

信次郎の眉がさらに寄った。唇の端がひくりと小揺るぎする。

「慶五郎でやす」

告げた後、我知らず唾を呑み込んでいた。喉の奥が、ぐびりと鳴った。

あの慶五郎だ。生きていたときの精悍《せいかん》な面影は、どこにもない。開いたままの白く濁った目は石ころと同じだ。やはり閉じきれていない唇の端には血がこびりついていた。

信次郎が低く呻《うめ》いた。

「あらまぁ、これはほんとのことかしらねえ」

「どうですかねえ。でも、みんな、騒いでおりますよ。読売を我先に買ってますもの」

「で、おまえも、人を押しのけて買ってきたってわけだね。おまえに押しのけられて、吹っ飛んだ人もいるんじゃないかい。他人《ひと》さまに怪我をさせちゃならないよ」

「大女将さん、あたしは関取じゃございませんよ。張り手や突き落としなんかいたしません。隣の男をちょいと押しただけですよ。あら、でも、その人、よろけたかしら」

あはははは。くすくすくす。

女たちのやりとりと笑い声が、廊下まで流れ出している。深まっていく秋の日差しは澄んで柔らかく、楽し気な声と相まって美しい一場面を作り上げていた。

深川森下町の小間物問屋遠野屋の奥には、今、清澄な光に包まれた平穏な一時がある。

遠野屋清之介は足を止め、心持ち、顎を上げた。目の前を赤蜻蛉《あかとんぼ》が過って、苔《こけ》むした岩の上に止まった。苔の深緑が蜻蛉の紅を、紅が深緑をさらに引き立てる。

何と穏やかな、麗しい光景だろうか。

眼前の光を、虫を、苔岩を眺めながら、清之介は息を吐き出した。こんな光景の中に自分が立っている。信じられない思いがした。

「ととさま」

障子戸が開いて、おこまが飛び出してきた。両手を広げて、走り寄ってくる。清之介も手を差し出して娘を受け止めた。そのまま抱え上げる。腕に重さと熱が伝わってきた。人の身体の確かな手応えだ。

こんなに小さいのに、確かな手応えを伝えてくれる。

「おこま、また少し重くなったな」

お河童《かっぱ》まで伸びた髪が、頭を振るたびにさらさらと揺れた。頬が上気して、唇が尖る。

「ととさま、ととさま。おばばとおみつが……えっと、えっとね」

足をばたつかせながら、おこまが懸命にしゃべろうとする。唐子《からこ》からやっと、

「おばばとおみつが、どうしたって?」

「えっと、あのね……えっと、人が死んだから、おもしろいって、笑ってるの」

「まあ、ちょっとちょっと、おこまちゃん、それはあんまりな言いようですよ。旦那さまが勘違いしちゃうでしょう。違いますよ、おみつは笑ったりしてませんよ」

座敷からおみつが顔を出す。遠野屋の最古参の奉公人だ。女中頭として奥を取り仕切るようになってからでも、十年近くが経つ。店を、清之介たちの日々を、しっかりと下支えしてくれる頼もしい女だった。若いころ、一度だけ所帯を持ったことがあると聞いた。諏訪町《すわちょう》の紺屋《こうや》に嫁いだが二年足らずで出戻って来た、とも。

「子ができないのはおまえのせいだと、舅《しゅうと》や姑《しゅうとめ》にさんざん詰られましてねえ。亭主は優しいのか気弱なのか、どうにもわからないような性質で親と女房の間でおろおろしちゃって、挙句の果てに胃の腑《ふ》が痛いって寝込んじまう始末で。ああ、あたしが身を退かないと、この人、ほんとに病になっちまうって思ったんです。それで、荷物を纏めて出てきました。十五で嫁いで、あしかけ二年ほどの夫婦でしたかねえ」

清之介が遠野屋に婿入りして間もなく、おみつは身の上を話してくれた。自分の来《こ》し

方《かた》をさらすことで、武家から商人に転じた若者にそれとなく信頼を示してくれたのだと、今ならわかる。当時の清之介は若く、商いのイロハも人と関わる奥深さも知らずにいた。おみつがいなければ、義母のおしのがいなければ、そして、女房のおりんがいなければ、知らぬままだっただろう。人の世のおもしろさも、哀しさも、痛ましさも、したたかさも知らずに生き、知らずに死んだはずだ。秋の一日の麗《うるわ》しさを知らず、幼子の重みと熱を知らず、目を合わせて笑う一時の柔らかさを知らず……。

知ってどうするよ。

声がする。今のおれは商人だ。江戸の商人として何とかここまでやってきた。そんな想いに浸ろうとするたび、聞こえてくる声だった。

知ったことが何になる。それで軛《くびき》が外れるわけでなし、往昔《おうせき》が変わるでなし、罪業が帳消しになるわけもねえんだぜ、遠野屋。

くっくっくっ。

冷えているくせに粘りつく、信次郎の含み笑いが現の如くくっきりと響いて、清之介はどうしても奥歯を噛みしめてしまう。

「ととさま?」

おこまが顔を覗き込んでくる。

「どちたの。おなか、痛いの。どこか、痛いの」

黒目勝ちの眸《ひとみ》に陰りが過った。幼い子は幼いがゆえに鋭い。大人相手なら隠し通せる揺れを容易く見破ってしまう。

「いや、大丈夫だ。どこも痛くはないよ」

おこまを下ろす。見詰めてくる黒い眸から顔を逸らせる。

「そうだ。ねえ、おみつ。あの読売、清さんにも読ませておやりよ」

おしのが廊下に出てきた。このところ、髪に白いものが目立ち始めたけれど、身ごなしも物言いもきびきびと小気味よい。深川で褄《つま》をとっていたときの色香が、まだ褪《あ》せずに残っていた。

唐突におりんを、愛娘を失った悲嘆からおしのを救ったのは、おこまだ。不思議な巡りあわせで、乳飲み子だったおこまは遠野屋にやってきた。そして、救ってくれたのだ。娘に先立たれた母を、ただ一人の女を守り切れなかった男を救ってくれた。今も、救い続けてくれる。おこまと遠野屋を結びつけたのが信次郎だという事実を思い返すたびに、この男との奇妙な縁《えにし》に、清之介は怯《ひる》む。なぜこうも絡まり合うのか。ここまで縺《もつ》れ合うのか。一思いに断ち切れない己をもてあまし、目眩《めまい》さえ覚える。

「木暮さまは、どうなんだろうね、清さん」

おしのが事もなげに、信次郎の名を口にした。

「とんとお顔を見せないじゃないか。忙しいのかねえ」

暖昧《あいまい》にごまかす。おしのの言う通り、このところ信次郎の足は遠のいていた。

「お身体の調子を崩してるってわけでもないんだろう」

「そんなことはないと思いますが……」

「いいじゃありませんか。あんな剣呑なお人、来ないに越したことはありませんよ。おかげで、あたしなんか息がし易くて、せいせいしてますよ」

信次郎を毒蛇にたとえ、毛嫌いしているおみつはそこでにっと笑った。

「おみつ、口が過ぎるよ。お役人さまを悪しざまに言うもんじゃないよ。どんな災いがあるか知れたもんじゃないんだからね」

「はいはい、よく心得ておりますよ。ま、あたしに言わせりゃ、木暮さまご本人が災いに違いないですけどねえ。ほんと、火事や嵐と同じ厄災ですよ、あの方は」

「おみつ、お止めったら」

おしのが真顔で、長い年月を共にした女中頭を睨《にら》む。その表情を緩め、息を一つ吐く。

「そうかねえ。あたしは、おもしろいお方だと思うけどねえ」

「おもしろい？」

清之介とおみつの言葉が重なった。

「おっかさんは、木暮さまをおもしろいと思っていたんですか」

「ありえませんよ、そんなの。偏屈で図々しくて、口を開けば嫌味、当てこすりばかりのお方ですよ。おもしろいなんて、鴉《からす》が白くなってトーテンコーと鳴いてもありえませんね」

「そこまで言うかねえ。でも、おもしろいお方だよ。あたしもね、これまで随分とたくさんの男も女も見てきた。喧嘩もしたし仲良く付き合いもした。慈《いつく》しんだり、憎んだり、ちょいと立ち話をしたり、胸の内を明かしたり、いろいろさ」

早くに二親と死別し、芸者として働き、遠野屋の先代と所帯を持って店を切り盛りしてきた。そして、娘とも死に別れねばならなかった。並大抵の人生ではない。芝居にも読み本にもならないけれど、一筋縄ではいかぬ、重く、激しい生き方をおしのは辿《たど》って来た。清之介には及びもつかない、人への深い眼差しを持っている。

「あたしなりに人の本性を知っているつもりだったんだよ。だけど、木暮さまは初めてさ、初物なんだよ。というか、初めてお目にかかった珍獣みたいな気がするねえ。あたしが、これまで知ったどんな人とも違う。どこにも当てはまらない。だから、あたしはね、あの方を見るたびに妙にうきうきしちまうのさ。何ておもしろい人なんだろうって。考え方も、思い方も人には型ってものがある。でも、あの方はないんだよねえ。人の世のあたしの知っている型から、はみ出してるんだ。どうはみ出してるのか、とんと見当がつかないけどさ。でも、そういうの、おもしろいじゃないか」

「ああ、なるほど、わかります」

おみつがぽんと手を叩いた。

「それって、見世物小屋を覗くときのおもしろさと同じですよ。薄暗くて、よく見えなくて、何が見物できるのかぞくぞくしちゃうでしょ。まあ、たいていは、しょうもない正体でがっかりするんですけどね。木暮さまも同じなんですよ」

「おみつ、見世物小屋の出し物と木暮さまを一緒にするのは、さすがに不味《まず》いぞ」

清之介が窘《たしな》めたとたん、おしのが噴き出した。

「ほんとだよ、おみつ、無茶苦茶だよ。それは、あんまりじゃないか」

「おみつ、むちゃちゃであんまりじゃないか」

おこまが祖母を口真似る。これには、清之介も声を出して笑ってしまった。おみつなど、しゃがみ込んで腹を抱えている。

驚いたのか蜻蛉が飛び立ち、空のどこかに消えていった。

「ああ、おこまには笑わせてもらったねえ。でね、清さん、木暮さまのことが気になったのは、この読売のせいでもあるんだよ」

「読売？」

「そうさ、ほら、ここんとこ読んでみなよ。相生町で大層な事件があったみたいだよ」

おしのが粗末な紙を一枚、差し出す。そこには、半裸で血だらけの男が描かれていた。

身体のあちこちに五寸釘らしきものが打ち込まれ、すさまじい形相をしている。

「相生町のどこかでさ、えらく惨い殺しがあったって言うじゃないか」

「相生町……」

伊佐治親分の縄張り内だなと、胸の内で呟いていた。

「木暮さまや尾上町の親分さん、この件で走り回ってんのかねえ」

「お役目ですからね。走り回って、早く下手人を捕まえてもらわなきゃ。ほんと気味悪い事件だこと。ささ、おこまちゃん、そろそろお湯に行きますかねえ」

気味悪いと口にしながら、おみつの物言いは明るい。江戸のどこかで陰惨な殺しがあったとしても、何の関わりもない。邪悪なるものも、剣呑なものもここには近寄れない。そう信じ切っている口振りだった。

だが、そうはいかない。

死とも不幸とも無縁の場所など、どこにもないのだ。悪鬼は人の内に棲《す》む。だとしたら、人がいる限り鬼は出没し、人を食らう。

清之介は手の中の読売を握り込んだ。どうしたのか、胸が騒ぐ。読売一枚に気持ちが乱れる。

縁起でもない。たった今、笑ったばかりではないか。こんなに美しい光景の中にいるではないか。鬼からも魔からも、守り通すのだ。おりんのように奪われはしない。今度は、必ず守り通す。

おまえは死神なのさ。どこにいても、死を呼び寄せる。

信次郎に言い渡された。

いや、呼び寄せはしない。守り通す。必ず。

「旦那さま」

番頭の信三《しんぞう》が足早に近づいてきた。得意先回りに出かける用意ができたと告げる。

「そうか。わかった、すぐに行く」

鷹揚《おうよう》に頷いて、清之介は表に足を向けた。商人の顔になり、心になる。無造作《むぞうさ》に突っ込んだ読売が袂《たもと》の中で擦れ、微かな音を立てた。

第二章　水　葉

ちくしょう。

呟きが聞こえた。ほとんど、呻《うめ》きに近い。

伊佐治は顔を上げ、呟いた相手をちらりと見やった。それから首を竦め、前を向く。こういうときは亀のように身を縮め、息を潜め、動かずにいるのが得策だ。よく心得ていた。甲羅は背負っていないが、用心深い亀の真似ならできる。

「ちくしょうめが」

信次郎がまた、呟いた。いや、呻いた。声が喉に引っ掛かり、掠《かす》れている。

珍しい。信次郎の物言いは、決して浮薄ではないけれど重みも熱もない。いつも冷えて滑らかだ。氷柱《つらら》に似ているかもしれない。束の間は触っていられるけれど、長くは持てない。指も身も冷え切って、つるつる滑る氷の柱を捉えておけなくなる。それに似て、信次郎と話しているとどうしようもない凍えを感じたりするのだ。

怒鳴られた覚えはほとんどない。怒りに任せて我を忘れ、声を荒らげるような性質《たち》ではなかった。激高《げきこう》した振り、消沈した風なら幾らでも装うだろうが。

しかし、今の呻きは本物だ。芝居ではない。喉の奥から這い上がり、食いしばった歯の間から漏れ落ちる。信次郎がこんな声を出すのを久方ぶりに聞いた。前に聞いたのがいつだったか思い出せないほど、久方だ。

伊佐治はそろりと首を伸ばし、もう一度、主《あるじ》を窺った。亀なら好きなだけ甲羅に引っ込んでもいられるが、江戸の岡っ引には許されない。身を縮めていては、前に進めないのだ。

「旦那」

意を決して、声をかける。

「これからどうしやす。お指図くだせえ」

信次郎がゆっくりと息を吸い、吐き出す。慶五郎の遺体はすでに家人に引き取られていた。が、信次郎の視線は地面から動かない。それがまだ、横たわっているかのように凝視し続けている。細い路地のどん詰まり、中天《ちゅうてん》に差し掛かった日の光がかろうじて届いていた。『よしや』の、猫の額ほどの裏庭で虫が鳴いている。蟋蟀《こおろぎ》だ。過ぎていく季節を惜しむのか、これまでの生に満足しているのか、澄んだ美しい音色だった。

「親分」

「へぃ」

「すまなかったな」

「え？」

一瞬、何を言われたのか解《げ》せなかった。解したとたん背筋が伸びて、鼓動が速くなった。蟋蟀の声が耳に響いてくる。

今、詫びられたのかよ。嘘だろ、おい。

「旦那、急に何を……」

「おれの見込みが甘過ぎた。というより、まるっきり見誤っていた。結句、この様《ざま》よ」

血が染み込んで微《かす》かな異臭を放つ地面を、信次郎の草履《ぞうり》が踏みにじる。

「見誤っていた？　旦那がですかい」

「そうだ。親分を止めたのはおれだ。調べ直しても無駄だとな」

「へえ……、慶五郎もおはまも泳がせておけと仰《おっしゃ》いやしたね」

「おれはよ、この一件の底が見えたと踏んでたんだ。親分に告げた通り、ちょいと入り組んじゃいるが、とどのつまり女房と情夫による亭主殺し、あるいは酔いどれが早合点して自分を縊《くび》ったに過ぎねえとな。別段、力を入れて引っぺがすほどの皮はどこにもあるまいと思ったわけよ」

「旦那のお気持ちがこの件から離れていたのは、気がついてやした」

そそられるものがない。気を引かれるものがない。心内が騒がない。事件の底が透けて見えたとたん、信次郎はおざなりになる。捕らえるべき犯科人《はんかにん》がいたぶり甲斐のある相手であれば、それなりに興も持つのだが、さしておもしろくもないと見切ってしまえば生きようが死のうが、お構いなしだ。道辺の石ころほどにも心を向けない。

信次郎は菊八の一件をほぼ見捨てていた。底が透けて見えたとおざなりにし、さしておもしろくもないと見切った。遅かれ早かれ、下手人たちは尻尾を出してお縄になる。でなければ、端から下手人などいなかったと明らかになる。それでお終《しま》いだ。それ以上の何かが起こるわけもないと考えていた。信次郎の思案が外れることはめったにない。十年以上付き従った伊佐治さえ、二度しか知らなかった。二度とも信次郎がまだ、無足《むそく》の見習いだったころだ。

今回が三度目。的の真ん中を過《あやま》たず射貫いていた矢が、久々に外れた。それを笑う心持ちにも、目を剝く気分にもならない。ただ、少し怖気《おぞけ》はする。

うちの旦那の眼が届かねえほど深いのか、この一件は……。

信次郎がふいっと息を吐いた。

「まさか、慶五郎が殺されるとはな。思ってもいなかったぜ」

「へえ、しかも、ちょいと風変わりでやすね。ここに」

伊佐治は自分の首筋に手をやった。乾いた肌が指先に触れる。

「五寸釘をぶすりでやすからねえ。どれほどの怨みがあったのか、ぞっとしますさあ」

「怨み？」

「違いやすか。人の首に釘を突き立てるなんざぁ、よほどの怨みがなけりゃやらねえし、できねえ所業じゃねえですかい。ええ、こりゃあ、相当のもんですぜ」

「怨みか……」

「他に考えられねえでやしょ。首を掻《か》き切ってんだ。殺すだけなら、それで事足りやす。わざわざ釘で刺し貫くなんて、怨んでなきゃできやしやせんぜ」

「怨んでいるように見せるため、かもしれねえ」

「あ……、なるほど、それもありでやすね」

釘に刺し貫かれた男の姿があまりに禍々《まがまが》しいものだから、つい尋常ではない怨念とか憎悪とかを考えてしまう。しかし、それは歌舞伎者や役者の衣装と同じく、あまりの派手さ、異様さによって目くらましの役割を果たしているに過ぎない。その見込みも十分にあるのだ。骨髄に徹する怨みからなのか、見せかけて何かをくらますためなのか。

「ともかく、慶五郎の周りを洗い上げてみやす」

主を仰ぐ。「そうだな」と信次郎は微かに頷いたきり、暫く黙り込んだ。伊佐治は少し、焦れてくる。思案の矢の一つ二つが外れたからといってどうだというのだ。次の矢を番《つが》えて的を狙えばいいだけのこと。悔しがるのも、恥じるのも勝手だが刻《とき》は待ってくれない。犯科の証《あかし》は生ものと似ている。刻が行けば行くほど傷《いた》んで、使い物にならなくなる。大半がそうだ。数か月、数年を経て、不意に鮮やかによみがえるものも稀《まれ》にはあるけれど、ともかく急ぐに越したことはない。次の的は外さない。そのための拵えを万全にするためにも、一刻が惜しい。

「旦那、いいかげんに」

「印かもしれねえ」

「へ？」

「喉に釘を刺した、あの格好《かっこう》。何かの印ってことも考えられるぜ、親分」

「印……。いってえ、何の印なんでやすか」

愚問だとわかりながら問うていた。あの慶五郎の死に様がどんなものであれ印になるとは思えない。少なくとも、伊佐治にはまるで見当がつかなかった。

「わかんねえな」

あっさりと信次郎が答える。屈み込むと小枝を拾い、地面に丸を描いた。その下に横一文字の線を引く。

「こういう形に意味があるのかどうか、あるとしたらおもしれえと考えたまでのことさ」

「あったとしても、おもしれえとは思えやせんね。人を殺して何かの印にするなんざ、正直、考えられやせんがねえ」

まともなお頭《つむ》ならと続けるのは、さすがに憚《はばか》られた。口をつぐむ。信次郎は立ち上がり、小枝を投げ捨てた。蟋蟀の音《ね》が止む。

「昨夜、慶五郎がどうしていたか。とことん調べてくれ。それに、菊八の一件の後、特にここ数日、どういう動きをしていたかもな。例の小女が役に立つかもしれん」

「へい」

「念のため、おはまの動きも調べろ。それと、釘の出所だ。慶五郎は大工だからな、釘は売るほど持っていただろうぜ。その内の一本が使われたのかどうか確かめてくれ」

釘はすでに引き抜いて、布に包んであった。それを懐《ふところ》にしまう。

信次郎の物言いは、指図をするときのいつもの調子に戻っていた。淡々としている。絡みついてくる粘りも、棘《とげ》もない。しくじりを取り返そうとする力《りき》みもない。

「わかりやした。すぐに手下を動かしやす。慶五郎の方は、あっしが直に洗いやすよ」

「頼む」

「おまかせくだせえ」

頭を下げ、信次郎に背を向ける。身も心も軽かった。多少とはいえ縁のあった相手が無残に殺された。その事実は重く胸を塞ぐ。けれど、重さを押し返すだけの力が漲《みなぎ》ってくるのだ。これから江戸の巷《ちまた》に飛び出し、走り回り、問い質《ただ》し、聞き出し、道具立てを整える。真実を露《あら》わにするための道具だ。組み立てるのは信次郎であっても、集めてくるのは伊佐治と手下だった。

よし、やってやろうじゃねえか。

力が漲る。気迫が滾《たぎ》る。「あんたは、やっぱり根っからの岡っ引なんだねえ」。おふじに言われたことがある。言われるのはしょっちゅうで、大抵は苦笑いと一緒だった。が、そのとき、おふじは妙に生真面目な顔つきで、人相見のように亭主の面を見詰めていた。古女房がなぜそんなことを真顔で言い出したのか、実のところよくわからない。ただ、間違ってはいない。自分の性分がとことん岡っ引に向いているのは、心得ている。

路地を出る手前で足を止め、振り返る。

信次郎は一人、佇《たたず》んでいた。微動だにしない。秋の盛りより淡く儚《はかな》くなった日差しが、背中をぼんやりと照らしていた。

「なるほど、なるほど。どれも見事なお品ですな」

豊頰《ほうきよう》の、いかにも福々しい人相の男は満足げに笑んだ。

「さすが評判の遠野屋さんの品だけのことはあります。いや、まさに逸品《いっぴん》ばかり」

福相の男、八代《やしろ》屋太右衛門《たえもん》は二度深く頷き、笑みを広げた。

「そこまで言っていただけると、商人冥利《みようり》に尽きます」

清之介も仄《ほの》かに笑み、続けた。

「ましてや、八代屋ご主人のお言葉です。何とも誇らしい心持ちになっております」

嘘ではなかった。八代屋は通旅籠町《とおりはたごちょう》に店を構える呉服屋だが、同町の大丸屋《だいまる》に次ぐと言われる大店《おおだな》で、江戸各所に分店を持つ。名の通った豪商の一人だ。その太右衛門が遠野屋の品を手放しで褒めた。一級品と認めたのだ。誇らしくはある。

「気に入りました。この品、全て、いただきますよ」

笑顔のまま太右衛門が告げる。清之介の背後で、信三が身じろぎした。

簪《かんざし》、櫛《くし》、手鏡、匂い袋、そして紅《べに》。

どれも極上の上にも極上の品だ。特に紅は〝遠野紅〟とも呼ばれ、どれほどの大店にも老舗にもない遠野屋のみの物であり、江戸で手に入る最上の品彙《ひんい》だった。それだけで百両をゆうに超える。それが二種。品全てを購《あがな》えば、三百両はくだらない。

「この場でお支払いいたします。売上げ手形をいただけますな」

菓子箱を渡すように太右衛門は盆を清之介の前に置いた。何の変哲もない木の角盆だ。紫色の袱紗《ふくさ》包みが載っている。袱紗は光沢のある上物だった。

「そちらの言い値通りの金子《きんす》を揃えました。どうぞ、お確かめください」

「ありがとうございます。すぐに手形をご用意いたします」

信三に目配せする。遠野屋の一番番頭は一瞬身じろぎはしたが、顔色を変えるでなく息を乱すでもなく、売上げ手形を差し出した。三百両は大金ではある。が、今の遠野屋で商う額としては、さほど珍しくも大きくもない。事実、今日の得意先回りだけで、すでに二百両近くが動いている。

僅《わず》かも動揺しないことで、信三は江戸屈指の大商人に遠野屋の商いを示していた。

「姪がおりましてな。妹の娘です」

手形を受け取り、太右衛門が目を細めた。目尻が下がり、福相に愛嬌が加わる。

「それが、遠野屋さんの紅を欲しがるのです。欲しくて欲しくて夢にまで出てくると」

「それは、何ともありがたいことです。おかげさまで、こうやって八代屋さまにお買い上げいただけました。姪御さまには、なにとぞよしなにお伝えください」

「ええ、そういたしましょう。たいそう喜びますよ。ああ、そうそう。姪は……おちやと申しますがね、丁度、この屋敷におります。茶など持ってこさせましょう」

太右衛門が手を叩くと、廊下の障子戸が音もなく開いた。男が覗く。ここをおとなった際、座敷まで案内してくれた奉公人だ。細長い馬面をしていた。

「遠野屋のご主人とお連れに茶をお出しするように、おちやに伝えなさい」

「八代屋さま、お気遣いくださいますな。わたしどもはすぐに引きあげますので」

「いやいや、よろしいではありませんか。ご遠慮は無用ですよ。さ、早く。遠野屋さんを待たせてはいかんだろう、急ぎなさい」

「はい。ただいま」

障子戸がやはり音を立てずに閉まる。ここは、八代屋の本店でも分店でもなかった。常盤町の外れにある八代屋の別邸だ。町人の別邸とはいえ、ときに公儀《こうぎ》の重臣も訪れるという屋敷の敷地は広く、美しい庭が設《しつら》えてあった。

通旅籠町の本宅には一度だけ、足を運んだことがある。八代屋から呼ばれたのだ。そのときは数十両の商いだったが、あの八代屋から声がかかったとおみつがやけに高揚していたこと、本宅が意外なほど質素であったことを覚えている。だからこそ、別邸の豪華さに驚く。小藩の下屋敷と言っても通るのではないだろうか。

信三が簪や櫛を丁寧に桐箱にしまい込んだ。どの箱にも、遠野屋の暖簾《のれん》印を押してある。この箱の中身には、遠野屋が全責任を持つという意味だ。納めた品に一分の粗悪も、紛《まが》いもない。遠野屋が売るに値するものだと印す、商人の矜持《きょうじ》でもあった。

紅を入れた合子《ごうし》に信三が手をかけたとき、太右衛門は身振りで止めた。漆《うるし》塗りの合子を手のひらに置き、凝視する。

「遠野屋さんの紅には人を惑わす何かがあるのでしょうかねえ」

独り言のように呟いた。

「おちやはこれまで、物をねだるということがありませんでした。遠慮しているのではなく、もともと欲の薄い娘なのです。どうしても欲しいと訴えることなど、一度もなかった」

訴えなくても満たされていたのだろうと、清之介は推《お》し量《はか》る。むろん口にはしない。口にしなくても察せられたのか、太右衛門は小さく笑った。

　合子を置き、軽く肩を揺する。

「もっとも、あれが欲しいという前に先回りして与えたという面もあるにはありますがね。妹夫婦は若くして亡くなりましてねえ。おちやは一人娘で、わたしが引き取って育てたのです。わたしどもには倅《せがれ》ばかりで娘がおりませんでしたから、女房が殊《こと》の外《ほか》、可愛がりました。親のない子を不憫《ふびん》にも思ったのでしょうが、まさに、蝶よ花よと育て上げたわけです。いや、可愛がったのはわたしも同じです。娘というものがあんなに可愛いとは思いもしませんでした。丁度、倅たちが生意気盛りになっていたこともあり、幼い娘の愛らしさにぞっこんまいってしまって。情けない話ですが、すっかり骨抜きになってしまいました。大きな声では言えませんが、倅たちを分家にして、おちやに婿を取らせたいなんて本気で考えたこともありましたよ。さすがに考え直しましたがね」

「わかります。わたしにも幼い娘がおりますから。けれど、引き取られた先でそこまで慈《いつく》しまれる。姪御さんにとっては何よりでございましたね」

　二親を亡くした幼子が生き抜いていく。それは、いつの世にも困難を極める。孤児となったのは不幸でも、よすがとする伯父がいただけ、おちやという娘は恵まれていたのだろう。慈しまれて育ってきたなら、なおさらだ。

ふっと、おうのの横顔が浮かんだ。父母と死に別れ、十になるかならずかで売られた女だ。清之介の兄の囲い者となり、捨てられ、今は遠野屋の奉公人として生きている。おうのの生涯を不運だ不幸だと決めつけるほど傲慢《ごうまん》ではない。けれど、おうのが潜《くぐ》ってきただろう数多《あまた》の苦労を知らぬままいられたのなら、何よりと言うしかない。苦労は人を鍛えもするが、歪ませもする。おうのの性根は少しも歪んではいない。それでも、眼の奥に暗みがある。人の非情も卑劣も、汚濁のことごとくを知っているがゆえの暗みだ。あの暗みを宿すことなく生きられる娘は、幸せだと思う。

太右衛門が短く息を吐いた。

「その女房も一昨年、亡くなりましたが、息を引き取る前までおちやのことを気に掛けておりましたよ。いずれは自分の手で、しかるべき相手に嫁がせたかったと」

「まさに、母の心でしょうか」

「でしょうかねえ。わたしが言うのもなんですが、情の細やかな女でしたよ。生きているうちにもう少し労《いた》わってやればよかったと詮《せん》ないことを考えてしまいます。いや、わたしも人並みに女遊びに興じて、家内を疎《おろそ》かにしたところがありましたからね。はは、今更、何を言っていると雲の上で女房が苦笑いしておりますかな。ああ、そういえば」

もう一度、太右衛門は息を吐き出し、清之介を見やった。

「遠野屋さんも、お内儀に先立たれておるのですよね」

豪商の眼を見返す。眸の色が柔らかい。悪意も底意も見えない眸だ。見えないからといって、ないとは言い切れないが。

「はい」

「まだお若いのに、お淋しいことですな」

淋しい？　おりんを失った日々を淋しいとも苦しいとも表せない。どんな言葉にも置き換えられないのだ。奈落《ならく》を覗いた気はする。奈落に飛び降りず、現《うつつ》を生きているのはなぜか。折に触れ、思う。そして、おりんに二度と逢えない日々であってさえ、おもしろいと感じさせてくれる諸々があると知った。商いであり、おこまであり、おしのであり、信三であり、おみつであり……おりんが遺してくれた全てがおもしろい。だから生きてこられた。笑いもできた。おりんが手渡してくれたものの大きさに、眩《まばゆ》さに息が詰まりそうになる。人の生はおもしろい。奇怪でもある。

おりんの死によって、出逢ってしまった男がいる。その男から逃れたいのか、その男をもっと深く捉えたいのか、惑う己がいる。ときに望むなら殺してやってもよいと思い、ときにできるなら一切の関わりを断ちたいと願う心を持て余す。

おりんが引き寄せた男だ。おりんが生きていれば、あの夜、二ツ目之橋《ふたつめのはし》から身を投げなければ出逢わなかっただろう男だ。

そこまで考えて、清之介は唇を結ぶ。

木暮さまと出逢わなかったら……どうなのだ。

あの歪形《いびつなり》の男を、外側は確かに人であるのに内は人ならざる男を知らぬままだったとしたら、どんな日々であったのか。

静かに、穏やかに過ぎて行っただろうか。ひりつく想いも、滾《たぎ》る心も、驚愕も、呆然も、憎悪も、一瞬の殺意も、我が内から我も知らなかった我を引きずり出される痛みも快味《かいみ》も、ことごとく退けて生きていただろうか。だとしたら、それはどんな一日一日《ひとひひとひ》であったのだ。

想いが及ばない。出逢ってしまった後の年月がとてつもなく苦々しくあるのか、胸躍る心地に酔うようであるのか決めかねる。

足音がした。密やかであるけれど弾みもある。足音の主が若い証だ。

「失礼いたします」

障子が勢いよく開く。先刻はほとんど音を立てなかったのに今度は、かたかたと鳴った。縞《しま》の振袖を纏った娘がひざまずいている。島田髷《まげ》に花簪、麻の葉柄と黒繻子《くろじゅす》の昼《ちゅう》夜《や》帯。豪奢《ごうしゃ》ではないが、お大尽《だいじん》の娘にふさわしい出で立ちだ。

顔を顰《しか》めた太右衛門が、目の端に見えた。

「おちや、いつも言っておるだろう。障子は静かに開けなさい。歩き方も爪先からこう、滑らせるようにしてだな」

「まあ、本当だわ」

娘が叫んだ。澄んだきれいな声だ。

「本当に、遠野屋のご主人さまだわ。まあ嬉しい」

「おちや。おまえ、もうちょっと慎みというものを」

「はじめまして、遠野屋さん。おちやと申します」

おちやが膝で滑るように、近づいてきた。清之介の前で手をつき、頭を下げる。

「遠野屋清之介でございます。おちやさま、よろしくお見知りおきください」

「はい。一生、見知りおかせていただきます。あたし、すごくお逢いしたかったんですもの。忘れることなんて、できません」

「は……」

白磁《はくじ》の湯呑を清之介の前に置き、おちやはいたずらっぽく笑った。茶の香りが漂う。

「だって、〝遠野紅〟の遠野屋さんですもの。すごいですわ。あんなに美しい物を作るなんて、ほんとうにすごいことです。伯父さん、手に入れてくださいましたの」

「おまえにせがまれたからな。遠野屋さんに無理やり頼んで、二色、揃えてもらった」

「まあ、嬉しい。ほんとに嬉しいわ。伯父さん、大好き」

「はっ、何をおべんちゃらを言ってるんだ」

「あたし、おべんちゃらなんて言いません。ほんとのことよ」

おちやの眸《ひとみ》がくりくりと動く。江戸の娘らしく、艶はあるが浅黒い肌をしていた。その色が却って、おちやに生き生きとした気配を与えているようだ。とびきりの佳人《かじん》ではないが、引き締まった姿とよく通る声、生気に満ちた表情は人の眼と心を惹きつける。なるほど、八代屋太右衛門ほどの人物が溺愛するだけのことはある。

「江戸で、いえ、きっと日《ひ》の本《もと》一の紅ですもの。早く塗ってみたい」

「お褒めにあずかって、わたしも嬉しゅうございます。けれど、おちやさまには」

「さん」

「はい？」

「さん付けで呼んでくださいな。〝さま〟と呼ばれるほど、あたし上等じゃないんです。伯父さんから、いつも叱られているんですよ。もう少し品よく振舞えって」

八代屋の身内なら世間的には十分、上等で通るだろう。事実、おちやはいかにも大店の娘らしい品を具えている。立居振舞《たちいふるまい》もきびきびとしているが、がさつではない。

「では、おちやさん」

「はい」

「あなたに紅は、無用な気がします」

おちやの表情が固まる。黒い眸が真正面から清之介を見据えていた。横顔に太右衛門の、背中に信三の視線を感じる。「それは……」と、おちやが顎を上げた。

「それは、あたしには〝遠野紅〟は似合わない、使いこなせないってことですか」

「違います。無用、つまり、いらないと申し上げたのです」

「いらない？　紅がいらないと？」

「はい。紅も白粉《おしろい》もいらないでしょう。おちやさんは肌にも唇にも艶が存分にあります。化粧でそれを隠すのはもったいないと、わたしは思いますが」

「まあ……」

紅も白粉も人を美しく飾る。ほんのりと唇や頬に紅をつけるだけで、軽く白粉をはたくだけで、人の面に華やぎを加えるのだ。

もう半年も前になるが、おうのが一人の女に化粧を施した。女は、遠野屋の古くからの客で齢《よわい》はすでに五十を超えていた。死病に冒され、肌も髪も乾いて色艶を失った女の面を、おうのは丁寧に色めかしていった。仕上げに〝遠野紅〟を一刷《ひとはけ》、唇にともす。

「まあ、これは」

鏡を覗き込み、小さく叫んだ女の顔も声も清之介の脳裏に焼き付いている。死とは無縁の若々しい輝きと響きに彩られていた。

「あたし、こんなに綺麗だったんですねえ」

「はい。お綺麗ですよ」

「もう駄目だって思ってました。このまま、病に負けて枯れていくだけだって……。でも、違ったんですねえ。こんなに綺麗になれて……。おうのさん、あたしがお棺に入るときも、この化粧をしてくださいな。頼みますよ」

女はその後、二十日余りを生きた。おうのは女に死に化粧を施し、約定《やくじょう》を守った。

飾る、装う、拵える。ときにそれが人にとって、女にとってかけがえのないものになる。生きる糧《かて》になる。しかし、今のおちやにはいらない。

「どれほどの紅でも、娘さんの艶には勝てません。今のおちやさんの肌色、唇の艶をわざわざ隠さずともよいのではありませんか」

この紅を、あの白粉を無用とする色めきは、ほんの短い間《ま》しか持ちえない。おちやは、その短い間の最中《ただなか》にいる。隠さずともよい。塗らずともよい。己の若さを、寸の間の輝きを見せつけ、驕《おご》ればいいではないか。娘にだけ許された驕《おご》りなのだ。

「ま……、あきれた」

おちやが唇を尖らせる。頬が赤らんで、眸の奥が潤んだ。

「それじゃ、せっかく買ってもらった紅を返せって仰っているように聞こえますわ」

「そうですね。無用ならお返しいただいてかまいません」

「そんな商いってあります？　一品でも売ってこその商いでしょう」

おちやの唇はますます尖り、頬の赤らみが濃くなる。昔話をねだる童《わらべ》の顔だ。

「おちやの言う通りです」

太右衛門が、これは大店の主らしい低く緩やかな調子で口を挟んできた。

「品が無用とは、商人として如何《いかが》なものですかな。遠野屋さん」

「無用とわかっていながら売る方が、商売の道には外れておりましょう。品とお客さまを結び、最も品が生きる、売った後もお客さまに満足していただける商売をする。それが商人の役目だと思っております」

「ふむ、なるほど。それが遠野屋さんの商いの是《ぜ》なわけですか」

太右衛門が姪を見やる。口元が僅かに綻《ほころ》んだ。

「ということだ。どうするね、おちや」

おちやは瞬きして、視線を清之介に向けた。眉が心持ち上がっている。眼の光が尖って、心中の腹立ちを伝えてきた。怒りの顔つきのまま、

「遠野屋さんって、人たらしです」

と言い捨てて、不意に立ち上がった。だらり帯が揺れるほど、激しい動きだ。

「稀代《きたい》の人たらしだわ。艶だなんて……、あたし、もう、知りません」

裾を引いて、おちやが出て行く。廊下に控えていた奉公人が静かに障子を閉めた。

「おちやさんを怒らせてしまいました。申し訳ありません」

太右衛門に頭を下げる。正直、おちやがあそこまで憤るとは思ってもいなかった。読みが甘かったのだ。どんなわけであれ、客を怒らせたのは清之介の手落ちだ。ひたすら、

詫びるしかない。

「気になさることはありませんよ。あれは、怒っているのではありませんから。ああ、どうぞ茶を召し上がりください。わたしの祖父《じい》さまは元々西の出でしてね。今でも遠縁の者が幾人かおります。そこから毎年、極上の茶を送ってくるのですよ。宇治《うじ》や狭山《さやま》ほど有名ではありませんが、さっぱりした旨味がありまして、わたしは気に入っているのですよ」

茶をすすり、太右衛門は鷹揚な物言いで「おちやは」と続けた。

「怒っているのではなく、恥ずかしがっているのです。気恥ずかしいと、ついつい高飛車になってその場から逃げる。あの娘の悪目です。まあ、そこが可愛くもあるのですが」

「気恥ずかしい？　おちやさんが恥ずかしがっておられると？」

「そうです。あなたに褒められましたからな。肌や唇に艶があって美しいと」

「褒めたのではなく事実を申し上げました。不躾《ぶしつけ》ながら、お顔を拝見した瞬間、化粧はいらない、むしろ邪魔だと感じましたので」

「お世辞でも追従《ついしょう》でもないからこそ胸に染みたのでしょう。まして、遠野屋のご主人からとなると、そこらあたりの半端言葉とは違う。わたしが言うのもなんですが、おちやは馬鹿ではありません。言葉の重み、真の値というものを心得ております」

清之介は首肯《しゅこう》した。おちやが聡明な性質であると、僅かのやりとりでも解せた。聡明で素直で明朗だ。真綿に包まれて生きてきた年月は、おちやの性根を損なうのではなく豊かに、純に育てたらしい。

「ただ、あなたは一つ、考え違いをしておられる」

太右衛門の物言いがほんの僅か引き締まった。それを感じる。清之介は居住まいを正し、八代屋の主人を見据えた。考え違いとは。

「品の本当の値打ちを決めるのはわたしたちではなく、お客さまです」

太右衛門はもう一度、合子を手のひらに載せた。

「この紅は、女を飾るだけでなく守り神にもなるんですよ」

「紅が守り神に？」

「そうです。唇や頰につけるつけないではない。〝遠野紅〟を持っていれば幸せになれる。女たちの間で噂になっているそうではありませんか。ご存じなかったですか」

「知りませんでした」

「そうですか。もしや、遠野屋さんが意図して流した噂かもと考えておりましたよ。いや、お気を悪くしないでください。わたしなら商売の一手として、わざとそういう噂を広めたかもしれないと思うただけのことです」

腰を浮かしかけた信三を制するかのように、太右衛門はかぶりを振った。

「遠野屋さんは、そんな真似はしなかった。けれど噂はたち、独り歩きし、〝遠野紅〟の値打ちをさらに高めた。お客さまが品を育てたのです。あなたの言う通り、品とお客さまを結びつけるのも品を生かすのも商人の仕事。けれど、ときには、売った相手が品を生かし育て、変えてくれることもあるのですよ。さらに言えば、品そのものが人を変えることもあります。この紅を持っているだけで幸せだと思える女人《によにん》が大勢、おるのでしょう。思えれば人は前を向きます。生き方が変わってきますよ」

ああと声を上げそうになった。なるほど、商いにはそういう一面もあったのだ。商人ではなく買い手として見る、その眼差しを忘れていた。

「八代屋さま、ありがとうございます。肝に銘じて励みます」

「いやいや、出過ぎたことを申しました。わたしも年ですな。言うことが一々、説教じみてしまう。遠野屋さんほどの方にいらぬ説法《せつぽう》をしてしまいました。お許しくださいよ」

「許すなどとんでもない。大切な心得を教えていただきました。御礼申し上げます」

本心だ。八代屋太右衛門は清之介に欠けた一点を示唆《しさ》してくれた。ありがたい。

清之介自身、職人の創り出す品の見事さに心を揺さぶられてきた。これだけの品を世に出す手伝いができると誇らしかった。商人としての道が自分の前に延びている、見事な品々と生きていける。その想いに震えたのは、つい数年前ではないか。過ぎていく日々の中で己の商いの基《もとい》を一つ、忘れかけていたか。

太右衛門がため息を漏らした。

「やれやれ、うちの倅たちもあなたの半分でも聞く耳があればよかったのですが。親父の商売はもう古いの一点張りで、忠告などまるで受け付けようとしないのですよ。困りものです。あなたのような倅が欲しかった。であれば、八代屋は安泰なのですがねえ。おや、これは、ついつい愚痴をこぼしてしまいましたか。これも年のせいですかなあ」

ははははと太右衛門は豪快に笑う。年など寄せ付けない強い響きだ。

清之介は湯呑を口に運んだ。茶の芳香が濃くなる。

うん？

さっぱりとした風味が口中に広がる。狭山の茶に似ているが、少しばかり円《まろ》やかだ。

この茶は……、どこかで、飲んだ覚えが……。

「倅になる気はありませんかな」

常磐《ときわ》緑の茶が揺れる。清之介は湯呑を置いて、顔を上げた。八代屋太右衛門の視線が絡んでくる。笑ってはいなかった。

「今、何と仰いました」

「わたしの倅になる気はないかとお尋ねしたのですよ、遠野屋さん」

背筋を伸ばす。絡みつく視線を真正面から受け止める。

「仰っていることがわかりかねますが」

「遠野屋さん」

「はい」

「おちやをどう思われました。腹蔵《ふくぞう》ないところを聞かせてもらえませんか」

「おちやさん？　はい……。ご自分の足でちゃんと立てる方とお見受けしました」

「自分の足で、とは？」

「周りに流されず、ご自分の頭で考えることができる。そういう力をお持ちかと」

感じたままを正直に告げる。おちやに世間を知らない者の驕気《きようき》が微塵《みじん》もないとは言い切れない。愚かな面もむろんあるだろう。けれど、それは世間の風にさらされていくうちに、削り取られて、拭い去られていくのではないか。そう遠くない将来、おちやは己の思案で動くことのできる一人前の大人になっている気がする。

「ほぉ、何よりの褒め言葉だ。ありがたい」

太右衛門が身を乗り出す。木蘭色《もくらんじき》の羽織から微かな香が匂った。

「遠野屋さん、前置き抜きで言わせてもらいますが、おちやを娶《めと》ってはいただけませんか」

信三が、「はぁ」とも「ふぅ」とも聞こえる息の音をたてた。

「あれは、年が明ければ十九になります。嫁ぎ先をずっと探しておりました。それで、お頼みするのです。おちやを遠野屋の嫁に迎えてはもらえませんか」

清之介は顎を引き、目の前の豪商を凝視する。おちや自らが茶を運んできたときから何かあるとは感じていたが、さすがにこの成り行きは予見できなかった。

「八代屋さま、先刻申し上げたように」

「〝さん〟でけっこうですよ。ここから先、客としての話ではなくなりますからな。売り手買い手ではなく、対々《たいたい》の話がしたいのです」

清之介を遮り、太右衛門は深く首を縦に振った。

「では、八代屋さん、申し上げたようにわたしには娘が一人、おります」

「知っておりますよ。まだ、お小さいのでしょう」

「まだ片言が残っているような年端です。亡くなりましたが、女房もおりました。遠野屋の先代の娘です。女房と一緒になることで、わたしは遠野屋を受け継ぎました」

「なるほどなるほど、入り婿というわけですな。あなたのような方を跡継ぎとして迎え入れられたとは、先代の遠野屋さんは幸運でしたな」

さらりと実に何気なく相手を称《たた》える。何気ないだけに、心に染みる。しかし、清之介の心は浮き立ちも弾みもしなかった。むしろ、構えてしまう。

知っているのだ。

八代屋太右衛門は清之介の来《こ》し方《かた》をある程度、知っている。おりんの死も、清之介の前身が武士であることも、おこまと血が繋《つな》がっていないことも、遠野屋の内情も摑んでいる。調べ上げられることは全て調べた上で、座っているのだ。

「畏《おそ》れ入ります。先代から受けた恩をまだ十の一二も返せてはおりませんが」

「おやおや、とんでもない謙遜《けんそん》をなさる。今の遠野屋さんの身代《しんだい》をここまでにしたのは、あなたの手柄でしょう。こう申しては語弊《ごへい》があるかもしれませんが、遠野屋というお店がかほどに栄えたのは、あなたが主となってから。それまでは、小商いの表店《おもてだな》に過ぎなかった」

「わたしに商いのイロハを教え込んでくれたのは先代です。わたしは先代から店と商いを託されました。先代がいなければ、そして……女房と出逢わなければ、今のわたしはありません。先代と女房、二人はわたしの恩人なのです。その恩に報いるために、遠野屋の店と生きてまいりました。その結句、身代が少しでも肥えたなら、彼岸で二人に合わせる顔もあろうかと思うのです」

ふむと、太右衛門は眉を顰《ひそ》めた。物言いがやや尊大になる。

「遠野屋さん、それはつまり、おちやとの縁談を断るとのことですな」

「八代屋さんから、このようなお話をいただくのは身に余る栄誉です。けれど、お受けするわけにはまいりません。ご寛恕《かんじょ》ください」

「言わずもがなですが、おちやを嫁にするとは八代屋と繋がるということです。八代屋が遠野屋の後ろ盾になるというね。あなたにとって、決して損な話ではない。むしろ、大層益になる良い話なのではありませんかねえ」

「重々、承知しております」

八代屋が遠野屋の後ろ盾になる。それが、どれほどの虎威《こい》となるか。深く考えずともわかる。遠野屋は間違いなく、本所深川随一の大店になれるだろう。

「遠野屋さん、わたしはね、おちやを無理やり押し付けようなんて考えちゃおりません。無理を通さなくても、嫁入り先は数多ございますからねえ」

そうだろう。八代屋の威光とおちやの見場《みば》、人柄があれば、星の数にも劣らない縁談が集まってくるはずだ。

「わかります。望むところに望むようなお輿《こし》入れができる。わたしのような子連れの鰥《やも》夫《お》など選ばずともよろしいでしょう」

「望んでおるのですよ、遠野屋さん」

やや屈み込んでいた身体を起こし、八代屋は告げた。

「わたしもおちやも、あなたをと望んだのです」

一息分黙《もく》し、太右衛門は清之介の顔を覗き込んできた。詰る風も憤っている様子もない。凪《な》いで静かな、言い換えれば心内に何があるか読み取れない眼をしていた。

「八代屋を後ろ盾として遠野屋はますます盛んになる。そして、いずれは八代屋の屋台骨の一本になってもらいたい。わたしはそう望んでいたのです。おちやも否とは言いませんでした。いや、まさかねえ……。正直、こうもあっさりと断られるとは思ってもおりませんでした」見込みを誤ったとは、八代屋太右衛門も焼きが回りましたかな」

「もったいないお話だとわかっております。ただ、わたしはもう、誰であろうと所帯を持つ気はございません。それだけのことです」

女房と呼ぶのは、ただ一人だ。おりんしかいない。お
「わかりました。この件は諦めましょう。おりんしかいない。ちやは落胆するでしょうが、縁がなかったのだからいたしかたない」

太右衛門は勢いよく、自分の膝を叩いた。そして、笑顔を清之介に向ける。

「では、この話はここまでとして、実はもう一つ二つ、お願いしたいことやらお尋ねしたいことやらがあるのですが、よろしいですかな」

「なんなりと。ただし、どこまで八代屋さんの意に沿えるかは心許なくもありますが」

「いやいや、さして難しくも込み入ってもおりません。用心なさらないで結構ですよ。お尋ねしたいのは、遠野屋さんが開いておられる集まりについてなのですがね。ほら、帯から反物、履物、小物に至るまで女人の装い品ことごとくを一間に並べて、客を招くというやつです」

「あ、はい。あの集まりが何か？」

履物問屋吹野屋《ふきの》の主謙蔵《けんぞう》、帯を商う三郷屋《みさと》の二代目吉治《きちじ》。この二人に江戸で商人として出会い、新たな商いを模索した。そして、遠野屋の表座敷を造り直し、商いの枠を超えて品を並べるという新しいやり方に辿り着いた。順風満帆ではなかった。ここまでと覚悟した一時も、前に進むために足掻《あが》きとおした日々もあったのだ。数えきれないほどに。

清之介を含め三人は若く、商いの深さに魅了されていた。今も魅了されている。だから、掘り下げたい。商いの大地を掘り進めば何が現れるか、この目で確かめたい。三様の都合や思惑を抱えた商人たちの一致する想いだ。

手探り、足探りで始めた試みは評判になり、申し込みが押し寄せるようにはなったけれど、集まりに請待《しょうたい》できる数は限られている。一年待ち、一年半待ちの客も珍しくなかった。

「いや、大層おもしろい試みだと感心しておりました。何でも化粧師《けわいし》や役者を呼んで、色合わせや柄合わせまでお客さまに助言なさるとか。ああ、そういう商いもあったのかと、わたしのような旧《ふる》い商人《あきんど》は驚かされましたよ」

「まだまだ、これからの試みです。あれこれやってみてはしくじり、その上でまたやってみる。その繰り返しで、世間に言われているような華やかなものではありません」

「〝遠野紅〟も、その席で売られるのですか」

「紅は売ります。ただ、八代屋さんにお渡しした程合いの物は売りません。売りたくとも売れないのです。この合子に詰めるだけの〝遠野紅〟を作るのには、一年近い月日がかかります。最上質の紅花が大量に入用ですし、ごく僅かの量しか作れません。当然ながら、とてつもない値になり、八代屋さんほどの大尽でなければ買い求められない物になっています。はっきり申し上げて、商いとして成り立つ品ではありません」

正直に告げる。ごまかしや曖昧が太右衛門に通じるとは思えなかったし、その用も感じていなかった。問われたことに淡々と答えていく。

「これほど評判の紅が商いにならないと？」

「今のところは」

「損が出ているのですかな」

「徐々に減ってはきておりますが。確かな利が出てくるのがいつになるか、正直、まだ見通せないのです」

これも正直に告げる。

「それでも、作り続けるのですか」

「はい。この紅は遠野屋という店に箔《はく》をつけてくれました。他にはない遠野屋だけの品がある。それが、店にとってどれほどの意味になるか、八代屋さんならご承知でしょう。簪も櫛も紅板も白粉も、遠野屋の品全てが格別であるように人は感じてくれます。それは商いにとって、この上ない益であるはず」

「格別でしょう」

太右衛門は緩やかな仕草で茶を飲み干し、微かな息を吐いた。

「わたしも八代屋の主です。物を見る目はそれなりに持っている。さっき、拝見した簪も櫛も見事な品でしたよ、遠野屋さん。正直、驚きました。はは、あなたには驚かされてばかりいるようだ」

清之介も茶で喉を潤す。味を確かめる。仄《ほの》かに青く仄かに甘い。

「これら全て、お抱えの職人さんの手なのですよね」

「こちらに持参した品は全てそうです。わたしと後ろにおります番頭とで選り抜きました」

「なるほどなるほど、たいへん結構です。全て格別の品でした。あれだけの品をいつでも揃えられる。口で言うほど容易《たやす》くはありますまい。こういう商いができる。品だけでなく人も育て……ええ、後ろに控えている番頭さん、なかなかの器とお見受けしましたよ。お店の内は安泰というわけですな。遠野屋さん、あなたも格別です。格別な商人ですよ。しかも、まだ若い。うちの倅たちより、だいぶ若いのですからなあ。まさに後《ご》生《しょう》おそるべし、いや、末楽しみなお方です」

背後で信三がもぞりと動いた。八代屋の手放しの称賛が些《いささ》か面映《おもは》ゆかったのだろう。

「ありがたいですが、わたしどもにはもったいないお言葉です。なあ、信三」

振り返ると、信三と目が合った。

「はい。八代屋さまにそうまで言っていただいて、ひたすら恐縮しております」

信三の眼の奥にちらりと影が走る。用心を促す影だ。清之介は前に向き直った。

お店の内は安泰。八代屋は言った。ならば、外はどうなのだ。遠野屋の外は平穏とはいかないわけか。

「まったくねえ。正直ついでに打ち明けてしまいますが、わたしとしては、おちやをあなたと妻《めあ》わせて八代屋の身内に取り込みたい。そんな思惑、下心も十分にあったのですよ。遠野屋の後ろ盾になる代わりに八代屋の支えにもなってもらいたいとねえ。あっさり潰《つい》えてしまい、残念ですが。はは、これはまた、未練がましい物言いをしてしまいましたな」

信三が軽く咳をする。清之介は茶を飲み干した。

辞する潮時だ。湯呑を置き、辞去《じきょ》の挨拶をする前に八代屋に呼ばれた。

「遠野屋さん」

「はい」

「これを、わたしに譲ってはくれませんかね」

八代屋が紅の合子を取り上げる。指を曲げ包み込む。それだけの仕草が、禍々《まがまが》しく感じられた。清之介は敢えて、口調を鈍くした。

「は？　紅ですか？　それは先ほど、お買い上げいただきましたが」

八代屋の口元が僅かだが歪んだ。福相が引き締まり、射るような光が眼中を走る。

「わたしが何を言いたいか、わかっていらっしゃるでしょう。お惚《とぼ》けはなしにいたしませんか」

「そうは言われましても、わたしにはさっぱりなのですが。一旦売った紅を譲るも譲らないもありません。合子の紅は八代屋さんのものです」

「五万、いえ、六万両でいかがです」

八代屋は投げ出すように合子を置いた。暮れかけた初冬の日に漆がぬらりと光る。

「六万両で、〝遠野紅〟の全てを八代屋に譲っていただきたい」

信三の気配が乱れた。振り向かなくても、目を見張り腰を浮かせた姿が見える。

「何を笑っておいでです、遠野屋さん。笑うようなことを申しましたかな」

太右衛門の眉が寄る。この日初めて、不快を面《おもて》に表した。清之介は口元を緩めたまま、軽く首肯した。

「はい、なかなかおもしろい冗談でございましたよ。笑えました」

「十万両」

太右衛門がほとんど口を動かさずに、言った。それから、ゆるりと笑む。

「〝遠野紅〟は、最上《もがみ》紅花だけでなく他所《よそ》の紅花も使っているのでしょう。その色合いの僅かな違いを実に上手く使って、どこにもない紅色を作り出した。そうではありませんか」

そうだとも違うとも、清之介は答えなかった。

八代屋太右衛門は遠野屋が扱う紅花の産地を知っている。そういう口振りだった。

太右衛門の言う通り、遠野屋の紅師は最上紅花を含め、産地の違う数種の紅花を使っている。その内の一つが、清之介の生国、嵯波《さなみ》の物だ。嵯波紅花の栽培に清之介は深く関わっている。嵯波紅花の売買を一手に握ることを見返りに、畑の開墾から水運のための河川改修にかかる要脚《ようきゃく》を肩代わりしていた。

莫大な金が動いている。

しかし、嵯波紅花が真《まこと》の商品となるまでには、つまり、確かな利を生み出すためには、まだ多くの年月が入用だ。覚悟していた。ただ、嵯波の紅花は独特の色合いがあり、少量混ぜ込むことで思わぬ色調や艶を醸《かも》し出す。それは意外な天賜《てんし》だった。詳細はともかく、そういう諸々の事情を太右衛門は知っている。

「遠野屋さんが持っている紅の仕入れ先、拵え方、全て包《くる》めて十万両で買い取ります」

「本気で仰っておいでですか」

「むろん、本気です」

「では、返事は一つです。お断りいたします」

「十万両ですよ、遠野屋さん。あなた、さっき儲けは出ていないと言いましたな」

「申しました。ここまでに費やした額を含めますと、今のところは明らかな欠損です」

「益を生み出すのは、これからだと考えておられるわけですな」

「むろん、そうです」

遠野屋の紅の商いはまだ始まったばかりだ。これから育ち、広がっていく。将来、どれほどの花を咲かせてくれるか。今は、丁寧に守り続けるときだ。

「遠野屋さん、釈迦《しゃか》に説法《せっぽう》なのか馬の耳に念仏なのかわかりませんが、一つだけ言わせてもらいますよ。たった一つの品の商いで十万両の益を上げるのは至難、ほとんどありえないことです。〝遠野紅〟がどれほど優れた品であっても、採れる量と掛けた手間暇、これからの入目《いりめ》を考慮すれば元が取り戻せるかどうか、些か心許なくはありませんか」

「八代屋さんは、そうお考えになったと？」

「そうですね。あなたの代で十万両の儲けを出すのは、正直、ありえますまいな」

「それは、どの店でも同じでしょう。この商いは長きにわたる闘いです。いくら八代屋さんとはいえ、一気に益を上げられるとは思いませんが」

そりゃあそうですと、八代屋は目を細めた。福相の好々爺《こうこうや》の顔つきになる。

「そんなことは無理ですよ。無理と承知で申し上げているのです。遠野屋さん、わたしはあなたが気に入ったのですよ。いや、大いに気に入りました。だからこそ、遠野屋というお店をわたしなりに守りたいと思ったしだいでね。そのための申し出なのですが」

「どういう意味でしょうか」

たまりかねたのか、信三が話に割り込んできた。

「それでは、まるで遠野屋が潰れるように聞こえるではありませんか。いくら八代屋さまでも、言うてよいことと悪いことがございます」

「信三、口が過ぎる。おまえの出る幕ではない。控えていなさい」

叱りはしたが、清之介も同じ想いだった。

言ってよいことと悪いことがある。太右衛門の言葉はあまりに傲岸《ごうがん》だった。

「商いに確かな先などありません。ましてや、新しい仕事を拓《ひら》くとなると大層な危殆《きたい》を覚悟せねばならぬものです。紅の商いがいつなんどき、遠野屋さんの命取りになってもおかしくはないとわたしは見ています。入目《いれめ》がかかり過ぎます。それに見合う益が上がってくるまでにはまだ相当の年月がかかるでしょう。万が一、何事かの災厄が起こり……そうですな、天災に見舞われて紅花が全滅するとか、荷を運ぶ途中で船が転覆するとか、そういう災厄が起これば、遠野屋の土台を揺るがしかねないでしょう。事実、そういう成り行きで潰れたお店はごまんとありますからねえ」

「ですから、危殆を抱えるという意味なら八代屋さんも同じではありませんか。紅のために十万両を出すというからには、それを上回るものを紅から引き出さねばなりません。遠野屋には無理でも、八代屋さんにはできると言い切れるのですか」

「言い切れますよ。八代屋は待てますからな。紅が本当の商いとして成り立つまで待てます。突然の厄災に見舞われてもそう騒がなくてよろしいでしょう。屋台骨が揺らぐことは、まず、ありますまい」

店の格が違うのだ。

太右衛門はそう告げている。暗にではなく、あからさまにだ。清之介を試しているようでもあり、そそのかしているようでもあり、からかっているようでもあった。

「そういうことなら、遠野屋も堅牢《けんろう》です。ご心配には及びませんよ、八代屋さん」

清之介は膝の上に手を重ねた。

「わたしも商人の端くれです。店を潰さぬための策も、土台を盤石《ばんじやく》にする手立ても常に思案しております。そう容易く揺るぎも壊れもしない基《もとい》が今の遠野屋にはございます。おそらく八代屋さんがお考えになっているより、ずっと確かな基でしょう。自惚《うぬぼ》れでなく、わたしはそう信じておるのですよ」

何か言いかけた太右衛門を制するように、清之介は畳みかけた。

「ですからこの件、せっかくのお申し出ながら断らせていただきます」

指を滑らせ、そのまま、深く座礼する。

「今日は、遠野屋の品をお買い上げいただき、まことにありがとうございました。これからも努めてまいりますので、ご贔屓《ひいき》いただけますようお願いいたします」

腰を上げる。障子戸がするりと開いた。あの奉公人が黙って見上げてくる。

「遠野屋さん」

太右衛門が呼び止めてきた。

「あなたは、まだ躓《つまず》きというものを知らない」

座したまま、そう言う。

「あなたが人としてどう生きてこられたかは知りません。躓きも、挫《くじ》け折れたことも、奈落を覗いたこともあったかもしれませんなあ。しかし、商人としては如何です。ここまでさしたる転蹶《てんけつ》を知らず来られたのではありませんか。生きるか死ぬかの瀬戸際に立たされたこともなかったでしょう。あ、いやいや、誤解なさらないでくださいよ」

今度は、太右衛門が身振りで清之介を制した。

「あなたを貶《おとし》める気は毛頭ありません。むしろ、感心しておるのです。身代を継いで、順当に商いを伸ばしていく。口で言うほど容易いものではないと、よくわかっておりますからな。ええ、骨身に染みてわかっております。あなたは、その容易くない道を切り拓いてこられた。たいしたものですよ、遠野屋さん。けれど、打たれぬ者は弱い。あなたのように才に長《た》け、聡く、強靱《きょうじん》な方というのは存外弱いものです。こういう言い方は何ですが……商人向きではないのです。むしろ、よく躓き、よく挫け、弱さと非才を抱え持った者の方が向いている。弱いが故に打たれ、才がないから打たれ、なお打たれ、それでも折れなかった者だけが残れるのです。それが、商人というものですよ」

太右衛門の言葉は辛らつだった。貶める気はないと言いつつ、清之介に商人不適の烙《らく》印《いん》を押している。しかし、真実を含んでいた。なるほどと頷きそうになる。

打たれ、打たれ、なお打たれ、それでも折れなかった者だけが残る。

自分が商人としての資性《しせい》にどの程度恵まれているのか、推し量れない。ただ、おりんの父吉之助《きちのすけ》から遠野屋を渡されてから、商いとともに懸命に生きてきた。その挙句、築いた身代を他人は称賛する。

見事です。よくここまでにされました。精進の賜物ですなあ。あの世で先代がどれほど喜んでおられるか。裏側に妬心《としん》やおもねりや皮肉を貼り付けたものも多々あったけれど、本気の労《ねぎら》いや称嘆を感じさせるものも少なくはなかった。そういう言葉にいつの間にか慣れ、心地よく酔い、気持ちのどこかに隙ができていたかもしれない。

自惚れという隙だ。

おれは、ひとかどの商人と認められるだけの仕事をしたではないか。

胸を張り、衒《てら》いたい想いが頭をもたげていた。

衒う？　どこに向かって、誰に向かってだ？

世間か、己の来し方か、それともあの男か。

清之介は身体を回し、もう一度、太右衛門に頭を下げた。

「ご助言、ありがたくいただきます。ただ、わたしはやっと、商いのとば口に立ったに過ぎません。どのように打たれるかは、ここから先の話になりましょう。その折には、今日の八代屋さんの言葉を思い出し、必ずや〝残る者〟になってみせますので」

八代屋に挑む気は起こらない。むしろ、素直にその言を受け止めたい。それだけの値打ちがあると思う。が、素直に心の内に入ってきた言葉は、少しのざわつきにもならない。気をそそけだたせることも、執拗《しつよう》に絡んでくることも、毒となることもなかった。

凪《な》いだ胸を軽く押さえ、清之介は座敷を出た。馬面の奉公人が数歩先を無言で歩く。

日はすでに半ば暮れて、空は濃い紫から混じりけのない黒に変わろうとしていた。雲がないのか、星の瞬きを数えることができる。

手入れの行き届いた中庭を挟んで二本の廊下が延びている。どちらにも、掛け行灯が並び、辺りを照らしていた。

淡い臙脂《えんじ》の明かりの中に、おちやが現れる。後ろに小女を従えていた。小女は膳を掲げていた。他にも客がいるらしい。この屋敷は、八代屋にとって意味ある相手との密談や接待の場ともなるのだろう。もっとも、今、このとき、清之介の中からどのような思案も思慮も掻き消えていた。

足が止まる。

息が詰まる。鼓動が速まる。胸の肉を押し上げるほど、心の臓が高鳴った。現に痛みを感じる。痛み、縮み、捻じれるようだ。

おりん。

何かを恥じるかのように俯《うつむ》いた小女が、すでに亡い女房と重なった。似ている。いや、そっくりだ。

清之介の眼は宵闇を貫き、向かい側の廊下に立つ女を捉えていた。

白い横顔、頬の線、鼻の形、唇の形、伏せた睫毛《まつげ》の様子。似ている。そっくりだ。

おちやが清之介に気が付き、会釈をした。礼を返すことができない。足の先から震えが始まり、這い上ってくる。それに耐えるだけで精一杯だった。

こちらを凝視して立ち尽くす男をどう捉えたのか、おちやは軽く微笑み、後ろの小女に何か声をかけた。小女が頷く。笑みを残し、おちやが歩き出す。小女もそれに続いた。

待ってくれ。

呼び止めたい。中庭に飛び降り、あの女の腕を掴みたい。掴まねばならない。でなければ、二度と逢えなくなる。

「旦那さま」

後ろから信三が呼んだ。戸惑いが滲《にじ》んだ声だった。前では、八代屋の奉公人がこちらを窺っている。促すように長い顔を傾けた。

「どうかなさったのですか」

戸惑いを含んだまま、信三が問うてきた。

「信三、おまえは……」

見なかったのかと問い返そうとして、唇を結んだ。言葉にしなかった問いが喉を流れ落ち、重く胸に沈んでいく。小女は明かりの外にいた。信三の眼では、闇を貫くことはできない。

「おや、いかがされました？　おかげんでも悪くなりましたかな」

信三の横に太右衛門が並んだ。並ぶまで気が付かなかった。常ならありえない。清之介は自分の中身がすっぽり抜け落ち、がらんどうになった気がした。

「八代屋さん」

あれは誰です、あの女人は。問い言葉をまた、飲みくだす。胸がさらに重くなる。先ほどとは比べようもない重さだ。それでも、清之介はかろうじて踏み止《とど》まった。乱れ騒ぐ頭の片隅で沈着な声がしたのだ。

落ち着け、平常を保て。付け入る隙を見せてはならない。

八代屋太右衛門にあの女のことを尋ねてはならない。勘が告げる。

「遠野屋さん、ほんとうにどうしました？　あちらで少し休まれますか」

「あ、いや。少し寒気がしただけです。お気遣いなく」

「そうですか。お顔の色が悪いようだが、ご無理をされぬ方がよろしいですよ。あなたあってのお店でしょう。あなたが倒れたりしたら遠野屋の商いが回らなくなりますよ」

「ありがたいことに、そういう心配は無用でして。この番頭をはじめ、店の者が遠野屋の商いをよく呑み込んでくれて、一月、二月、わたしがいなくても何の差し障《さわ》りもありません」

「ほお、それはそれは、まことにけっこう。そこまで商いの根が張っているなら、遠野屋さんも安泰というわけですな」

「奉公人たちと共に精進していけば、いつの日か、安泰と言えるところまで辿り着ける。そう信じて励んではおります。まだまだ道のりは険しいですが」

ふふんと太右衛門が鼻先で嗤《わら》った。露骨な慢易《まんい》が滲んでいる。豪商の浮かべた表情で、目が覚めた。今ここで、狼狽《うろた》えた姿を片鱗《へんりん》もさらしてはならない。

軒行灯に羽虫が寄ってくる。まだ生き残っているのだ。向かい側の廊下に女中たちが雨戸を立て始めた。

あの女はいない。

息を整え、清之介は磨き込まれた廊下を歩いた。何者かに襟首、足首を掴まれているようだ。重石を引きずっているようでもあった。

いいのか。このまま、去っていいのか。

指を握り込む。奥歯を噛みしめる。ほんの刹那《せつな》、目を閉じる。

おれは誰を見たのだ。

眼裏を女の横顔が過った。おりんの顔だ。横を向いているから眼差しが絡まない。もどかしい。炙られるようにもどかしい。こんな想いはいつ以来だろうか。

清之介は深く息を吐き出した。


「まったく、どういうつもりなのですかね。いくら大店とはいえ、無礼過ぎます」

森下町へ帰る道すがら、しばらくは黙って主の後をついていた。が、ついに辛抱たまらなくなって、信三は口を開いた。

腹に据えかねる。あまりの言いようだ。こちらを見下して、何とも嫌なお方ではありませんか。商人のくせに他人との接し方も知らないのでしょうか。姪御さまのことだって、受けるのが当たり前だと言わんばかりで、旦那さまの気持ちなど毫《ごう》も考えていなくて……。

次から次へと悪言が流れ出て、止まらない。言えば言うほど、腹立ちは募る。

八代屋は三百両の品を購ってくれた。大切な客だ。客を謗《そし》ることがどれほど商いの道に外れているか、信三なりに解している。遠野屋に奉公してからの年月、みっちりと仕込まれてきたのだ。悪口や罵詈《ばり》から商いは生まれない。生まれないどころか、殺すことだってある。客を大切に、客を畏れ、諌《いさ》める折も拒まなければならないときも言葉を選び、どこまでも丁寧に接する。

そう教えられ、身に染ませてきたのだ。今まで、その教えに背《そむ》いた覚えは一度もない……とは言い切れない。手代のころ、筋の通らぬ苦情を押し付ける客に怒鳴り返した。一度だけだ。主から叱責された。情に振り回されて、商いを忘れてはならぬと諭《さと》された。主は遠野屋の手代の非を詫びながらも、道理が通らぬ客の言い分を諫め、拒み通した。信三は若い主の傍らで、商いを学んできた。しかし、今、口にしている言葉が商人の心得に反していると承知の上で、言わずにはおれない。

「なぜ、あそこまで横柄《おうへい》になれるのです。信じられません。あの方は遠野屋を乗っ取ろうとしているのではありませんか。遠野屋の勢いに目をつけて、何とか取り込もうと画策している、わたしにはそんな風に思えましたが」

口をつぐむ。主から、何の返事もなかった。信三を戒めることも、同意を示すことも、笑って受け流すこともなかった。そんな気配は僅かも伝わってこない。

「旦那さま」

呼んでみる。やはり、何も返ってこなかった。信三の声が届いていない。聞いていないのだ。信三は立ち止まり、下腹に力を込めた。

「旦那さま」

主の足が止まった。振り向き、瞬きする。呼ばれてやっと、夢から覚めたかのような顔つきだ。長年、仕えてきたが、主のこんな表情を初めて目にした。ひどく、ぼんやりしている。これは、夢と現《うつつ》の境を知らぬ者の眼ではないか。

「……あぁ、何か言ったか、信三」

「はぁ……あ、暗くなりましたから提灯《ちょうちん》を灯しましょうかと……」

「提灯？　もう、そんな刻か。そういえば月が出ているな」

主が空を見上げる。遠く、東の空に丸い月が浮かんでいた。地に近いせいなのか、不気味なほど紅《あか》い。紅い月を鳥の影が二つ、過った。

なぜか身体が震えた。足元から、この時季にはまだ早い凍てつきが纏わりついてくる。

「旦那さま、あの」

「提灯は、まだいらぬかな。月明かりで十分だろう。表通りも近いしな」

「あ、はい……。さようでございますね」

まもなく、森下町の表通りに出る。そうすれば商家の軒行灯が連なり、歩くのに差し障りはなかった。月もある。確かに提灯の明かりは無用だ。

主は背中を見せ、また歩き出した。いつもより緩やかな足取りだ。その背中が、頼りなげに揺れているようだ。決して揺れてはいないのに、感じてしまう。信三も自分の軸が定まらずふらついている気がしてきた。心許ない。

旦那さま、何を考えておいでです。何に心を奪われておられるのです。

揺れる背中にぶつかりたい。両手で力の限り支えたい。わたしが後ろに控えておりますからと、伝えたい。

信三は、ため息を一つ吐《っ》くと、空に視線を向けた。先刻より上った月はやや紅色を薄くして、たなびく雲の中に半身を消していた。


雨戸を閉めてしまうと、物音がぷつりと途切れる。月明かりも入ってこない。掛け行灯の仄かな光が磨き込まれた廊下を照らし出す。自分も含め生きた者の気はことごとく、この淡い光と濃さを増す闇に吸い込まれている。ふっと感じ、感じた己を嗤う。

年頃の娘でもあるまいし、何とも甘っちょろいことだ。

口元を引き締め、八代屋太右衛門は襖戸《ふすまど》の前に膝をついた。屋敷の奥まった一室、その襖は白地のみで模様は一切ない。数年前に建て増しをした一角だ。柱も床も壁も、一等物を使って造作させた。ただし、無用な飾りも模様も排したのだ。そのかわりに、しっかりと厚みをとっている。戸を固く閉じてしまえば、声も気配も外には漏れない。

「失礼いたします」

声をかけ、白地の襖を横に滑らせる。

「大層、お待たせいたしました。申し訳ありません」

「いや、いっこうに構わぬ。美味《うま》い酒と美しい女子を堪能しておるでな」

磊落《らいらく》な声が響く。この男はたいてい、磊落で明朗な物言いをする。性根が物言いと重なるかどうかは、怪しいけれど。

「ではここからは、むさい男が酌をいたしましょう」

太右衛門は男の横に座るおちやに目配せした。おちやの面に安堵の情が過る。

「おちやと八代屋では、酒の味まで変わるようだがの。ま、江戸屈指の豪商に酌をさせるのも悪くはないかもしれんな」

からからと男が笑う。風車が回る音に似て軽やかな笑声だ。

おちやが頭を下げ、部屋を出て行く。隅に控えていた小女が後に続いた。

「おちやは暫く見ぬ間に美しくなったのう」

「おかげさまで、ここまで育ちました。娘盛りでございますよ」

「二人ともよい女だ。この先さらに美しくなろう」

男が目を細める。そこに好色の影はない。この男が、女にも男にも蓄財にもさほど興を持たないと承知している。興があるのは己の権勢をいかに盤石にするか、いかに強固とするか、のみだろう。童《わらべ》が甘い菓子をねだるように、この男は権柄《けんぺい》を欲しがる。この世を意のままに動かせる力と引き換えなら、魂でも売り渡すだろう。だから信用できる。野心、欲望がなければ取引相手にはならない。

太右衛門は男の盃に酒を満たした。

「で、どうだった、遠野屋は」

盃を一息で飲み干し、男は問うてきた。磊落も明朗も消えた重い声音だ。

「断られました。おちやも紅花も」

「……やはりな。噂通りの強者《つわもの》のようだな」

「さようでございますな。なかなかと存じます……が」

銚子を持ち上げると、男は盃を差し出してきた。幾ら飲んでも酔わぬ酒豪でもあった。

「いかんせん、まだ若い。商いのおもしろさは知っていても怖さは知らぬ。前には進めても退《ひ》き方を会得していない。そんなところでしょう。はは、かわいいものです」

「何とかなると？」

「何とでもなります」

はったりではなかった。どれほど評判が高かろうと、しょせん、小間物問屋一軒だ。何とでもなる。男の声がさらに低くなった。

「あまり、侮らぬ方がよいぞ。あやつは、ただの商人ではない」

「わかっておりますよ。侮ってもおりません。八代屋と遠野屋では商家としての力に差があり過ぎると申し上げておるだけです。事実ですからな。畏れながら、ご公儀に一藩が挑むようなもの。とてもとても勝負にはなりませんよ」

はたはたと手を振る。男が微かに笑った。

「それはわからぬぞ、八代屋」

「は？」

「公儀だとて一藩の抗いで崩れる、あるいは崩れのきっかけとなる見込みもあろう。わしの見るところ、土台はかなり傷んでおるようだからな。腐れ、虫に食われ、ただの一突きで崩れ落ちる……と、もしくは、その一突きが思いの外剛力であるやもしれん。油断はせぬがよいぞ」

「ご公儀の話をされているのですかな。それとも、わたしを戒めておられるので」

「さあて、どちらであろうかのう。公儀はともかく、八代屋、そなたの本気はどうなのだ」

「わたしの本気、と申されますと」

「本気で遠野屋を潰すつもりかと尋ねたのだ」

今度は太右衛門が笑んで見せる。

「本気でなくとも潰せはいたしますが。まあ、遠野屋さんがいなくなれば嵯波の紅花は八代屋の物になりますかな。できれば、遠野屋さんごと手中に収めたかったのですがね。

なかなか使えるお人のようでしたので」

「それで、おちやを餌にしたわけか。たいした伯父上だ」

「わたしの眼鏡に適《かな》った相手ですぞ。おちやの婿としてもよいと思うたのですが」

「しかし、あっさりと拒まれた」

「さようで」

「おちやの美貌も八代屋の財力も通じなんだわけか。なるほど、愉快ではないか」

「手放しで愉快とも言えませんがなあ。ま、なびかぬのなら、根ごと引き抜くまでのこと。遠野屋さんが消えれば紅花の件、よしなにお取り計らいくださいますな」

念を押す。男は武士だ。武士に二言はないだの金打《きんちょう》の証だのというのは、あくまで武士同士の約定《やくじょう》にすぎない。武士と町人の間に確かな守り事などないのだ。骨身に染みている。だから金を動かす。証文を受け取る。慎重に事を進める。そして、邪魔な相手は潰す。

厄介で面倒ではあるが、武士の戦《いくさ》より数段おもしろいではないか。

遠野屋清之介もそのおもしろさを知っている。太右衛門はあえて否みはしたが、おそらく商いのおそろしさも知っているだろう。

潰すには惜しい。惜しい者だから潰しておかねばならない。放っておけるほどの鶏肋《けいろく》ではなさそうだ。

「遠野屋はわしにとっても邪魔者だ。これからさらに邪魔になる。そなたが邪魔者を取り除いてくれるなら、それ相応の見返りは当然であろう」

「そのお言葉にふさわしいご念書をいただけますな」

燭台の上で蠟燭が燃える。炎が揺れる。風が出てきたのか、枝の揺れる音がする。

決して暑くはないのに、太右衛門の背中と脇腹を汗が伝った。

第三章　空　蟬

いっこうに埒《らち》が明かない。

そうとしか言えないところまで、伊佐治は追い詰められていた。

慶五郎殺しの一件、叩いても叩いても埃《ほこり》どころか、これはと臭う気配さえ出てこない。頭を抱えてうずくまりたくなるほどだ。

「あの夜ですか。はい……棟梁はいつも通りでした。いつもより少し機嫌がよかったかもしれませんが……。変わったとこなんて何もなかったです」

伊佐治がそれとなく慶五郎を探らせていた女は、それだけ言うのが精一杯だった。あたしは風邪気味で、早めに帰らせてもらった。だから、何も知らない。詳しいことはお里《さと》さんに聞いてくれ。早口に告げると、背を向けて行ってしまった。おそらく、雇い主を裏切った後ろめたさとその惨《むご》い死に様への怖気があいまって、正気を保つのがやっとだったのだろう。女の黒目は忙しく動きながら、決して伊佐治を真正面から見ようとはしなかった。

女と入れ違いにお里が入ってきた。

長い年月、慶五郎の家の女中を務めている。四十近い齢だが、よく肥えて肌に艶があるので五、六歳は若く見える。額が広く、目も鼻も口も大きかった。それらが、えらの張った四角い顔にでんと載っている。お世辞にも佳人とは言い難い。がっしりとした体《たい》躯《く》の、いかにも働き者といった風情を漂わせてはいたが。慶五郎が菊八に怪我を負わされたとき、付きっきりで看病した女中だ。同じ町内の千次郎《せんじろう》長屋に母親と二人で住んでいる。病弱な母親の世話に追われて、気が付けば大年増と呼ばれる年になっていた。だから、所帯を持ったことは一度もないと身の上を語った。

お里は台所の上がり框《かまち》に座り込んだ伊佐治のために、手早く茶を淹れてくれた。こういう気遣いができるのが、年の功というものだろう。

「親分さん、うちの棟梁を殺したやつ、捕まりそうですか」

伊佐治が茶を飲み干すのを待って、お里が問うてきた。少し、むせてしまう。

「……それが、面目ねえが。まださっぱりなんで」

正直に告げる。正直が吉と出るとは限らない。ただ、今の伊佐治は隠さねばならない事実の一つも摑んでいない。

「下手人……捕まらないんですか」

お里の顔が曇る。襷《たすき》がけの袖から、逞《たくま》しい腕が覗いていた。それが僅かに震えている。

「いや、必ず捕まえる。それが、おれの仕事だからな。そのためにこうやって、しつこく嗅ぎ回ってるのさ。お里さん、面倒だろうけどもう一度、話を聞かせてくんねえか」

「面倒だなんて滅相《めっそう》もない。棟梁を殺したやつが捕まるなら、何十遍でも話しますよ。でも、親分さんの役に立つようなこと何にも知らなくて、申し訳ないです」

お里が肩を窄《すぼ》め、俯いた。目の下に隈《くま》ができている。

「申し訳ないなんてとんでもねえよ。お里さんが見たこと聞いたこと感じたこと、何でもいいんで、もう一度きちんと話してもらいてえんだ。二度話すと、前とはまた違ったものがわかるってことも、人には往々にしてあるからよ」

しゃべることでできた轍《わだち》をもう一度、伝う。二つの轍はほとんど重なりはするが、ぴたりと合わさることはない。僅かな僅かなずれができる。耳にした物売りの声が水飴売りだったはずが豆腐屋に変わったり、女の着物が茶筋から小紋になったりと。たいていは些細なことで、事件と関わりはない。が、稀に、稀に、そのずれから糸口が覗く。あるかなきかの細糸を手繰《たぐ》り寄せた先に、思いがけない手がかりが潜んでいたりもするのだ。稀に、稀に、本当に稀にではあるが。

はい、とお里は頷《うなず》いた。伊佐治は心持ち、身を乗り出す。

「まずは、おまえさんのことを聞かせてもらうぜ。ここの女中になってから、もう十年の上になる。前の話じゃそうだったよな」

「はい。十年とちょっとです」

「その前は、神田《かんだ》にいたんだっけな」

これはひっかけだ。お里を疑っているわけではないが、前と同じことをしゃべれるかどうか試してみた。

いいえ、神田じゃありませんと、お里は即座にかぶりを振った。

「あたしは、棟梁に雇ってもらうまでは浅草《あさくさ》の茶店で働いていたんです。茶店といっても、このご面相でしょ。身体つきもいかついし。ずっと、裏方で下働きをしてました。十五の年からです。でも、いろいろあって……その店をやめなきゃならなくなって」

「何か粗相《そそう》でもしたのかい」

「そうじゃなくて……。茶店のご主人が亡くなったんです。新しい主人がきて、あたし、追い出されました。女たちに身体を売らせようとしたんです。でも、あたしじゃ売り物にはならないって言われてしまって。年も年でしたしね。売り物になる気もなかったんですけど……。仕事がなくなって、どうしようかと……。あたし、おっかさんを養わないといけないし、その日暮らしで蓄えなんてほとんどなかったし、口入屋《くちいれや》にいってもろくな仕事がなくて、ほんとうに八方塞がりだったんです。いっそ、おっかさんを殺して、あたしも死のうかとまで思い詰めてました。そんなとき、棟梁が声をかけてくれたんですよ、うちで奉公しないかって。お給金もよくて、夢みたいでした」

慶五郎はここでも善行を積んでいる。行き詰まり、途方に暮れた女を放っておけない性分だったのかもしれない。

いや、それだけだろうか。

夜叉の下に仏が宿ることは滅多にない。信次郎は言った。そう言い切れはしないだろうと、伊佐治は思う。夜叉も仏も同じ程度で、人の心に潜んでいる。どちらが勝るかは、誰にも、本人ですらわからない。

慶五郎が情心《なさけごころ》でお里に手を差し伸べたのか、他意があったのかどうか。慶五郎が仏となった今では、推し量ることすら難い。

「あたし、棟梁にも、とても恩義を感じてました。だから、あたしなりに懸命に働いたんですよ。自分で言うのも気が引けますけど……」

「ちょっと、待ちな。棟梁にもってのはどういうこった。恩義を感じなきゃならねえのは、慶五郎さん一人じゃなかったのかい」

「あら」

お里はぽかりと口を開き、瞬きをした。

「そうですよね、一番恩があるのは棟梁ですよね。でも……あの、あたし、お内儀《かみ》さんにかわいがってもらったんですよ。あたしがおっかさんの面倒を見てること、とても褒めてくれて。『お里はえらいね。親孝行だよ』って何度も褒めてくれて。あたし、他人さまに褒められたことなんかほとんどなかったから、とても嬉しかったんですよ。それに優しい方でした。お内儀さんには、とてもよくしてもらいました。だから、棟梁にもお内儀さんにも、ご恩を感じています。お二人とも……亡くなってしまいましたが」

そういえば、慶五郎も母一人子一人で育ったと言っていた。だから、母親を罵る菊八に我慢ができなかったのだと。慶五郎がお里を雇い入れたのも、母親を支えて生きる女を哀れと思ったからだろうか。

伊佐治の思案はあちこちに飛びはするが、すとりと胸に落ちてはくれない。

「お内儀ってのは、長患いの末に亡くなったんだったよな」

「ええ、あたしが奉公し始めたときにはもう、寝たり起きたりの様子でした。心の臓が弱くて、最後の一年は、ほとんど床についておられましたよ。とても綺麗な方で、ええ、病のせいもあるのでしょうが、肌が抜けるように白くてねえ。儚《はかな》げで、ほんとにお綺麗でした。縁側に座ってぼんやりしているところなんて、この世の者とは思えませんでしたもの。あんなにお綺麗だから……早くに召されてしまったんでしょうか」

「そうさな。そういうこともあるかもしれねえな」

曖昧な返事をしながら、伊佐治は胸の内で首を傾《かし》げた。慶五郎の女房、お房《ふさ》の話は他の者からも聞いている。慶五郎の下で働いていた大工の一人は、

「お内儀さんですかい？　まあ、別嬪《べっぴん》じゃありやしたね。もとはそこそこ売れた芸者だったとかで、色気ってのはあったかもしれやせんが。人目を惹くほどじゃなかったと思いますぜ。いい年でもありましたしねえ」

と、心持ち声を潜めて言ったし、別の大工は、「とにかく気が強かったね。大工の棟梁の女房だから気弱じゃやってけねえのはわかる。けど、お内儀さんってのは、我が強くて、言い出したら引かないってとこもけっこうあったからなあ。正直、泣かされた奉公人、何人もいましたぜ」と、こちらは地声のままあっさり告げた。

お里の語る病弱で優しく儚げな姿とどうにも重ならない。重ならないことがどこに繫がるのか、どこにも繫がらないのか伊佐治には判じられない。人は多面だ。さまざまな面を持つ。どの面を見るか、見せるかで人の姿は変わってくる。だから、お房の面が語る者によって変わっていてもおかしくはない。やや、変わり過ぎのきらいはあるが。

ともかく、心内に報告事の一つとして納めておこう。胸を軽く叩き、伊佐治はさらに身を乗り出した。お里は目を伏せたままだ。

「話をあの夜に、棟梁の殺された夜に戻すぜ」

「あ、はい」

お里がもぞもぞと動く。瞼《まぶた》がひくひくと動いた。頰が強張ったのが見て取れる。

「嫌なことを思い出させちまうけど、勘弁だぜ」

「いえ。でも、あたし、本当に何も知らなくて……」

「棟梁にいつもと違うところはなかったと、前にも言ったよな」

「はい。本当にそうなんです。あの夜、いつも通り夕餉《ゆうげ》を召し上がって、湯屋に行かれました。棟梁は夕餉の後、ほぼ毎日、湯屋に行くんです。その間にあたしは片づけをして、棟梁が帰ってきたら、あたしの仕事は終わりになります」

「なるほど。で、棟梁はいつも通りだったわけだ」

「はい」

「機嫌はどうでぇ。いつもより良かったとか悪かったとか。そういうとこで気が付いたことはなかったかい。どんな、ちっちぇえことでもいいんだ。お里さんの気持ちに引っ掛かったものが何かありやしねぇか」

小女の言葉を思い出し、問い聞く。

「……気持ちに引っ掛かった……」

お里は顎を上げ、視線を空に漂わせた。記憶の糸を必死に手繰り寄せようとしている。

伊佐治は見詰める。黙って、待つ。唇を固く閉じて待つ。

何か、何かねぇか。手掛かり足掛かりになる一言でも、一場面でも手渡してくれねぇか。

お里の肩がかくりと落ちる。落ちた音が聞こえた気がした。

「すみません。これといって何もなかったと思います。あれば、先に申し上げていたはずですし。ええ……棟梁は、いつも通りでした。機嫌もそう変わらなかったです」

「そうかい」

伊佐治も肩を落とした。零れそうになったため息を何とか呑み込む。

「そうだろうな。いや、すまねえ。二度手間、かけちまったな」

「あたし、やはり役には立ちませんでしたか」

お里の問いかけは切なげで、伊佐治はもう一度、ため息を呑み込んだ。

「そうだ。お里さん、この印に見覚えはねえかい」

懐から半紙を取り出す。◯の下に一文字の印を記した紙だ。伊佐治が記した。印かもしれねえ。

慶五郎の死体を見て、信次郎が呟いた。まさかとは思う。人の死体を印に見立てるなど、ありえないと思う。けれど、信次郎の呟きだ。無下《むげ》にはできない。こと、事件に関わる限り、主の呟きや囁きはいつも何かしらの意味を帯びていた。

お里が一瞬だが、息を詰めた。

「これは……家紋か何かですか」

「わからねえ。こういう形、そっくりじゃなくても似たような形に覚えはねえか」

「ありませんね」

お里がかぶりを振る。一瞬の間と即座の答え。そこに何かあるのか。ただの息の拍子に過ぎないのか。伊佐治はゆっくりと紙を懐に戻した。


「親分さん」

後ろから声をかけられたのは、二ツ目之橋の上だった。

「おや、これは信三さん。あ、いや、番頭さん」

遠野屋の一番番頭の信三が一礼し、ぎこちない笑顔を向けていた。

黒羽織を着ている。得意先を回っているのか、その帰りなのか。信三は振り返り、控えていた小僧に一言二言告げた。藍《あい》色のお仕着せを着た小僧は身をひるがえし、あっという間に駆け去っていく。手下にしたら重宝なほど、身軽な子だ。

「何だか似てきやしたね、番頭さん」

「はい？　似てきたとは」

「遠野屋さんにですよ。素振り、仕草に貫禄が付いて、よく似てますぜ」

「そんな。わたしなど旦那さまの足元にも及びません。まだまだです」

「けど、いつかは追いつきたい、でやすね」

「さすがにお見通しですね、親分さん。はい、いつの日にか、旦那さまと肩を並べるような商人になりたい。それが、わたしの大きな夢なんです」

この若い番頭が主に心酔していることは、承知していた。遠野屋清之介に人の心を惹きつけ、酔わせる力があるとも承知していた。

「親分さん、その旦那さまのことですが……」

信三の面が翳《かげ》る。眼に暗みが走った。

「遠野屋さんがどうかしやしたか」

川面から風が吹きあがってきた。水の匂いを含んだ、冷えた風だった。

「遠野屋さんが、ぼんやりしてる？」

思わず聞き返していた。己の声の大きさに慌てる。一息ついて、改めて尋ねた。

「ぼんやりってのは文字通りのぼんやり、上の空ってわけですかい」

我ながら間抜けた問いかけだと気付いたけれど、信三は律儀に「はい」と頷いた。

おふじが気を利かせて、火鉢に火を入れてくれた。おかげで、梅屋の二階にたった一つだけある客間は、ほどよく温《ぬく》もっている。風が障子窓を揺らしているが、気にはならない。

「遠野屋さんがぼんやりって……。うーん、俄《にわ》かには信じられやせんねえ。ていうか、遠野屋さんのそういう姿、ちょっと思い浮かびやせんが」

「はい。わたしも、そうです。主のああいうところを初めて目にしました」

「ああいうところってのは、どういうところです。もうちょい詳しく、わかりやすく教えちゃもらえやせんか」

信三は首を傾げ、膝の上の指先に目を落とす。その所作が、お里を思い出させた。戸惑うような、迷うような動きだ。

「旦那さまのご様子に気が付いているのは、たぶん、わたしだけです」

ややあって、ぼそりと信三は告げた。普段よりおどおどとした心許なげな物言いだ。

「おしのさんもおみつさんも、気が付いてないいんで？」

「はい、そのようです。旦那さまの様子がおかしいと思ったのなら、わたしに尋ねるでしょうから。でも何も言われません。あのお二人が旦那さまのことを案じないわけもありませんし」

「違《ちげ》ぇねえ。とくにおみつさんは大騒ぎしやすよねえ」

「はい。医者だ、祈禱《きとう》だと、騒ぎ立てるに決まっております」

信三が微《かす》かに笑った。身内を持たない信三にとって、陽気で屈託のない女中頭は、同じ奉公人というより姉に近いのかもしれない。

「それじゃ、遠野屋さんは傍《はた》から見て普段と変わらねえってことでやしょ。なのに、信三さん、あ、番頭さんは……」

「信三でけっこうですよ。親分さんに『番頭さん』などと呼ばれるのは面映《おもは》ゆいです」

「立派な番頭じゃねえですか。番頭だからこそ、ご主人の様子を気取ったんでやしょ」

信三が口元を引き締める。無言のまま、首肯する。唇を動かし、少し閊《つか》えながら話を進める。伊佐治はときおり相槌を打ちながら、耳を傾けた。あの信次郎をして「親分ほどの聞き上手は、江戸にも二人といねえな」と認めさせた。相手を促し、聞き取るこつは身に染みついている。ただ、今は聞いて探るというより、知らねばならないと感じていた。遠野屋清之介の身に異事があるなら知らねばならない。知って、何ができるか考えねばならない。伊佐治は、遠野屋が好きだった。来し方はどうあれ、今このときを懸命に、誠実に生きている男を励ましたいし、支えたい。先に逝くのは自分だろうが、今わの際に伝えられるものなら「遠野屋さん、あんた、見事に生きてきやしたね」と伝えたい。

本気で願っている。

「売上勘定を間違われたのです」

ぼそっ。信三がまた呟いた。さっきより、よほどくぐもっている。それでも伊佐治の耳はその声を確かに拾った。

「遠野屋さんが帳簿を付け間違えた？」

「はい。しかも、二度も。勘定が合わなくて、わたしが急ぎやり直しました」

「そんなことは、今まで一度もなかったんでやすね」

「ありませんでした。帳簿に限らず、旦那さまが何かを間違えるなどなかったはずです。少なくとも、わたしは知りません。旦那さまはいつも真秀《まほ》ですから」

それはあるまいと、かぶりを振りそうになった。信三はあまりに主を装飾しすぎている。遠野屋だとて人だ。過ちもしくじりも迷いもするだろう。遠野屋自身、己の脆《もろ》さも弱さも十分に心得ているはずだ。心得ているからこそ、強い。己の弱さを心得た者の強靭さも、己の強さを信じ込んだ者の脆弱《ぜいじゃく》さも、伊佐治はよくわかっている。

「他には何かありやすか。信三さんが気に掛かるところが」

「……仏間にこもられることが多くなりました。それまでも、朝夕は必ず、先代と奥さまの位牌に手を合わせてはおられましたが、このところ、昼間も……。荷の出入りが一段落したころにお姿が見えないと思ったら、仏間におられたりするのです。もちろん短い間ですし、周りが気付かぬうちにお店に戻られてはいます。でも、わたしは気になって……」

「仏間でやすか」

「はい。それと……これが一番、驚いたのですが、旦那さま、三郷屋さんたちとの打ち合わせを失念しておられました」

「三郷屋さんってのは、例の催しを一緒にやっている帯屋さんでやしたね」

「そうです。まもなく、その催しがあるのです。催しの前には、三郷屋さんと履物問屋の吹野屋さんと旦那さまとで入念な打ち合わせをするのが常で、今回も、吹野屋さんのところでそれをすることになっていました。昨日のことです。でも……」

「遠野屋さんは失念していた」

「はい。お出かけの様子がないので、わたしが、そろそろ刻だと申し上げました。そうしたら、旦那さま、大層驚かれて……。遅れを報せるために人をやったり、用意を整えたりとかなり慌ただしくて、ええ、まだ何の用意もしておられなかったんです。たまたま大奥さまもおみつさんも外出中だったからよかったけれど、お二人がいたら、どれだけ心配されたか」

信三の顔が歪む。眉間に皺が寄る。痛みに耐えているようにも、何かに憤っているようにも見える。その顔つきのまま、続けた。

「他のことはさておいて、旦那さまがあの催しの打ち合わせを失念するなんて、考えられません。あれは遠野屋にとって、大切な、とても大切な催しです。旦那さまたちがそれはそれは丁寧に、懸命にここまで育ててこられました。それを忘れるだなんて」

「ありえやせんねえ」

「ありえません。親分さん、旦那さまはどうなさったのでしょうか」

ぬるくなった茶を飲み干す。喉を潤し、番頭の眼を覗き込む。

「心当たりがありやすね、信三さん」

信三は顎を引き、小さく唸った。それから、首を横に振る。

「心当たりはないのです。ただ、旦那さまの様子が違ったのは……八代屋さんの帰り道だった気がします」

「八代屋さんてのは、あの通旅籠町の大店でやすか」

「はい。伺ったのは八代屋さんの別宅でしたが」

「そこで、何がありやした」

問うてから、付け加える。

「信三さん、言えねえ事なら黙っていてくだせえ。これは、犯科の話じゃねえ。どうしても聞き出さなきゃあならねえ筋のもんじゃねえんだ。ご主人についての穿鑿《せんさく》だ。答えるのも難儀《なんぎ》でしょうからね。聞いても、あっしに答えが返せるもんでもねえし」

暫く躊躇《ためら》い、意を決したのか信三は顎を上げた。

「親分さん、お話しします。いえ、全てをお話しするわけにはいきませんが、でも、できる限りの話はさせていただきます。ただ、その前にお願いがあるのです」

「へえ、あっしにできることなら何なりと」

「木暮さまを当分、遠野屋から遠ざけておいてはいただけませんでしょうか。この通り、お願い申し上げます」

額を畳に擦り付けるようにして、信三は頭を下げた。

ああ、なるほどと納得する。

信次郎を遠野屋に近づけないでほしい。信三はそれを乞うために、伊佐治を呼び止めたのだ。主が尋常ではない。いつもの遠野屋清之介ではない。そこに信次郎が現れればどうなるか。あの酷薄な眼をした役人は、主人をどう見、どう扱うか。案じ煩《わずら》っていたのだ。狼同士の争いなら、どちらにも分《ぶ》がある。しかし、片方が弱っていれば勝敗は明らかだ。あの信次郎が、獲物の弱体を見逃すはずもなかった。

どうした、遠野屋。隙だらけじゃねえか。今なら、おれにも殺《や》れるかもな。ふふ、ちょいと試してみるかい。

薄笑いも、鯉口《こいぐち》を切る音も、闇に一閃する青い光も見えて聞こえる。信三は、伊佐治ほど深くあの二人の関わりも、業《ごう》も、性《さが》も知るまい。しかし、信次郎が今の主にとって剣呑《けんのん》すぎる相手だとは察している。だからこそ、伊佐治に縋《すが》ってきた。

伊佐治も唸る。ここで「わかりやした」と言い切れない。信次郎が異変を嗅ぎつけたとすれば、止める術《すべ》があるだろうか。

普段から、意見はしている。用もないのに遠野屋へ足を向けるなと。効果の程は定かではないが、忠告も度々している。しかし、普段と今は違う。いつもと同じ小言や掣《せい》肘《ちゅう》の類で何とかなるとは思えない。

「やれるだけはやってみやす」、それが伊佐治の精一杯の返答だった。

信三が顔を上げ、静かに息を吐いた。
線香の煙がゆっくりと立ち上り、香りが濃くなる。
おりん。
清之介は胸の内で、女房に語り掛けた。
今、どこにいる。天にいるのか。おれの傍らにいてくれているのか。
返事が欲しい。喉がひりつくように欲している。
清さん、あたしはここよ。ここにいます。
遥か天上からでも、吹く風に乗ってでもいい。声を聞きたい。どうしても、聞きたい。
眉間を押さえ、目を閉じる。頭の中が鈍く疼《うず》く。あの女を見てから晴れることがない。
あれは誰なのだ。誰なのだ。誰……なのだ。
おりんではない。おりんであるはずがない。けれど、おりんだった。
あれは誰なのだ。知りたい。我慢ができない。心が揺れて揺れて、砕け散る。
どうすればいいのだ。どうすれば……。
廊下を走る足音がした。「まっ、ちょっと、ちょっと」、おみつの叫びも響いてくる。
頭の疼きが強くなる。清之介は憤りを覚えた。
邪魔しないでくれ。おれは今、おりんといたいのだ。

「遠野屋さん、どこにいるんです。遠野屋さん」

吹野屋謙蔵の声だ。鼠に似た顔つきの商人は、見た目と違い肝が据わっている。こんなに取り乱すことはめったにない。しかも、他家の廊下で、だ。

立ち上がり、障子を開ける。疼きはまだ止まらない。

「ああ、遠野屋さん。大変ですよ、大変なことになりました」

「どうしました。いったい何事です」

「これを見てください。八代屋の引き札です」

「え？　引き札？」

「ほら、見て、見てください。いいから、早く見てくださいよ」

謙蔵の手が震えている。この時季だというのに、額に汗が浮かんでいた。

「八代屋が、あたしたちと同じ催しをやるんですよ。しかも、八代屋全店で。あたしたちより、ずっと派手に、ずっと手広くやるんですよ」

八代屋太右衛門の福相が浮かんだ。

嗤っている。

さも楽し気に、くすくすと声を上げている。

こう、きたか。

清之介は強く唇を嚙みしめた。

第四章　烏　夜

嵐が来た。

江戸の町を風が縦横に吹き荒れ、雨粒が地上を叩く。雲が黒味を増すと、その雨に氷塊が交ざり始めた。小石ほどの塊が道行く者たちを容赦なく襲う。天からの飛礫《つぶて》だ。

悲鳴を上げながら見上げた空に稲光が走り、ややあって雷鳴が轟《とどろ》く。人々はさらに叫び、軒下へと駆け込んだ。

「こりゃあ、今日は商売にならないね」

おふじは息を吐き、首筋を拭った。軒行灯《あんどん》を消しに出ただけなのに、しこたま濡れてしまった。風も雨も尋常ではない。その上、氷まで降ってくる。雲の中で手負いの竜がもがいているようだ。

「どうする、いっそ暖簾を仕舞っちまうかい?」

小鉢を拭いていたおけいに話しかける。店のことで何かを決めねばならないとき、梅屋の男どもはからっきし頼りにならない。倅の太助は料理以外のことは「おふくろとおけいに任せる。二人して決めたことなら、おれは文句は言わねえ。て、言えもしねえけどよ」だったし、亭主の伊佐治に至っては昼寝している猫ほども役に立たなかった。前はずい分とやきもきもしたけれど、今はおけいがいる。心強かった。

そうだねえと、頼もしい嫁は首を傾げた。

「もうちょっと様子を見たら？　治まるかもしれないし」

おけいが答えたとたん、風が強くなった。腰高障子が揺れて、がたがたと不穏な音を立てる。まだ宵の口のはるか手前だというのに、真夜中のような濃い闇が流れ込んでくる。「ひえっ」と情けない声を出したのは、台所の太助だ。

「おけい、明かりをお点《つ》け」

「はい」

掛け行灯に灯がともり、僅かだが闇が払われる。ほとんど同時に閃光が梅屋の内を照らし出した。おけいの小袖の柄まではっきり見て取れた。

「雷だわ。かなりだよ、おっかさん」

「だねえ。こりゃあ相当なもんだ。天の神さま、ものすごくお怒りみたいだよ」

「誰か天道に背いたのかしらね」

「そんな輩《やから》はいっぱいいるさ。そのたびに雷落としてたら、江戸はまる焼けになっちまう」

「あはは、なるほどね。きゃっ」

ものすごい雷鳴が耳をつんざく。おけいが身を竦《すく》めた。

「わわわわわっ」

太助が包丁を放して、さっきよりさらに情けなく叫ぶ。まな板の前から姿が消えたのは、頭を抱えてしゃがみ込んだのだろう。こういうとき、おふじは地団駄を踏みたくなるのだ。

「何だよ、まったく意気地がないねえ。おけいの方が、よっぽどしゃんとしてるじゃないか。見習いな、おまえ、男だろう」

「……男でも何でもおっかねえもんはおっかねえよ。おれが昔から雷さまが苦手なの、おっかさん、知ってんだろう」

言い返してくる太助の語尾が掠《かす》れている。

「やれやれ、おけい、やっぱり今日は店仕舞いだね」

「そうね。暖簾、入れちゃおう。雨戸も閉めなくちゃ」

「頼むよ。ほんとに太助ったら、名前のわりに助けにならなくて。困ったもんだ」

本音の愚痴が零れる。おけいがくすっと笑った。

「太助さんは梅屋の屋台骨だよ。太助さんがいなかったら、うちはやってけないんだから。何よりの助けになってるじゃない」

「そりゃあまあ……そうだけどさ。もうちょっと胆力と言うか、度胸があってもねえ」

「おっかさん、前に言ってたじゃない。太助さんに度胸があったら、おとっつぁんの二の舞になってたかもしれない。危ないとこだったよって」

「おや、そんなこと言ったっけ？　ふふ、まあ、確かにそうだものね。父親に似ないでよかったよ。恩の字さ。となりゃあ、あまり腐《くさ》すのは止めようかね」

風が唸る。氷塊が屋根を打つ音が響く。

雨戸を閉めても、耳に届いてきた。天が、地が吼《ほ》えている。猛り狂っている。

おけいが眉を顰《ひそ》めた。声音に憂いがこもる。

「おとっつぁん、大丈夫かな。こんな荒れ空なのにどうしているんだろう」

「知るもんかい。好きで飛び回ってんだ、気にするこたぁないよ。子どもじゃあるまいし、雨宿りする知恵ぐらい持ってるさ」

「木暮さまのお屋敷に行くって言ってた気がするけど、こんな嵐じゃ傘も蓑《みの》もろくに使えないよ。ずぶ濡れになってなきゃいいけど」

姑の苦口《にがぐち》をさらりと聞き流して、おけいは伊佐治の身を案じた。

「そう言えば、おとっつぁんが言ってたな」

「うん？　何をだい」

「こんな日が一番、危ないんだって。人の形《なり》をした魑魅魍魎《ちみもうりょう》や鬼が現れやすいって」

「何だよ、それ」

鼻で嗤うつもりだったけれど、ふっと気持ちが塞いだ。よく似た一言をおふじも聞いた覚えがある。どんな空模様だったか忘れたが、おそらく今日のように荒れていたのだろう。

「まっとうな者が家に引きこもるようなときが、化け物たちの出番さ。あちこちに出てきやがる」

忌々《いまいま》しげに伊佐治が呟いた。

「化け物？　やだよ、そんなものがうろうろしてたら、あんまりにも物騒じゃないか」

「物騒なんだよ、この世ってとこはな。おふじ、お天道さまってのは偉いもんさ。明るく照らされると悪行ってのはなかなかできねえ。その分、光の届かねえところや時分で動き出すんだよ」

明日がどうなっているか怖《こえ》ぇぜと続けて、伊佐治は口を結んだ。翌日、伊佐治の縄張《しま》りで何事かが起こったのか、どんな魑魅魍魎が跋扈《ばっこ》したのか知らない。ただ、呟いた亭主の横顔が妙な具合に歪んでいたのは、はっきりと記憶している。

「おとっつぁん、早く帰ってくればいいのに。何だか怖い」

おけいがもう一度身を竦めた。

「これで季が変わってほんとの冬になる、その前触れさ。怖がることなんてあるもんか」

言い捨てて笑ってみたものの、背中のあたりが冷えてくる。

おふじは背筋を伸ばし、顎を上げた。挑むような心づもりになる。何に、誰に挑んでいるのか自分でもさっぱり摑《つか》めなかったが。

「えらい嵐になりやしたね」

雨戸を揺する風の音を伊佐治は話の種にした。

「嵐？」

信次郎が心持ち、首を傾げた。

「すげえ風音じゃねえですかい。雷が鳴って、氷の塊まで降ってますぜ。旦那、気が付いてねえんで？」

「ああ、季節の変わり目にはよくあるやつだな」

どうだっていいさ。主の心内の声が聞こえる。嵐だろうと日照りだろうと、天の成り行きだ。そんなものに信次郎の心は僅かも動かない。屋敷の屋根でも飛べば直す段取りはするだろうが、風水のすさまじさに人知の及ばぬ神力を見たりはしない。屋根を吹き飛ばすだけの風が吹いた。ただ、それだけだ。風に乗って死体が運ばれてきでもしたら、少しは興も覚えるだろうが。

八丁堀にある組屋敷は百坪ほどの地所に建つ。こぢんまりした造りだ。幕府の同心は三十俵二人扶持《ぶち》。藩の足軽《あしがる》程度の扶持だが、町奉行所同心に限っては内福《ないふく》な者が多い。各町々、商家からの付け届けがかなりの額に上るからだ。

信次郎の懐《ふところ》具合を詳しく尋ねたことはないが、ときに、いかにも重そうな金包みが袖や懐に入っているのは知っている。もっとも、この屋敷には金目の物も贅沢品もない。いたって質素で淋しいぐらいだ。妙に寒々ともしている。

まあ、住処《すみか》は主に従うとも言うからよ、これはこれで旦那には似つかわしいのかもな。

と、伊佐治は胸の内で独り合点に頷《うなず》く。

だが、今日は木暮の屋敷のありさまなど、どうでもよかった。

少し、気が急いて昂《たかぶ》っている。

「旦那のおっしゃる通りでやした。慶五郎と『よしや』、繋がりやした」

そうかと信次郎は答えた。こちらはさして急いても昂ってもいない。

「お話しいたしやすが……」

身を乗り出す。久々の手がかりだった。それが事件を解く糸口になるのか、捨て駒に過ぎないのか、今のところ判別できない。考えたくはないが、捨て駒になる見込みの方が大きい。それでもやっとだ。やっと、捉えた。

慶五郎殺しの探索がにっちもさっちもいかなくなり、正直、途方に暮れていた。慶五郎の下で働いていた奉公人、女中のお里から大工たち、出入りの釘屋や目立て職人まであたってみたが、これといった手応えは得られなかった。慶五郎の首を刺し貫いていた釘も出所は摑めない。

「うちの釘かもしれやせんが、大工の仕事に釘はつきもの。たんとありやすからねえ。一本、二本なくなっても、いや、ごっそりなくならねえ限り気が付きやせんよ。他所《よそ》の釘との区別？　いやあ、わざわざ釘にまで印はつけやせんから。え？……そうでやすか。これがうちの棟梁の首に……。何とも惨《むげ》えこった」

猪三《いぞう》という古参の大工は、その名の通りの猪首を縮めた。さほど気味悪がりもせず、血の汚れの付いた五寸釘を丹念に調べてくれたが、答えは「どこのものかなんて、やはり、わかりやせんねえ」だった。

むろん、おはまの身辺も探った。けれど、

「昨夜ですか？　おはまさん、ずっと家にいましたよ。真夜中まではわかりませんが。朝早くには洗濯してました。あの様子だとどこにも行ってやしませんね」

見張り役を頼んだ長屋の女に、あっさりそう言い切られた。

四面楚歌《しめんそか》という言葉はこういうとき使うものなのかどうかわからないが、八方塞がりなのは確かだ。焦る。手ぶらで帰ってくる手下をつい、怒鳴ってしまう。怒鳴った後、言い過ぎた、すまねえと謝りながら、情けなくもなる。

「旦那、申し訳ねえ。このたびばかりは、あっしは役立たずの木偶《でく》の坊でさあ。そこらへんの丸太みてえなもんだ。手も足も出やせんよ。いよいよ、焼きが回りやしたかね」

弱音と詫び言葉を一緒にして、ため息を吐《つ》いた。信次郎が慰めてくれるとも労わってくれるとも、ゆめゆめ思っていないし望んでもいない。今の現《うつつ》をありのまま、告げているだけだ。差し出す獲物が何一つないという現だ。

その日は、竪川に沿って歩いていた。川風がいつもより冷たく感じる。葉を散らした柳の枝が手招くように揺れていた。

「なあ、親分」

足を止め、信次郎は横目で伊佐治を見やった。

「どうして、あそこだったんだろうな」

「へ？　あそこと言いやすと」

「慶五郎が殺されていた場所だ。なぜあの路地だったんだ」

「へえ。そこについちゃあ、あっしも考えやしたが、やはり路地のどん詰まりってのが地の利として……、いや、殺しに地の利とは言いやせんか。ともかく、あそこなら人目には付きにくい。夜ならなおさらで。慶五郎だって見つかったのは朝方でやしたからね」

「けどよ、人の目に触れねえ空き地や路地なんぞ、幾らでもあるぜ。それに、地面にはけっこうな量の血が流れていたが、路地にはほとんど血の痕《あと》は見当たらなかったよな」

伊佐治は頷いた。その通りだ。慶五郎の身体からは、夥《おびただ》しい血が流れ出ていた。が、死体の周りより他にはほとんど見当たらなかった。それはつまり、あのどん詰まりが慶五郎の死に場所である証だ。どこかで殺されて運ばれてきたなら、あそこまで地面に血は溜まらない。

「それに小石だ。仏さんの草履の裏に白い小石が幾つか食い込んでた」

「え、そうでやしたか。その石ってのは路地の？」

路地は水はけが悪い。泥濘《ぬかるみ》を防ぐためか、小石が撒《ま》いてあった。それを思い出す。死体の草履の裏にまで気が行かなかったことも思い出す。

「だろうな。人が争った跡もなかったし、死体からは酒も臭わなかった。草履の裏には小石が付いていた。十中八九、慶五郎はあそこまで自分で歩いてきたんだ。眠らされて、あるいは喪心《そうしん》して運ばれてきたわけじゃねえ。どうしてだ？　あんな場所になぜのこのこ出向いてきた」

「そこについちゃあ、一応は調べやしたぜ」

『よしや』の女将はお未乃《みの》という四十絡みの女だった。太肉《ふとりじし》で色白で、肌にも髪にもまだ十分な色艶が残っている。そこを褒めると、

「あら、親分、お口が上手だこと。ふふ、これね、甘酒のおかげなんですよ。あたし、毎

日、湯呑に何杯も飲んでますからね。おかげさまで肌は滑々《すべすべ》ですよ。染みもないでしょ。まっ、ちょいと肥えはしましたがね」

と、艶っぽい流し目を送ってきた。なかなかしたたかな女のようだ。

「お末乃の店に慶五郎が出入りしていた風はありやせん。奉公人に確かめてみやしたが、みんな、慶五郎のことを知りやせんでした。ええ、客として通ってたとかじゃねえようですぜ。『よしや』への出入りはなかったみてえでやす」

何も出てはこなかったが、念入りに調べはした。告げる言葉に嘘はない。

「客としては出入りしてなかった。なるほどな……」

信次郎が歩き出す。伊佐治も後に従った。

「じゃあ、油屋の方はどうでえ」

「は、油屋？　『よしや』の隣の油屋でやすか」

「そうさ。路地を挟んで建っている店だ。調べたかい」

「へえ、夜中に物音を聞かなかったかどうか、一応、新吉に尋ねには行かせやした。ところが、あの油屋、年寄り夫婦がやってる店で二人して耳が遠くなってるそうなんで。よほど大きな音じゃねえと気が付かないと言われて、すごすご帰ってきやしたが」

「もう一度、今度は親分が当たってみな」

「油屋にですかい？　けど、耳が遠い年寄りに物音云々《うんぬん》を尋ねても……」

信次郎がかぶりを振った。違うと眼が伝えてくる。

「店の改築をしたのはいつか、どこの大工が仕事をしたのか尋ねるのはそこんとこさ」

「店の改築、でやすか」

「そうだ。店の表と路地側の壁、明らかに違ってた。板の材も違うし、表の方が新しく見えたぜ。親分、気が付かなかったかい」

「へえ、とんと気付きやせんでした」

油屋のことなど気に掛けもしなかった。思慮の外に放り出していた。壁板の材？　新しい？　まるで目に入らなかった。見ようともしなかったのだ。

唾を呑み込む。喉の奥がひきつりそうだ。

「慶五郎は大工でやす。油屋が店を直したなら、その普請を請け負っていた見込みもあるってこってすね」

「そうさ。まあ、江戸に大工はごまんといる。的外れかもしれねえが、打つ手が尽きたというなら当たってみるのも悪かねえぜ」

「もちろんでやす。これから、早速に行ってきまさぁ」

それだけ言って駆けだした。一昨日のことだ。

風の唸りが心持ちおとなしくなった。まだ、甲高く鳴いてはいるが、勢いは明らかに衰えている。その代わりのように、冷えてきた。冬本番が間近い。

ちょっと気の利いた奉公人でもいれば、こういうときすかさず火鉢に火でも入れてくれるのだろうが、木暮家には主を除けば、年齢の定められないおしば婆さんと小者の喜助《きすけ》しかいない。二人とも、さっさと自分のねぐらに潜り込んで、座敷を窺う気配りなど思いつきもしないだろう。

「油屋はちょいと昔、婆さんの話だと七、八年前、爺さんだと十年ほど前に店を新しくしてやす。たぶん、婆さんのが当たりでやしょう。話した感じ、爺さんよりよほどしっかりしてやした。店の切り盛りも婆さんと通いの奉公人でやってるとかでやす。で、そのとき仕事を請け負ったのが、慶五郎の店でやした。若え大工《わけ》が二人掛かりで十日ほどの造作《ぞうさく》だったと、これも婆さんの話でやす」

「そこに慶五郎も顔を見せていたんだな」

「へえ、律儀に毎日、仕事の具合を見に来ていたとか。あの人は立派な大工の棟梁だと、こっちは爺さんが感心してやしたね」

「その立派な棟梁と甘酒屋の女将ができてたってわけか」

「お未乃を締め上げやした。二度ばかり男と女の仲になったと白状しやしたよ。油屋に頼まれて、仕事の合間に一服する大工たちのために甘酒を運んでたそうで、そこにたまたま慶五郎がいて、お未乃の方が一目惚れ、熱を上げちまったとかで」

「それが二度の逢瀬《おうせ》で終わったのかい」

「へえ、慶五郎が当時まだ生きていた女房のことをやたら怖がるのに、興醒《きょうざ》めしたって言ってやしたね。ともかく、女房が怖い。こうしている間もどこかで見ているような気がするって閨《ねや》の中でおどおどしてるってんだから、そりゃあまあ、愛想も尽きるってもんでやしょう。あんな見掛け倒しの男なんてとっととお払い箱にして忘れてましたってのが、お未乃の言い分でやした。まあ、昔、ちょっと懇《ねんご》ろになっただけの男に関わりたくない。殺しの一件に巻き込まれたくない。だから口をつぐんでいようってのが本音なんでしょうがね。ただ、あの夜、お未乃は一晩中、客と一つ夜具に寝てたんで。昔からの馴染みの客で、帰って行ったのはおきんの悲鳴を聞く、ちょっと前だったとか。これは客の男にも確かめやしたが、間違いねえようです」

「お未乃に慶五郎は殺せなかったたってことか」

「客の寝入っている間に閨を抜け出して慶五郎を殺し、首に釘を刺して、また、何食わぬ顔で戻る。その前に着替えもしなきゃならねえし、血の臭いも消さなきゃならねえ。大仕事でやすよ。甘酒屋の女将にゃあ無理じゃござんせんか」

「じゃあ、誰だと無理がねえんだ。殺しに慣れてるやつか。森下町の小間物問屋みてえによ」

「……どうして、こんなとこに遠野屋さんが出てくるんでやすかね。まるっきり、関わりねえでしょうが。ほんとにいい加減にしてくだせえよ」

少し鼓動が速くなる。拝むように手を合わせ、頭を下げた信三の姿が浮かんだ。木暮さまを当分、遠野屋から遠ざけておいてはいただけませんでしょうか。縋《すが》る声もよみがえる。遠野屋清之介が商いを忘れるほど憧れ惑う。俄《にわ》かには信じられないが、信三は本気だった。本気で乞うてきたのだ。

「遠野屋がどうかしたのか」

「へ？　何ですって？」

「遠野屋だよ。親分が贔屓《ひいき》にしているお大尽《だいじん》じゃねえか」

「あっしは別に遠野屋さんを贔屓になんかしてやせんよ。だいたい、どこでもかしこでも遠野屋さんの名ぁ出して喜んでるのは旦那じゃねえですかい。もう一度言いますがね、今、あっしたちが話してることと遠野屋さんは、一分の関わりもありやせんからね」

信次郎が薄く笑った。いつ見ても嫌な笑いだ。悪寒がする。

「そうさ、遠野屋とは一分の関わりもねえ。なのに、親分は遠野屋の名が出たとたん、顔つきを変えた。心にちょいと引っ掛かったものを押し隠したい、そんな眼になってたぜ」

顎を引く。我知らず、眉を顰《ひそ》めていた。

まったく、油断も隙もありゃしねえ。迂闊《うかつ》にしていると何でも見抜かれちまう。

動揺を見せまいと口元を引き締める。すると、それはそれでこちらの身構えを悟られてしまいそうで、伊佐治としては横を向いて鼻を鳴らすぐらいが関の山だった。

「ともかく、慶五郎とお末乃はできてたんでやすよ。昔のことではありやすが、まったくの見ず知らずってわけじゃなかったわけで」

強引に話を本筋に戻す。遠野屋のことをあれこれ詮索されたくない。その思いもあったが、苛立《いらだ》ってもいた。ささやかではあるが、やっと掴んだ糸だ。これを手繰り寄せれば、太い蔓《つる》になるかもしれない。さらにその先には下手人に繋がる実が付いているかもしれない。

指図が欲しかった。事件に関わりない商人をかまうより、手繰り寄せる伝手《つて》に気を注いで欲しかった。

「かなりの昔、二度ばかり寝た女。その女の店の裏で殺された男。親分はそこに糸口があると考えてんだな」

「旦那は考えねえんですかい。慶五郎が『よしや』の裏で殺されたのは、たまたまだったとお考えなんでやすか？」

それはあるまい。信次郎が、〝たまたま〟で事を済ますわけがない。済ませて思案を止めてしまう愚を何より厭《いと》い、忌む男ではないか。

「たまたまはねえだろうな。けど、ねえなら、またぞろ疑念がわくじゃねえか。なぜ、慶五郎はあそこで殺されたか」

「お未乃が呼び出したんじゃ……ねえですね。あの夜、客を取ってたんでやすから。けど、それより他に、慶五郎が出向いてくるわけが浮かびやせん。理屈のわからねえガキじゃやねえ、いい大人が夜が更けてから出歩くってのは、それなりの事訳《ことわけ》がありやすよ」

「……だな。とすれば……」

信次郎が天井を見上げた。別にそこに何があるわけでもない。闇が溜まっているだけだ。いつの間にか、風が衰えている。冷えは増しているが、吼え狂う音はずい分と控えめになった。

今、何刻だろうか。まだ宵の口のようにも夜更けのようにも感じられる。

温まりてえな。

足先から染みてくる冷たさに、伊佐治は僅かに身震いした。ただ、気持ちの方は高揚している。それで身体が温《ぬく》もるわけではないが、苦にはならなくなる。

信次郎は妙にぼやけた、焦点の定まらない眼をしていた。何かに気を取られているようであり、呆然としているようでもあった。

唾を呑み込む。心の臓が少しばかり早打ちになる。信次郎が思案の淵から何を引きずり出すか。伊佐治には片鱗も摑めない真相をどう組み合わせ、どう積み上げて白日の下《もと》にさらしてくれるのか。

許されるなら舌なめずりしたい。舌なめずりの代わりに、膝の上でこぶしを握った。

待たねばならないと承知している。逸《はや》りながら待たねばならない。待つことより他に自分にできることはない。それも十分に承知していた。

「親分」

伊佐治のこぶしを握った手のひらが汗で湿ってきたころ、信次郎が呼んだ。

「へい」と答える。ほんの少し、前に出る。

「もう一度、慶五郎の身辺、とくに家内を探ってみてくれ」

「へい。わかりやした。けど、何を探ればよろしいんで」

「昔のことさ。そうさなあ……慶五郎とお未乃がいい仲になっていたころあたりを穿《うが》ってもらいてえんだ。難しくはあるだろうが、できるだけやってみてくれ」

「承知しやした。古参の奉公人や出入りの職人に当たってみやす」

「大工の仕事はまだ続けてるんだな」

「へい。当分は年季入りの大工たちで守っていくそうでやすよ」

「なるほどな。棟梁があいう死に方をしたってのに律儀なもんだ。それだけ、慶五郎が慕われてたということか」

「でやすね。慶五郎のことを悪く言うやつは一人もいやせんでした。喧嘩っ早いところはあったが、情の深い、いい棟梁だったと、みんな泣いてやしたからね」

「そういう男が殺された。ご丁寧に首に釘まで刺されてな。慕われていたにしちゃあ、えらく物騒な死に様じゃねえか」

「へえ、あの棟梁がどうしてあんな惨い死に方をと、誰も納得できねえようでしたぜ」

「本当に誰も、か」

「へ？」

「親分、こりゃあ釈迦《しゃか》に説法かもしれねえがな、端《はな》から決めてかかっちゃ見落とすものが多くなる。気を付けなよ」

伊佐治は主に向かって、大きく頷いた。

「へい、わかってやす。どんなに徳があっても万人に慕われるってこたぁありやせんからね。いや、むしろ、妬《ねた》み嫉《そね》みを持つ輩が必ず出てきやす」

人は妬心《としん》を捨てきれない。功成り名遂げた者、慕われる者、幸せに恵まれた者、ちょっとした運を摑んだ者。己と引き比べて少しでも上にいる者を羨《うらや》み、妬み、ときに憎む。妬心が憎悪に変わったとき、人は人を殺すこともある。稀、ではあるが。

「それもあるが、慶五郎の方もだぜ、親分」

むろんわかっている。伊佐治が探った内ではあるが、殺された男の評判はすこぶるよかった。情も男気もたっぷりと具《そな》え、気《き》っ風《ぷ》がいい。信次郎に告げた通り、面と向かって慶五郎を悪く言う者はほとんどいなかった。だからといって、慶五郎の全てが善だとは言い切れない。他人には見せぬ暗みも、悪心も、それこそ妬心も持っていたはずだ。

げんに、お末乃は女房を怖がるだけの小心者だったと吐き捨てた。

非の打ちどころのない立派な男だったと決めてかかれば、眼の力は落ちる。明るさに慣れた眼は暗みにうずくまる何物をも捉えられないのだ。

ふふっと信次郎が笑った。珍しく、邪気のないさっぱりした笑みだ。うちの旦那は、こういう笑み方もできるのかと驚かされる。まだ若い、気性の直ぐな者の笑みそのものではないか。

「やはり、釈迦に説法だったな。親分なら、ちゃんと承知しているよな。いや、まったく我ながら余計な忠告をしたもんだ。勘弁だぜ」

「いや、そんな……詫びていただくほどのことじゃござんせん」

言葉面だけなら、伊佐治を称《たた》えているようにも認めているようにも聞こえる。実際、そうなのだろう。なのに、妙に居心地が悪い。胸底がそそけ立つ気がする。

信次郎が行灯の明かりを大きくした。伊佐治は、腰を上げる。

「じゃあ、あっしはこれで。明日から早速、当たってみやす」

「外はまだ、荒れているぜ。そう急がなくてもいいじゃねえか」

「へえ、けど、家の者が心配するといけやせんので……」

「なるほどな。そりゃあ早く帰らなきゃならねえな。それにしても親分、嫌な夜になりそうだぜ。荒れて、暗くて、風音がやたら響いてやがる」

「まったくで。こういう夜は物騒でござんすよ」

「人を殺《あや》めるにも盗みに入るにもうってつけの夜さ。まあ、江戸なんてとこは荒れてようが晴れてようが、物騒なのに変わりはねえかもな」

「さいでやすね。ともかく、慶五郎の件についちゃあ、もう一汗流しやす。てことで、あっしはこれで失礼いたしやすよ。長居をしやした」

「帰る前に親分、はっきり教えてもらおうか」

さっきと寸分変わらぬ笑みを信次郎は浮かべた。気がするではなく本当にそそけ立つ。伊佐治はそれでも、平気を装った。小首を傾げて、惚け声を出す。

「教えるって、あっしが旦那にでやすか？　何の心当たりもありやせんが」

「ふふん、尾上町の親分にしちゃあ察しが悪いな。おれは、遠野屋に何かあったのかと尋ねてるんだがな」

「は……遠野屋さん？　知りやせんよ。このところ遠野屋には足を向けちゃいません。別段、何かがあったようには思いやせんが。旦那の方こそ、何か気に掛かるんで」

ここで大仰《おおぎょう》に眉を顰めて見せる。

「旦那、言わずもがなですがね、今、遠野屋さんに掛かり合ってる場合じゃねえですぜ。一刻も早く慶五郎殺しの下手人を挙げなきゃならねえんです。余計なとこに気を取られずに、本来のお役目に邁進《まいしん》してくだせえよ」

信次郎は笑んだままひょいと肩を窄《すぼ》めた。お道化《どけ》た仕草だ。

「前から思ってたんだが、親分は隠し事があるとしゃべりが多くなるよな」

「え……」

「ふふ、まあいいさ。この件でおれがしくじったのは事実だからよ。借りは返さねえとな。親分の言う通り、下手人は挙げなくちゃならねえ。ただ、このところ遠野屋の顔を見てねえのも事実だ。あやつ、淋しがってんじゃねえか」

「寝ぼけたこと言わねえでくだせえ。遠野屋さんが淋しがるはずねえでしょ。商いが忙しくて、あっしたちのことなんて思い出しもしてやせんよ」

「繋がるかもしれねえぜ」

信次郎の呟きが耳朶《じだ》に触れた。

「この一件、どこかで遠野屋と繋がるかもしれねえ」

「はぁ？　何言ってんでやすか。旦那、世迷《よま》い事《ごと》はここだけにしてくだせえ。何を抛り所に慶五郎の一件と遠野屋さんを結びつけるんでやすか。慶五郎の首に刺さってたのは釘ですぜ、釘。簪じゃござんせんからね。白粉や紅が落ちてたわけでもありやせん。どこをどう穿っても遠野屋さんは関わりありやせんぜ。まったく、何を言い出すやら」

抛り所ねえ、と信次郎は目を細めた。笑みはまだ唇の端に残っている。直ぐでもないし、さっぱりともしていない。嗤笑《ししょう》のようであり冷笑のようであり、酷薄にも見える。

伊佐治はつい、視線を逸らしてしまった。

「拠り所なんてどこにもねえさ。けどよ、首に釘が刺さった死体、ちょいと禍々《まがまが》しいじゃねえか。血の臭いが芬々《ふんぷん》とすらあ。あやつに似合いだと思わねえかい、親分」

「思いやせんね。あっしに言えるのは、遠野屋さんがこの件と繋がるわけがねえってことだ。旦那が無理やり繋げようとするなら、下手人をふん縛るのは無理の上にも無理になっちまう。それだけですよ。旦那だって遠野屋さんが下手人だなんて一寸も考えちゃねえでしょうが。考えてもねえのに、馬鹿なこと言わねえでくだせえよ。刻の無駄ってもんです」

芝居でなく、誤魔化すためでもなく、伊佐治は本気で腹を立てていた。遠野屋が関わり合いのないのは明白ではないか。関わり合いのないところに思案を回してどうする。それでなくても難事件の気配が濃くなっているのに、もうちょっと性根を据えてもらいたい。

物申したい想いがふつふつと湧き上がる。

「遠野屋は下手人じゃねえさ。上背があり過ぎるからな」

行灯の明かりが揺れる。稲妻が雨戸の隙間から一瞬の、一筋の光となって闇を裂いた。

「慶五郎の喉の傷、あれの具合から見て、下手人は慶五郎より背丈が低い。けど、力はある。ほどほどにな。少なくとも大の男の喉笛をざっくりやれるぐれえの力は、な」

信次郎が束の間、目を伏せる。それは伊佐治だから気付けたほどの、微《かす》かな動きだった。

「おれは見えてねえんだ。肝心なところが、まるで見えてねえ」

「これで終わりなのか、ここから始まるのか……。正直、今のところ見当がつかねえ」

「え？」

「旦那……」

腰を屈め、主の顔を改めて覗き込んだ。腹立ちがどこかに吸い込まれ、消えていく。主の物言いが気になる。ぼやけているくせに、どこか明らかな一点を視野に入れている口振り。理屈ではない。十年を超えて付き従った岡っ引の勘だ。いや、長い年月の内に染みとおった覚えかもしれない。

「まさかとは思いやすが、下手人の目星がついてるなんて……、いや、いくら旦那でもそんなこたぁありえやせんよね」

ありうるともありえないとも、答えは返ってこなかった。その代わりなのか信次郎の口から、短い吐息が漏れる。語調は乾いていたが、軽くはなかった。

「まあ言い訳になっちまうが、わからねえことが多過ぎる。もう一枚、二枚、札がねえと役が揃わねえや。まだ四光《しこう》にもちょいと足らねえよなあ」

思わず腰が伸びた。

「はあっ。そりゃあどういう意味なんでやすか。もう一枚、二枚って、あっしには赤札一枚見えやせんぜ」

伊佐治の言葉など耳にも入ってこないのか、信次郎が独《ひと》り言《ご》つ。

「これじゃまるで絵にならねえんだ。一番肝心なところが抜け落ちてる。おれの知らねえ手札があるはずなんだ。そうじゃねえと……」

雷が鳴る。腹に響く音だ。

空が哮《たけ》り、地が唸る。信次郎は呟き続ける。

「足らねえんだよ。まだまだ足らねえ」

伊佐治は立ったまま、何も読み取れない横顔を見詰めていた。


「どうしたら、いいんですかねえ」

三郷屋吉治が肩を落とした。語尾が震え、掠れている。

「あの八代屋さんを相手にして、わたしたちが勝てるわけがない。あまりに大きすぎます」

横で吹野屋謙蔵も珍しくうなだれている。涙こそ浮かべていないが、打ちひしがれたいかにも哀れな様子だった。いつもの覇気《はき》も毒舌も鳴りを潜めている。

清之介、吉治、謙蔵の三人は遠野屋の一間に集まっていた。隣は例の集まりを催す表座敷になる。このところ、二か月に一度の割合でそこに小物から反物、履物、帯などの品々を並べ、客を招いていた。その十回目の催しが二十日後に迫っている。慣れから決まりきった形に陥らないように、毎回、三人で思案し工夫を凝らす。次は十回目の切りということで、一段と賑やかに大掛かりに三日にわたってやってみようと決めたばかりだった。

「十回目の矢先にこんなことになるなんて。まったく……」

吉治の声はへなへなと萎《しな》びて、聞き取れないほど小さくなった。その膝の前には、数枚の美濃紙が重なっている。

八代屋の引き札だ。清之介たちとよく似た催しの報せが色刷りで記されている。ただ、規模は遥かに大きい。本店、分店を含めた八代屋全店で一斉に行うというのだ。それも、清之介たちより二日ばかり早く、だ。

清之介は引き札を手に取り、もう一度、仔細《しさい》に眺めてみた。

「反物も履物も帯も、名の通った大店の品です。わたしたちにはとうてい商えない、最上等品ばかりですよ。遠野屋さんなら太刀打ちもできるでしょうが、三郷屋や吹野屋ではとてもとても歯が立ちません」

吉治が首を横に振る。眠りが浅いのか、目の下に隈ができていた。

外は嵐だ。「きゃあ、氷が降ってきた」と、先刻、小女のおくみが騒いでいた。軒を叩く、氷塊の音も聞こえてきた。しかし、吉治も謙蔵も荒れ模様の空に一言も触れなかった。そんな余裕などないのだろう。消沈していながら血走った眼つきになっている。

「遠野屋さん」

それまで俯《うつむ》けていた顔を謙蔵が上げる。

「このこと、どう思われます」

清之介は謙蔵の眼を見やった。貧相な小男だが、強靭さを秘めた良い眼をしている。

「八代屋さんは、わたしたちの催しを潰すつもりなんでしょうか」

「そうですね……。こういうやり方を新しい商いとして八代屋さんが認め、手を伸ばしてきたと言えるかと思います。自分たちの商いのやり方では、いずれどこかで行き詰まる、その前に新たな道を探そうとした、と考えられますね」

「真似じゃないですか」

謙蔵は腰を浮かした。

「わたしたちが苦労して作り上げた催しのやり方を横取りしただけじゃないですか。そんな恥知らずな無法が許されるんですか」

「八代屋さんのやろうとしていることを咎める術はありません。どのような法度《はっと》にも触れるものではないのです」

「わたしたちの催しが潰れてもですか」

謙蔵が叫んだ。その叫びをかき消すように、雷鳴が轟く。

「ここまで、やっとここまでこぎつけたのに。このまま、むざむざ潰されてしまうなんて、力ずくで潰そうとするなんて許されることですか」

「嫌だよ」

吉治も叫ぶ。怯《おび》えた童《わらべ》のような震え声だった。

「おれは、そんなの嫌だ。おれにとってこの催しは、この試みは……おれにとって、何というか……生きる糧《かて》みたいなもんなんだ。おれはこれに賭けて、毎日がおもしろくて楽しくて、張り合いがあって……それを奪われるなんて嫌だ、嫌だ。あまりに非道だ」

「泣くな、馬鹿。おまえ幾つだ。女房子どものいる三十男が泣いてどうするんだよ」

謙蔵の叱咤《しった》に、吉治はずるりと洟《はな》をすすり上げた。

「女房子どもがいようが、三十男だろうが涙ぐらい出るさ。謙蔵、おれたち、ほんとに駄目になるのかよ。そうなったら、おれは生きる甲斐が……」

嗚咽《おえつ》を堪《こら》えているのか、媚茶《こびちゃ》色の羽織の肩が縮む。謙蔵は幼馴染であり、仲間である男から目を逸らした。こちらは同じ茶ながらやや明るい雀色の羽織を身に着けている。

「遠野屋さん」

「はい」

「なぜ、そんなに落ち着いてるんです」

僅かながら棘《とげ》を含む口調だった。口元を引き締め、謙蔵がにじり寄ってくる。

「さっきから、やけに落ち着いているように見受けられます。もしかして……八代屋さんの動き、前もって知っていたんじゃないでしょうね」

「えっ、そんな」

吉治が顔を上げ、瞬きした。涙が一粒、頰を伝っていく。

「そんなわけないだろう。どうして、遠野屋さんが知ってたりするんだよ」

「この引き札、ここに小間物はないじゃないですか」

吉治の問いかけを聞き捨て、謙蔵はさらに清之介に寄ってきた。

「履物も帯もあるのに小間物はない。おかしいとは思いませんか。わたしたちの中で、遠野屋さんの身代は抜きんでています。八代屋さんが本気で潰そうと考えているなら、まずは遠野屋さんを何とかしようとするんじゃありませんか」

「あ……まあ、確かにそうだな。三郷屋にしても吹野屋にしても八代屋さんからすれば吹けば飛ぶような店だからなあ」

吉治が納得顔で頷く。その顔つきも台詞《せりふ》も、謙蔵はやはり一顧《いっこ》だにしなかった。

「遠野屋さんだけは別格、そこのところがわたしはどうにも合点がいかないんですよ。どうしてなんでしょうか。遠野屋さん、心当たりがありますか」

「おい、謙蔵」

吉治が雀色の袖を引っ張った。

「何て言い方してんだ。それじゃまるで、遠野屋さんと八代屋さんが繋がっているみたいに聞こえるじゃないかよ。おまえ、まさか、そんなこと本気で信じてるんじゃなかろうな」

語気が強まる。どちらかといえば気弱な吉治にしては珍しい。

「信じてはいないさ。けど、変だとは感じている。どうにも落ち着かない心持ちがして、遠野屋さんがわたしたちを裏切るなんて」

「馬鹿野郎」

ゴツンと鈍い音がした。吉治の拳固が謙蔵の月代《さかやき》のあたりをもろに打ったのだ。

「痛《いて》えっ」と、謙蔵は悲鳴を上げうずくまった。

「な、何をするんだ。いきなり殴りつけるなんて……、ううっ、痛え」

「もう一発、お見舞いしてやろうか。でないと、その大馬鹿頭にはこたえないんだろうが。え？　よくも、そんな口がきけるな。裏切るだって？　え、裏切るだって？　ここまで一緒にやってきた仲間に言う台詞かよ。もう少しまともなやつだと思ってたのに、遠野屋さんを裏切り者扱いするようじゃ、どうにもならないぞ」

「おれが馬鹿なら、おまえは大間抜けだ。誰が、いつ、裏切り者扱いしたよ。早とちりもたいがいにしろよ」

「へ？」

「へ？　じゃないだろうが。おれはな、『遠野屋さんがわたしたちを裏切るなんてありえない。だから余計に落ち着かないんです』と言おうとしたんだ。それをいきなり、がつんときやがって……」

「あ……そうなんだ。そうだよな。いくら謙蔵がひねくれ者でも遠野屋さんを疑うなんて、そこまで堕ちちゃいないよな。はは、よかったよかった」

「何がよかったんだよ。まったく、瘤《こぶ》ができたじゃないかよ。後で医者に行くからな、薬礼は払ってもらうぞ。覚悟しとけ。うん？　遠野屋さん、笑っておいでですか」

月代を撫でながら謙蔵は、眉を顰めた。

「あ、いや、お二人のやりとりはこんなときでもおもしろくて、楽しくて、申し訳ないが笑えてしまいます。腹を抱えて大笑いしたいところですよ」

「どうぞご遠慮なく。遠野屋さんが大笑いするところが見られるなんて果報ですよ」

謙蔵が鼻を鳴らす。額と月代の境目あたりが赤く腫れている。大笑いとはいかないまでも、噴き出しそうにはなった。

「いやいや、まったく申し訳ない。てっきり、おまえが遠野屋さんを『裏切り者』なんて罵るんじゃないかと誤解してしまってな。悪《わり》ぃ、悪ぃ。けど、その程度の瘤、うちの猫に舐めさせときゃ治るからな」

吉治は遠慮なくからからと笑った。謙蔵の方は口をへの字に曲げて、さも忌々しげに、笑う男を睨んでいる。

「なるほど、そういうことかもしれませんね」

吉治の笑い声が止み、謙蔵は渋面を崩し、身を乗り出す。

「そういうこととは？」

「八代屋さんのやる催しに、小間物が入ってない事訳《ことわけ》です。これでは、吹野屋さんのような疑念を持つのは当たり前でしょう。八代屋さんの狙いはそこにあるのかもしれない」

「あっ、まさか」

謙蔵が身を起こした。瞬きを繰り返す。

「は？　何がまさかなんだ。そういうことってのはどういうことなんです」

吉治が謙蔵と清之介を交互に見やり、これも二度三度、目を瞬《しばた》かせる。

「わかんないのかよ。おまえの頭は髷《まげ》を結うためだけに付いてんだな。あのな、仲間割れだよ。ここに小間物がないってことで、おれたちが遠野屋さんを疑う。疑いなんてものは、いつだって諍《いさか》いの因《もと》になるだろうが。それで、おれたちが仲間割れしてばらばらになれば、八代屋の思う壺。おれたちは消えて、邪魔者がいなくなるって寸法だ」

「八代屋」と謙蔵は言い捨てた。ほとんど敵意に似た情がこもっている。

「ええっ。あんな大店が、仲間割れを促すような、そんな小狡《こずる》い真似をするのかよ」

吉治の方はいたって善良だ。ただひたすら、驚いている。

「それだけ、おれたちを手強いと見てるってことさ。おれたちをばらばらにして、遠野屋さんを自分たちの仲間に取り込む。そうすりゃ鬼に金棒だろう。上手くすりゃあ、〝遠野紅〟を商う見込みだって手に入れられるかもしれない」

慧眼《けいがん》だ。吹野屋謙蔵は目前《めさき》が利くだけではない。物事の本質を捉える力を持っている。

ふっと問いたくなった。相手の眼を見据え、胸裡《きょうり》に芽生えた問いを口にする。

「あなたが八代屋さんだったら同じことをしますか、吹野屋さん」

「します」

間髪《かんはつ》を容《い》れず、返事があった。

「遠野屋さんの紅は、逸品です。他では手に入らない代物だ。わたしは素人なので紅については、紅花の花弁から作られる程度しか知りません。それでも、あの紅が別格であることぐらいはわかります。そして、相当の身代がなければ〝遠野紅〟を商うのは無理なのもわかりますよ。八代屋の身代ならどうってことはないでしょうがね。わたしが八代屋なら、〝遠野紅〟ごと遠野屋さんを手に入れたいと望むでしょうよ。そして、そのための手立てを打つ。ええ……、同じことをやりますよ、きっと」

ちらり。謙蔵の視線が下から窺ってくる。

「遠野屋さん、本当のところどうなんです？　八代屋はあなたを抱き込もうと手を打ってきたんじゃないですか」

「ええ、その通りです」

げっと声を上げたのは吉治だった。謙蔵は口をへの字に曲げ、眉間に皺《しわ》を寄せた。清之介は八代屋とのやりとりを掻《か》い摘《つま》んで伝えた。掻い摘んだ中におちやのことは入れなかった。吉治や謙蔵が、八代屋からの申し出、おちやとの縁談を口外するとは考えられなかったが、不用意に漏らす見込みはあった。万が一、噂の種にでもなれば、おちやが傷つく。それは清之介の責めとして、どうあっても避けねばならない。

ずくりと、胸の内が疼いた。

おちやではない女の顔が浮かぶ。おりんとしか呼びようのない白い横顔だ。

ずくり、ずくり。疼きで息が詰まる。

逢いたい。あの女に。もう一度、もう一度だけ。

唇を噛む。指を握り込む。しっかりしろと己を叱咤する。

「十万両、そりゃあまた並外れた金だ。それだけ積まれたら、わたしなんか一も二もなく首を縦に振ったかもしれんなあ」

謙蔵が妙にしみじみとした口振りで言った。

「そんな。それじゃまるで我儘な餓鬼《がき》大将と同じじゃないか。欲しいものを力ずくで手に入れようとしてるだけだぞ。餓鬼大将はさっきの謙蔵みたいにこぶしを振り回すが、大店は小判をばらまくのかよ」

「こぶしを振り回したのは、おまえだよ。馬鹿」

「え？　あ、そうだったたな。まぁおれのことはこっちに置いといてくれ」

「荷箱じゃあるまいし、あっちこっちに勝手に動かせるかよ。まったく、そんな呑気《のんき》でいいと思ってるのか。今の遠野屋さんの話、聞いてたんだろうが。八代屋は本気だぜ。本気でおれたちを潰して、商いを広げようとしてるんだ。どんな手を使ってもな」

こりゃあ戦《いくさ》だぞと、謙蔵は続けた。自分のその一言に、怖気を覚えたかのように身体を震わせる。吉治が首を捻《ひね》った。

「けど……そんなの、変じゃないか」

「変？　何がどう変なんだよ」

「だって変だ。どう考えても変だ。いいか、八代屋さんだぜ。江戸で名の知れた大店がどうして、おれたち風情に躍起になるんだよ。そりゃあ遠野屋さんの身代はでかいさ。けど、それだって八代屋さんと比べると、まだまだだろう。あ、すみませんね、遠野屋さん、遠慮ないこと言っちゃって」

「いや、その通りです。遠慮なんて無用です。続けてください」

「はい。えっと、だからわたしたちの催しをどうして、そんなに気に掛けるのかってことですよ。わたしたちが八代屋さんを脅《おびや》かしたわけじゃなし。これから脅かすはずもないって、それくらいわかりそうなもんじゃないですか。ねえ」

同意を求めるのか、吉治は清之介に顔を向けた。

「わたしたちのあの催しが、八代屋さんの商いに障ったなんて考えられないでしょう。そりゃあ評判ですよ。たいそうな評判になってます。けど、八代屋さんほどの大店が本気になって乗り出してくるほどのもんですか？　何だか、おかしかありませんか」

「よく言うぜ。さっきまで青くなって嫌だ嫌だと騒いでいたのは、どなたさまですかね」

「そりゃあ、慌てたから……。けど、あれは本音だぜ。おれの偽らざる気持ちだ。ここまで拓《ひら》いてきた商いの道を閉ざされるなんて、まっぴらごめんだ」

吉治が珍しく強く言い切った。猛々しいほどだ。

「三郷屋さんのおっしゃる通りです。わたしも納得がいきませんでした。八代屋さんがどうしてここまでやるのかと」

紅がある。それはわかる。八代屋は紅が欲しいのだ。八代屋の企ての裏には〝遠野紅〟を手に入れようとする欲心がある。わからないのは、そこから先だ。

なぜ、ここまでして紅を欲しがる。

確かに紅は貴重だ。紅一匁《もんめ》は金一匁に匹敵するとまで言われていた。遠野屋の名を冠した紅はさらに稀覯品《きこうひん》となっている。だからといって、八代屋ほどの商人が手を伸ばしてくるだろうか。いや、伸ばしてきても不思議ではない。清之介が生国嵯波《さなみ》に興《おこ》した紅花の産業は一歩一歩ではあるが前に進んでいる。いずれ、遠野屋にも嵯波藩にも大いなる恩恵を与えてくれるはずだ。しかし、いずれはいずれで今ではない。まだ、緒《しょ》に就いたばかりなのだ。この頃合いで、八代屋はどうして紅を求めてくるのだろうか。

自分が八代屋太右衛門なら、どうするか。

商人としてどうするか。事の善悪でなく功罪でなく、商いの成否、その一点のみを考える。とすれば、答えは一つしかない。

時期尚早にて、暫し待つ。

嵯峨の紅がどれほどのものになるか、今少し刻をかけて見極める。それからでも決して遅くはない。焦ることも急ぐことも不用ではないか。むしろ、危殆《きたい》を招く。

清之介はそう読んだ。同じ思いを吉治も持った。

何かある。正道の商いとは別の、異なる何かが裏にある。

「わたしたちが納得しようがすまいが、現は変わりませんよ。これです」

謙蔵は八代屋の引き札を手のひらで叩いた。そのまま破りそうな勢いだ。

「わたしたちは潰されますよ。少なくとも、あの催しは灰燼《かいじん》に帰《き》しちまう」

「そんなことには、なりません。いえ、させませんよ」

清之介は言い切り、二人の商人を見やった。謙蔵が大きく目を見開く。

「何か策があるのですか、遠野屋さん」

「策などありません。ただ、これはよい機会かもしれないとは思います」

「よい機会？　何のことです」

謙蔵と吉治が同時に問い、同時に身を乗り出した。声も所作もぴたりと合っている。前もって打ち合わせをしていた如くだが、当の二人はおもしろがる余裕などまるでない。真剣な眼差しを向けてくる。張り詰めた眼に、清之介は真正面から向き合った。

八代屋がなぜ、ここで動き出したか。謎はひとまず胸に納めておく。嵯波の紅が絡んでいるのなら、三郷屋も吹野屋も関わりはない。八代屋太右衛門は遠野屋だけを獲物として狙っているのだ。

よい機会。口にして、覚悟が決まった。これは好機だ。蛹《さなぎ》から蝶になる、そのための絶好のきっかけを作れるかもしれない。

「ここからは腹蔵なく話をさせていただきますよ。わたしはこのところ、あの集い、あの催しに行き詰まりを感じていました。このままでいいのかと思案していたのです」

謙蔵の眉がそれとわかるほど吊り上がった。吉治は口を微かに開けている。が、二人とも何も言わない。身じろぎさえしなかった。

「いや、違います。それでは気取り過ぎです。思案などしていませんでした。ただ、心底に漠《ばく》とした危惧《きぐ》を感じていただけです。わたしはその危惧に気付かぬふりをしていました。催しそのものは順調でしたし、催すたびに評判になりましたから。ただの杞憂《きゆう》だと、無理やり押さえつけていたのです。しかし、今回、こういう形で揺さぶられて目が覚めました。このまま続けて行けば、どこかで行き詰まる。広がりを欠いて窄《すぼ》んでしまう。その危惧は杞憂などではありません。古い皮を脱ぎ捨てる、その覚悟のない商いは、いずれ褪《あ》せてしまいます。三郷屋さん、吹野屋さん、どうでしょうか。これを機にわたしたちの集まりを、あの催しをもう一歩、推し進めてみませんか。新しい商いをさらに探ってみませんか」

謙蔵と吉治が顔を見合わせ、唾を呑み込む。これも寸分もずれのない動きだった。

「もう一歩って……何をどう進めるんです。どこをどう変えるんですか。ひくっ」

吉治が自分のしゃっくりに慌てて、口を押さえる。謙蔵は腕組みをしたまま低く唸った。

「広がりがない……か。遠野屋さん、正直、わたしはそんな風に考えたことはありませんでした。今でも、です。遠野屋さんのお考えがよくわからないのです。ただ、八代屋がこういう出方をしてきた以上、今のままでは立ち行かなくなる、その恐れは承知してますよ」

唸りながら謙蔵は告げた。心持ちがしだいに落ち着いてくるのが、口調から感じ取れる。

「聞かせてください、遠野屋さん。この窮地をよい機会に変える、どんな手立てがあるのですか」

「まだ、はっきりと形にはなっていません。曖昧なところが多々あります。今はただ、裾野《すその》を広げてみてはと考えているのですが」

「裾野を広げる？」

「今の催しは、客の層といいますか、お呼びできる方たちが限られていますね」

「そりゃあそうです。品を買えるだけの余裕と買う気のある方でないと、お呼びできないじゃないですか。当たり前のことでしょう」

清之介は僅かに前屈みになった。吉治も謙蔵も顔を寄せてくる。

「うちでは年に数度ですが、廉売をやります。あれと催しを結びつけてみませんか」

吉治が弾かれたように身体を起こした。謙蔵は逆に、緩慢な動作で背筋を伸ばしていく。それから乾いた唇をちろりと舐めて、かぶりを振った。

「廉値《やすね》で品を売るわけですか。しかし、それでは客層が広がるのではなく、まるで変わってしまうことになりますよ。それはどうかと」

「じゃあ、違うものとしてやればいいじゃないか」

吉治が不意に口を挟んできた。

「ちょいと値の張る一等品ばかり集めたものと、廉価で小さな瑕《きず》はあるがなかなかの品揃えのものと催し二つ、やってみればいい。まずはやってみるのさ。ね、遠野屋さん」

その通りだ。まずはやってみる。商いには、熟慮や手間をかけた見極めが欠かせない。それと同じく、前だけを向いて飛ばねばならないときもある。慎重さと思いきり、どちらが足らなくても回らないものだ。「はい」と清之介は首肯した。

「三郷屋さんのおっしゃる通りです」

「ですよね。帯だって金襴《きんらん》や緞子《どんす》の豪華さとは違う、黒繻子《じゅす》縮緬《ちりめん》の昼夜帯の良さがある。何でもかんでも高値のものがいいってわけじゃない。なのに、分限者《ぶげんしゃ》ってのは廉価品に洟《はな》も引っ掛けないんだからな。そうだよ、そうだよな。遠野屋さんの言うことがやっとわかりかけてきましたよ」

吉治はうんうんと何度も頷く。頬が紅潮していた。さっきまでの血の気を失った面持ちは拭い去られて、高揚が浮かぶ。「ちっ」と、謙蔵が舌打ちした。

「何を独り合点してはしゃいでんだよ。おまえの石ころ頭で何がどうわかりかけたんだ」

「人の数だよ、人の数。金に糸目をつけないで好きな品を買える、そんな分限者がこの江戸に何人、いると思う？」

「知らないね、どのくらいの数なんだ？」

「おれも知らない。けど、千人も万人もいるわけじゃないだろう。そこにいくと、その日暮らしよりはましだけど、裕福とはいえない。普段は質素に暮らして、ほんのささやかな贅沢をたまに楽しむ。そういう人たちならけっこうな数、いるはずだ。ね、遠野屋さん」

吉治が一々、念を押してくる。手習所に通い始めた子どものようだ。屈託がなく、強がらず無用な見栄を張らない。三郷屋吉治の好ましい美点の一つだった。そして、吉治の飾らない言葉を聞いていると、ずっと胸裡に温めていた想いが確かな形になって立ち上がってくる気がした。

なぜか伊佐治の姿が浮かんだ。岡っ引の眼つきではなく、小料理屋の亭主の顔をしている。後ろにおふじやおけい、太助たち『梅屋』の面々がいた。みんな忙しく立ち働いている。おけいもおふじも、小ざっぱりした身形《みなり》だが髷を飾っているのは木櫛《きぐし》と縮緬紙の手絡《てがら》だけだ。その二人が廉売にきて見せてくれた笑顔は、清之介の眼裏に焼き付いている。初々しくて、輝いていて、幸せそうだった。あのとき胸を満たした誇らしさは、遠野屋の品がこんな笑みをもたらせるのだとの想いは、鮮明なままだ。

これからの商いの相手は、ああいう人たちではないか。百両、二百両、千両、そんな金を造作なく動かせる大尽ではなく、ささやかな暮らしの彩りを喜ぶ庶人《しょじん》こそが本当の客ではないか。ずっと秘めていた思案と吉治の言葉が重なり、響く。

「そういう人たちが、つまり、遠野屋さんの廉売のお客にもなるのですよね」

「そうです」

「な、わかっただろう、謙蔵。上手くやれば、今までとは別のたくさんのお客を呼び込むことができる……かもしれないんだ」

「上手くやるってどうやるんだよ」

「え？　だから、それはその……これから三人で考えて、練っていくんだよ。ずっとそうやってきたじゃないか。それで何とかなってきたわけだし……」

「これまで通用してきたやり方がこれからも通用するとは限らないんだぞ。そんなこと、誰も請け合っちゃあくれないいんだからな。何とかなるなんていい加減にも程があるぜ。甘ったるい夢を見てると、奈落に落ちる。それが、この世の商売ってもんだろうが」

謙蔵はさも不機嫌そうに顔を顰《しか》め、鼻から息を吐き出した。八代屋の引き札を鷲摑みにする。呼応するように雷鳴がどよめいた。「ひえっ」。吉治が身を竦める。

「遠野屋さん」

「はい」

「では、吉治の言ったように今まで通りの催しは催しとして、もう少し廉価な品を並べた催しも開く。そういうことですね」

「はい」

「しかし、それだと、遠野屋さんの廉売と被りませんか。同じことをするなら、あまり意味もないし効を奏するとも思えませんがね」

「廉売は止めます」

「えっ」、小さな声が謙蔵の口から零れた。吉治は頭を抱えていた手をそっと開く。

「あの催しは一旦、切り上げることにします。というか、新たな形に生まれ変わらせたいと思っております」

「それが、さっきから言っている、〝新しい商い〟ってとこに繋がるんですか?」

頷きながら、清之介は小さな戸惑いと覚悟を噛みしめていた。

嘘はない。誤魔化しも隠し事もない。口にしたこともこれから口にすることも、全て本音だ。ただ、その本音はつい前までは、まだ朧《おぼろ》な影でしかなかった。手探りしながら、これから見極めていけばいいと考えていた。それが今は、言い切っている。己の変わり方に戸惑うのだ。

しかし、現《うつつ》の水勢は急だ。先送りなど許さない。ならば呑み込まれるのではなく、飛び込んでいく。流れに乗って前へと進む。

まさに潮時だ。覚悟の念も頭をもたげる。高揚する気持ちも一緒に押し上げられる。

「廉売は、まだ駆け出しの職人の品を主に扱いますが、質の劣った品はいっさい並べません」

「知ってますよ。わたしも一、二度、覗かせてもらいましたからね。確かに熟練の職人に比べると足らぬところも見受けられましたが、みな、なかなかのものではありましたね。まあ、品の質に手抜きがあれば、遠野屋の名に関わりますからねえ。けれど、まだまだこれからという職人で、遠野屋で扱えるだけの品を作れる者となると、そうはいないでしょう」

清之介は軽い驚きとともに、謙蔵の、ときに濡鼠《ぬれねずみ》にも喩《たと》えられる貧相を見詰めた。

「吹野屋さん、さすがです。見抜いておられますね。ええ、そうなのです。あの廉売の一番の泣き所は品が思うように集まらないということです。そこをお二人に補っていただけないかと考えております。いや、補うというのは違いますね。一緒にやっていただきたいのです。今までの催しの半値以下、二割、三割の値で品を並べる。粗悪品ではなく、商いの品として十分に成り立つものが揃う、そんな場にしたいのですが」

雷鳴が轟いたけれど、吉治はもう身を縮めなかった。少し気弱な眼になって幼馴染の男を見る。謙蔵は組んでいた腕を解き、膝の上に置いた。

「今までの催しはどうするのです。それも止めるのですか」

「いや、とんでもない。続けましょう。まだまだこれからの試みです。ここで、こんなことで終わらせるわけにはいきません」

「廉価なものと値の張る上等の品と、二つの催しをやるのですね」

「そうです」

「八代屋に敵《かな》うと考えているのですか、遠野屋さん。正直、八代屋が本気なら、そこに並ぶ品々は相当な物ですよ」

「小物も帯も履物も、質で引けを取るとは思っておりません。三郷屋さん、吹野屋さん、わたしたちは新しい商いをここまで育ててきました。そこには、お客さまとの繋がり方も含まれています。品の数や豪華さでは八代屋さんに勝てないかもしれませんが、わたしはあの催しに来て下さる方々がそれだけを求めているとは思えないのです」

「繋がり……か」

謙蔵は暫《しばら》く目を閉じ、気息を整えるのか二度ばかり深く息を吸い、吐いた。徐《おもむろ》に瞼を上げ、いつもよりゆっくりとしゃべり始める。

「では、次の催しは決めた通りに開く、それでよしとして、もう一つ、廉価の方をどうするか。これは、丁寧に練り上げねばなりませんね。品の値が安いからといって、催しそのものの質を落とすのは筋違いでしょうからな」

「まさに、その通りです」

「そうかといって利が上がらなければ、商いが成り立たない。難しいですよ」

「難しいからやってみたいのです。二つの集まり、催しにそれぞれのおもしろみと楽しみがある。色合いが違いながら、お客さまには同じように満足していただく。その道を探ってみませんか」

「探りますよ、もちろん。そのための手間は惜しみません」

「ええっ」と叫んだのは吉治だった。

「おい、待てよ。話の流れからして、おまえ、遠野屋さんの申し出を受ける気があるのか」

「満々あるさ。端から反対だなんて一言も言ってなかっただろうが」

「そ、そうかぁ。ずい分、ごねてた気がするけど」

「おまえの目がどうかしてるんだよ。へへっ、おもしろいじゃないか。上手くいけば、八代屋に一泡、吹かせてやれるんだぜ。あいつ、おれたちを舐めているんだ。自分ほどの力があれば指一本で潰せると嗤ってるんだ」

「え、そ、そうか。そこまで酷くはないだろう。舐められてるとは思わないけど……」

「甘いんだよ、おまえは。舐めてなきゃあ、見下してなきゃあ、こんな真似ができるか。ふざけやがって。おれたちが懸命に磨いてきたやり方をあっさり横取りできるなんて思うな。おれたちにだって意地もありゃあ矜持《きょうじ》もあるんだ」

丸めた引き札を謙蔵は畳に投げつけた。

清之介はそれを拾い上げ、膝の上で広げる。

「八代屋さんに言われましたよ。わたしはまだ商売の上での躓《つまず》きを知らない。そういう者は存外脆《もろ》いものだと。もしかしたら、八代屋さんはわたしに初めての躓きを教えてやろうと思うておられるのかもしれない。けれど」

皺が無数に寄った紙を丁寧に折り畳む。

「今度のことで躓くのは、わたしではなく、あちらのような気がします」

「え……」

吉治が少しばかり身を退いた。

「見誤ったのですよ。吹野屋さんの言う、わたしたちの意地と矜持、それに底力をね。誤ったのなら正さねばなりません。八代屋さんに本当のことを教えてさしあげましょう」

稲光が走る。座敷の全てが琥珀《こはく》色に浮き上がった。

吉治は息を詰め、謙蔵は吐き出す。三人の商人は暫くの間、無言のまま座っていた。

夕餉を挟んで二刻ばかり話し合い、吉治と謙蔵は帰って行った。雷と雨は止んでいたが風はまだ強く、うっかりすると足をすくわれそうだ。清之介は駕籠《かご》を勧めたけれど、二人とも固辞《こじ》した。歩いて帰ると言う。

「大丈夫です。まだ夜更けって刻じゃないですよ。慣れっこになった道ですからね、提灯もいらないって気分です。まあ正直に言ってしまえば、妙に気持ちが昂ってましてね。知らず知らず顔が綻《ほころ》んでしまいそうなんですよ。少し冷まさないと、どこかで浮いた遊びでもしてきたのかと女房に勘繰られかねないので」

吉治が苦笑すると、謙蔵が珍しく同意した。

「まったくです。いやあ、こういうのを何て言うんですかね、禍《わざわい》を転じて福と為す？

棚から牡丹餅《ぼたもち》？　ちょっと違いますかね。けど、とんでもない苦境に陥ったはずが、そこからまた新たな道が開ける。こういうこともあるんですねえ。確かに昂りますよ」

「楽な道ではありませんよ。切り拓いていかなければ進めない、見えない道です。そうとうの難儀を覚悟しておかなければ」

「それがおもしろいじゃないですか。遠野屋さん、わたしはずっと商いは守るものだと思っていました。ある程度の身代を拵えたら、そこから先は守り、保つのが正道なんだとね。でも、あなたと出会って攻める商いを知りましたよ。敵を拵えて倒すのではなく、新しいものに挑むという形もあるってことを、わわわっ」

吉治に襟の後ろを引っ張られ、謙蔵がよろめく。

「もう、わかったから、しゃべりはそこまでにしとけ。遠野屋さん、すみませんねえ。こいつ気持ちが昂じるとべらべらしゃべり出すんです。昔っからの癖なんですよ。酒が入ってるから余計にべらべらで。こうなったら朝までだってしゃべってんだから。では、次のときまでに、三郷屋、吹野屋それぞれの品書きを作っておきます。実際の品も揃えられる限り揃えますので。さっ、謙蔵、帰るぞ。さっさと歩け」

「うわっ、引っ張るなって。遠野屋さん、それじゃあまた。ははは、頑張りましょう」

二つの背中は直に闇に溶け、江戸の夜に消えた。

攻める、か。

空を見上げ、微かに驚く。

星が瞬いていた。

雲が切れたのだ。僅かな間隙にたった一つ、きらめく星がある。それを吉兆と喜ぶほどめでたくはない。ただ、美しいとは感じた。目に染みるほどの美しさだ。眺めている間に、星は漆黒《しっこく》の雲に呑み込まれていく。風に煽《あお》られ、雲は渦巻きうねり続けていた。

清之介は踵《きびす》を返し、遠野屋の内に戻る。それを待っていたのか、信三が声を掛けてきた。

「旦那さま、お話ししたいことがございます。よろしいでしょうか」

頷く。あらましは察せられた。

「職人のことだな」

はいと返答し、信三が身を寄せてくる。声が低くなった。

「旦那さまのおっしゃるとおりでした。八代屋さんから、うちの職人の内の何人かに店替えの話があったようです」

「……そうか」

さっき星を見たときほどの驚きも覚えない。ただ、気は引き締まる。

八代屋は本気で遠野屋という店を潰しにかかっている。

品を納める職人と品を購《あがな》う客は、商いの両輪だ。どちらが欠けても、外れても店は立ち行かなくなる。八代屋はその二つを外そうとしているのだ。

「それで、店替えを決めた職人はいたのか」

「おりません」

主を見上げてきた番頭の顔は、微かに笑んでいる。

「一人もおりませんでした。中には、誘いをかけてきた男を怒鳴りつけ、外に叩き出した剛の者もおります。『おれに寝返りをそそのかすたぁいい度胸だ。生かしちゃ帰さねえからな、覚悟しろ』と息巻いて、包丁を振り回したとか。八代屋さんの使いは慌てふためいて逃げて行ったと、お内儀《かみ》さんが話してくれました」

「なるほど、田《た》の子《こ》屋さんらしいな」

「おや、名を出さずともおわかりですか」

「ああ、叩き出すまではともかく、包丁を振り回すとなると、田の子屋さんぐらいしか思い浮かばないからな」

一途《いちず》で偏屈、しかし、蒔絵師《まきえし》としては最上の腕を持つ職人だ。誇り高く、そこを僅かでも傷つけられれば烈火の如く怒り出す。八代屋の使いがどういう口上を告げたかわからないが、たぶん、金に飽かして抱き込もうとしたのだろう。それが、田の子屋の神気《しんき》をいたく逆撫でしたとは、十分、考えられる。

田の子屋とは遠野屋の先代からの付き合いだが、あまりの偏屈ぶり、あまりの短気さに店の者はみな、信三でさえ恐れて、できるなら近づきたくないと口にする。が、遠野屋にはなくてはならない職人だった。その作り上げた品を目にするたびに、清之介は感嘆を超えて畏怖《いふ》さえ覚える。心が引きずり込まれそうになる。昔も今も。

〝遠野紅〟ばかりが話の種になるが、遠野屋を支えているのは蒔絵であり、ビードロ細工の簪であり、半襟であり、櫛であり……職人たちが生み出してくれる様々な品だ。八代屋が誘いをかけた職人は、遠野屋の屋台骨を支える者たちだった。

さすがに、確かな目をしている。

八代屋の目の付け所は過《あやま》ちがない。一人もなびかなかったのは算盤《そろばん》の弾き違いだろうが。

「しかし、これで八代屋さんが諦めるとも思えません。いかがいたしましょうか」

「いかがとは？　考えていることがあるのか」

「いえ……、ただ、手間賃を上げるのはいたしかたないかなとは思います。八代屋さんが示してきた額は、うちより高かったようです。それに準じるぐらいは出さないと、いつか、職人たちを持って行かれるかもしれません」

「いや、今のままでいい」

遠野屋が出す手間賃は、品に見合ったものだ。値切りも上乗せもしていない。商人に品を作り出すことはできないが、その値打ちを見極め、世に出す働きはできる。清之介のあるべき商売の姿からは懸け離れてしまうのだ。
信じ、認めていてくれる。だからこそ、成り立つ間柄なのだ。手間賃を上げれば品値に
響く。響かせなければ利鞘《りざや》が出ない。それでは商いではなくなる。少なくとも、遠野屋
が職人たちの力に驚嘆し、称賛するのと同じく、職人一人一人もまた遠野屋の目利きを

「申し訳ありません」

信三が顔を伏せた。主の心中を悟ったのか、恥じ入るように身を縮ませる。

「いささか焦っておりました。わたしより職人たちの方が落ち着いておりますね」

「八代屋さんは、かなりの額を示してきたのか」

「はい。うちより一割がた上のようです」

「そうか。しかし、信三、ここは田の子屋さんたちを信じてみよう。遠野屋と職人たちとの関わりは手間賃だけではない。人と人としてきちんと付き合ってきた。そこは、ちゃんとわかってくれているさ。信じていいのではないか」

「はい、だからこそ、外に叩き出したのでしょうからね」

「叩き出したのは田の子屋さんだけだろう」

「あ、はい。まあ、そうですね。行く先々で叩き出されたら大変です。骨の一本、二本折れてしまいますよねえ」

「信三」

「はい」

「抱え職人は別として、外の職人たちが八代屋さんに移りたいと申し出てきたら、そのときは意に沿うように取り計らわねばならないよ。わたしたちに縛る権はない」

「はい。承知しております。実は田の子屋さんが激怒したのは、あちらから終生、抱え職人として面倒をみてやる。その代わり死ぬまで八代屋の職人として働けと言われたからのようなのです。これもお内儀さんから聞いた話ですが」

「なるほど、商人風情が田の子屋の将来《さき》まで縛るつもりかと腹を立てたわけか」

田の子屋の憤怒の相が見えるようだ。仁王尊を彷彿《ほうふつ》させる形相を清之介も二度ばかり目にした。怯えはしなかったが、人がこれほどまでに憤《いきどお》れるのかと呆れ、怒りの量と品の見事さとは釣り合うものなのかと考えた覚えがある。

試されているな。

つくづくと思う。今、遠野屋も遠野屋を背負う自分も試されている、と。打たれ、なお打たれ、それでも折れなかった者だけが残れると八代屋は言った。あの大店の主は、遠野屋を打ち砕く鉄槌《てっつい》を振り下ろそうとしている。その打撃を凌《しの》ぎ、耐え、力に変える。遠野屋の基を盤石とするためにも凌ぎきり、耐えきり、変えてみせる。

うん？

気配を感じた。商いとは無縁のどろりと粘い気配が纏わりつく。そして、一瞬で消える。

これは……。

「旦那さま、それともう一つお話がございまして。あの、実は、旦那さま宛てにこのようなものが届けられました」

信三が上目遣いに見ながら、小さな紙包みを差し出した。文のようだ。表書きはない。裏返し、清之介は軽く目を見張った。流麗な女文字で名が記されている。

おちや。

「おちやさんから、わたしに文？」

「旦那さまたちがお座敷に入られて間もなく、使いの者が届けてきました」

「使いの者、女か？」

もしや、あの女人《にょにん》かもしれない。おりんとうり二つの若い女。名も素性も知らない。

「いえ、男でした。八代屋さんの奉公人ではなくて、台所に出入りしている魚屋だとか言ってました。おちやさんに直《じか》に頼まれたとも」

「そうか、わかった。いろいろすまなかったな。また、おまえに相談しなければならないことが多々、できた。明日、ゆっくり話をする。今日はもう休んでくれ」

「はい。三郷屋さんも吹野屋さんも、来られたときは切羽詰まったお顔でしたが、ずいぶんと上機嫌で帰られました。よいお話ができたのですね」

「そうだな。少なくとも、これからの話ができた。上々だ」

安堵と喜色《きしょく》が、信三の面を照らした。行灯の薄明かりの下でさえ明るく映える。

「明日、お話を伺うのを楽しみにしております。では、お休みなさいませ」

信三は番頭になってからも住み込みのままだった。店の二階奥に三畳ほどの部屋を持っている。さすがに一人住まいではあるが、遠野屋の番頭の住居にしては些《いささ》かみすぼらしい。それが、異例の若さで奉公人の出世双六《すごろく》を上った信三なりの戒めだった。驕《おご》らず、威張らず、精進を重ねる。その心得だけは忘れたくないと、おみつに話したらしい。本人は内緒話のつもりだったのだろうが、おみつはあっさりと清之介に漏らしてしまった。「信三さんのこと見直しちゃいましたよ。あの人、いい番頭になりますよ。だって、お部屋をね……あらいけない。うっかりしゃべっちゃったわ」。口を両手で覆い、おみつは肩を竦めた。ただ、おしのに言わせると「おみつはうっかり口を滑らせたんじゃなくて、わざとしゃべったんだよ。清さんに、信三の心意気ってものを聞いて欲しくてさ」だそうだ。その後、ふふっと笑いを零し、おしのは続けた。

「そんな小細工しなくたっていいのにねえ。清さんなら、ちゃんとわかってるよね」と。

おれは奉公人にも仲間にも職人たちにも恵まれている。むろん、家人にも。

生まれ落ちたときから母がいなかったことも、父から人としてさえ扱われなかったことも補って余りある恵みだ。だからこそ守り通す。何があっても。

清之介はそっと首を押さえた。ここに感じた気配とおちやからの文。不穏と疑念が絡まり合う。それらが恵まれた日々に亀裂を入れぬよう、処さねばならない。

掛け行灯の下で文を広げる。

お逢いしたく存じます　なにとぞ、よしなに

ちや

急いだのか、走り書きの一文の下に、明日の日付と時刻、両国橋《りょうごく》の東詰めにある料理屋の名が記してあった。

男を料理屋に呼び出す。何とも大胆な娘だ。そうは思ったが、そこまでだった。清之介の思案は美しい大店の娘より、その後ろに控えていた華奢《きやしゃ》な女に向かう。呼び出しのわけよりも、あの女がおちやの供に付いてくるのかどうかが気になった。心がざわめく。

もう一度、首筋に手をやる。気息を整え、心を静める。

明日は明日だ。それよりも、今夜が……。

廊下を渡り、奥の庭に下り立った。表庭ほど整った造りではない。おこまの遊び場にもなるし、おしのが戯れに花の苗を植えたりもする。古い庭蔵も建っていた。商いとは別の暮らしのための場所になる。

廊下はどこもきっちりと雨戸が閉められていた。おこまもおしのもおみつも、とっく

に夜具に潜り込み寝入っているだろう。

庭の隅に柿の木が植わっていた。実はない。今朝までは残っていた枯れ葉も吹き飛ばされたのか一葉も見当たらない。裸の枝が風に大きくしなっているだけだ。

「源庵《げんあん》」

柿の木の根元に闇が溜まっている。周りの闇より一際濃く、深い。闇と水は似ている。淀み、溜まり、渦巻く。ときに、容赦なく人を呑み込み引きずり込む。

「源庵。いるのはわかっている。出てこい。おれを相手に隠れ鬼をしても始まるまい」

闇溜まりがもぞりと蠢《うごめ》いた。闇が分かれ塊になりずるずると動いている。

「……清弥《せいや》さま。お久しゅうございますな」

高くも低くもない声が、十五のころの清之介の名を呼んだ。

「どうしたのだ。なぜ、おまえが江戸にいる」

闇が震えた。徐々に人の形が現れる。総髪茶筅《そうはつちゃせん》の髷に黒の筒袖《つつそで》、短袴《たんこ》という出で立ちだ。右の袖がひらりと揺れた。この男の右腕を肘から斬り落としたのは、信次郎だった。おりんの死をきっかけとして信次郎と出逢った、出逢ってしまった。その死に、源庵は深く関わり合っている。下手人、おりんを死に追いやった張本人なのだ。

今でも、時折、激しい殺意に襲われる。自分からおりんを奪ったこの男を抹殺してやりたい。肉を切り裂き、骨を断ち、喉に刃を突き立ててやりたい。

火に炙られる如く思う。

許すことはできない。まだ、無理だ。けれど、殺しはしない。源庵は重宝な男だった。闇に隠れ、闇に動き、闇から世を眺めることができる。間者《かんじゃ》として十分に使えた。今は、半年に一度、嵯波から江戸に上ってくる。嵯波の動きを伝えるためにだ。紅花の栽培に関してだけではない。城内、執政たちの動きも逐一探らせている。紅花の収穫のたびに、藩からの沙汰書は届くし遠野屋からも人を遣わす。しかし、そこから零れたもの、あるいはわざと零したものを拾い上げねばならない。政《まつりごと》もしかり。江戸から運び込まれる莫大な資金は紅花の栽培と河川の改修のために費やされる。紅花はやがて、嵯波の一大産業となり、藩とそこで暮らす人々に豊かさを授け、遠野屋に益をもたらす。

清之介が描いた未来図だ。年月はかかるが夢幻ではない。現の道筋が確かに見えていた。その道を歩くために、政の歪み、不正は排さねばならない。私利私欲に固まり、資金の流れを変える、藩や民ではなく己の許《もと》に流れ込む路を強引に作る、そんな輩はどの時代にも、どの藩にもいる。壁蝨《だに》と同じだ。寄生し、他人の生き血を吸って肥え太る。壁蝨の吸血は、己が生きるための手立てだが、人は欲に迷い、欲に凝り、堕ちる。

嵯波の政を意のままに動かしたい。そんな野心は微塵もなかった。できれば近付きたくない。政の底にはいつも、不気味な怪物がうずくまっている。関わりなく過ごせるなら、それにこしたことはないと思う。けれど、商いと政は人の背と腹のようだ。分かち難く繋がってしまう。政が腐敗すれば商いの基《もとい》も腐り、病む。それゆえに源庵を使い、見張らせていた。

奇妙なものだ。

つくづく感じる。

父を斬り捨てた満月の夜、嵯波を出奔《しゅっぽん》した。「江戸へ行け。そこで、生き直せ」。兄宮原主馬《みやはらしゅめ》の一言が背を押してくれた。

何があっても振り向くまいと決め、江戸への道を歩き続けたのは何年前だろうか。二度と足を踏み入れないと決めたはずの生国だった。命のある限りこの地に戻ることはないと信じていた。それが今、こうまで深く関わり合っている。父の命のままに刺客《しかく》として生きた国に、江戸の商人として結びついている。人の定めとはどこまでも奇妙で、底知れない。

風が吹き、源庵の袖がはためいた。空も地も闇に沈んでいる。

「まだ江戸に上る時期ではあるまい。嵯波で何かあったのか」

「は。些《いささ》か気になる動きがございました」

「何事だ。いや、その前に入れ」

「は？」

「ここは冷える。中で話を聞こう」

「それがしを部屋に上げると？」

「そうだ。案ずることはない。盗み聞きする者などおらぬ」

「いや、そうではなく……」

ほんの僅かだが源庵が身じろぎした。逡巡《しゅんじゅん》するような気配が伝わる。構わず背を向け、清之介は自分の居室に入った。おみつが行灯に火を入れ、火鉢に炭を熾《おこ》してくれている。おかげで部屋は、仄《ほの》かに温もっていた。五徳《ごとく》に置かれた鉄瓶からも、程よい湯気が上がっていた。手早く茶を淹れると、部屋の隅に座している源庵を呼んだ。

「もう少し、こちらに来い。茶を淹れたぞ」

「……よろしいのですかな」

「何がだ」

「それがしが、これ以上お近くに寄ってもかまいませぬのか」

急須を置き、行灯の明かりの外にいる男を見詰める。

「寄って悪いわけがあるのか。おれが、おまえに斬り付けるとでも」

「それがしが清弥さまに斬りかかるやもしれませんぞ」

「それは、要らぬ用心だな」

「それがしが刃向かわぬと信じておられるのか」

「刃向かっても無駄だ。おまえでは、おれを斬れまい。掠り傷さえ付けられぬ。それは、おまえが誰より承知しているはずだが」

湯呑から茶をすする。青い香りが口中に広がり、身体に染みていく。その香りが、味が、茶の清々しさとは無縁の男を思い起こさせる。

信次郎も伊佐治もこのところ顔を見せない。伊佐治はともかく、信次郎と顔を合わせたいとは露ほども望まない。良いことなど一つもないのだ。気持ちを揺さぶられ、掻き立てられ、なぶられる。できうる限り遠ざけたい相手だ。それなのに、遠ざかってしまえばどこか不足を感じるのはなぜだろうか。自分の日々の一点が色褪《あ》せ、小さな穴が穿たれる。そこから、ぽたぽたと零れていくものは何だろう。

「正直ねえ、旦那と一緒でなければ、あっしももう少し気楽に生きられたのになんて考えることがござんすよ。ええ、けっこう、よく考えてやす」

伊佐治がぼそぼそと告げたことがあった。昨年の今時分だ。空に縺《もつ》れ雲が浮かんでいた。梅屋の自慢の品だという里芋の味噌垂れと鰊《にしん》の照り煮を届けてくれたのだ。どちらも大層な好物であったから、おしのが殊の外喜んだ。踵を返し、すぐにも帰ろうとする伊佐治を引き止め、茶と菓子を出した。季節のわりに暖かだったのだろう、縁側に腰かけて暫く世間話をした。そのとき、伊佐治は低い声で胸の内を明かしたのだ。

「なのに、旦那がいなかったら、旦那と出逢わなかったらどうなんだって、自分に問うじゃねえですか。そしたら、何て言いますか。ぼそぼそしちまうんですよね。味気ねえなって思っちまうんです。旦那がいなかったらきっと、あっしは爺《じじい》になってたと思いやすよ。いや、今でも爺じゃあるんですが、もうちっと枯れちまってたかもしれねえ。かといって、旦那が好きなわけじゃありやせんがね。ええ、あんな倅がいなくてよかった、身内でなくてよかったってのが本音なんで」

何度も頷きそうになった。伊佐治の言うことが痛いほどわかる。

信次郎に出逢った前と後とでは、生きる色合いが変わってしまった。出逢いたくはなかった。けれど、あのとき出逢わなければどんな日々があったのか、もう思い描けないのだ。まるで描けない。おりんの命と引き換えのように現れた男が、清之介のこれから先に何をもたらし、何を奪っていくか。商いとも駆け引きとも異質の昂《たか》ぶりに包まれる。

ヒュッ。

刃が風を切る。清之介は後ろに反り、刺刀《さすが》を避けた。一瞬できた隙をついて、湯呑の茶を浴びせる。「わっ」と源庵が叫び、腰を引いた。体勢を立て直す暇など与えない。源庵が刺刀を持ち直したとき、清之介はすでにその喉元に火箸の先を押し当てていた。

「いいかげんにしろよ。おれを試しても何の得にもならんぞ」

源庵の唇がめくれ、息が吐き出される。喉が上下する。そこからゆっくりと火箸を離し、清之介も息を吐いた。火鉢の灰に差し込む。鉄の箸はおとなしくあるべき場所に納まった。

「清弥さまを試したわけではござりません。それがしを試してみたのです」

「己を？　何のためだ」

襟元を直し、源庵はまた薄暗がりに退いた。問いに答えぬままだった。問い質《ただ》すつもりは、もとよりない。清之介は茶を淹れ直し、源庵の前に置いた。

「これは、美味い。香ばしゅうございますな」

茶をすった源庵の口元が、束の間だが緩んだ。

「おれには茶を淹れる才があるそうだ。茶葉を引き立て、香りも味も無駄にせぬと褒められたことがある。おまえの腕を落とした男からな」

源庵は無言で茶を飲み干した。面にはもう何の表情も浮かんでいない。

「聞かせてもらおう。何のために江戸に出てきた。嵯峨で気掛かりな動きがあるのか」

「はっ。一つ二つ、ございます。まずは筆頭家老が病に倒れました」

「今井《いまい》家老が病に？　まことか」

「登城した様子がなく、屋敷内に医者が入ったまま、出てくる気配もござらぬゆえ、屋敷内に忍び込んでみました。奥座敷で臥《ふ》せっているもようですが、詳しくはわかりませぬ。警固《けいご》が厳しく、うかつには近寄れなかったのです」

「では、病状についてはわからぬのだな」

「遺憾ながら。ただ、軽くはござりますまい」

「そうか、あの今井家老がな……」

嵯波藩筆頭家老、今井福之丞《ふくのじょう》義孝《よしたか》。父のそして兄の政敵であり、遠野屋清之介の商いの相手でもある。紅花を産業として成り立たせる。それを遠野屋が後押しする見返りに、嵯波紅花の売買の一切をゆだねる。今井との間に、そういう約定ができていた。念書も取り交わしてある。その内容にもう一つ、清之介は条件を加えた。

「嵯波の紅花の行く末にある程度の目処《めど》がついたそのとき、執政から退いていただきたいのです」

今井に告げ、今井はそれを呑んだ。藩のために新たな産業がどれほど肝要かわかりすぎるほどわかっていたのだ。権力への欲もある。政敵を妻子ごと葬りさる非情と残忍もある。しかし、ぎりぎりの瀬戸際で、今井は為政者《いせいしゃ》として踏み止まった。己の地位より私欲より、藩の確かな行く末を選んだのだ。

さまざまな困難を乗り越えて、嵯波の紅花産業は育ちつつある。安泰と呼ぶには程遠いけれど、前へと進んでいる。そして、〝遠野紅〟という小さな実さえ結んでいた。約定通り、今井が致仕《ちし》するのも間もなくだと清之介は読んでいた。今井は抗《あらが》うまい。その日、そのときがくれば潔く退く。そうも読んでいた。筆頭家老が抜けた後、嵯波の藩政がどう変わるのか、誰が後に座るのか。まるで気に掛からないと言い切ってしまえば、嘘になる。が、誰がどう政を動かそうとも、紅花が藩内と遠野屋を潤す、その仕組みだけは忽《ゆるが》せにはさせない。しようとするならば、全力で戦う。決意は固まっていた。

「そう遠くない将来、執政から退く方だ。病を得て、万が一のことがあっても慌てなくてもよかろう。それなりの手は打ってある。今井家老がおらずとも、嵯波の紅花も遠野屋の商いも揺るぎはせぬ」

「江戸藩邸が動いております」

源庵が囁いた。囁きは闇に吸い込まれて消えた。

「江戸藩邸……とは、江戸家老沖山頼母《おきやまたのも》が動いているわけか」

「御意《ぎょい》。江戸の商人と組んで、紅花の一切を手中に収めようとしている。そのように思われます。確たる証はまだ手に入れておりませんが」

「証となるものが、どこかにあるのか」

「わかりませぬ。ただ、清弥さまと今井家老が交わしたのと同じ念書か、それに近いものはあるはずですが」

「だろうな」

武士同士ならいざしらず、片方が商人ならば口約束だけで済ませはしないだろう。済ませるほど詰めの甘い商人などいない。

清之介は、念書とは別に今井家老から嵯波藩藩主の自印付きの書付を受け取っている。遠野屋との取引を反古《ほご》にするとは、つまり、藩主の意に背くのに等しいものとなる。沖山頼母がどういう人物であれ主君の意を蔑《ないがし》ろにはできまい。臣が主に異を唱え、定めた事柄を覆そうとするなら命を懸けねばならない。今の世に下剋上《げこくじょう》はないのだ。腹を切って諫《いさ》めるか、巧妙に立ち回り策を弄《ろう》して懐柔《かいじゅう》するか……。

「清弥さま、落ち着いておられますな」

「おれが慌てふためくと期していたのか」

「もう少し驚かれるとは待ち設けておりました」

源庵の視線が清之介の上をぬらりと舐める。腕のない袖は垂れ下がったままだ。

「全て、知っておられたのですな」

「いや、今井家老が病臥《びょうが》したのは知らなかった。江戸での動きも、もしやと疑っていた。その程度のものだ。源庵、八代屋と沖山との結びつきは昔からなのか」

源庵が一度だけ瞬きをする。口元が歪む。それで面に何が現れるわけでもない。驚愕も感嘆も憤怒も憂慮も喜悦《きえつ》も、情と呼ぶものは何一つ浮かんではいなかった。

「八代屋のことまでご存じでしたか」

「八代屋に十万両で紅に関わる権能全てを譲れと迫られた。暗に、自分と嵯波藩の結びつきを示しての申し出だったな」

茶をすする。八代屋でもてなされた茶の味。仄かな甘さと苦みの絶妙な風味を清之介の舌は覚えていた。やや時はかかったが、思い出したのだ。あれは……。

深い記憶の底から呼び覚まされたのは、まだ前髪をたくわえていたころ、兄の部屋で飲んだ茶だった。身分卑しい母の子として疎《うと》まれ軽《かろ》んじられて生きる弟を、宮原家継嗣《けいし》である兄はなにくれとなく愛《いつく》しんでくれた。露骨に侮蔑を表す家臣を叱りつけ、共に遊び、釣りに誘い、諸々を語らってくれた。武士を捨てろとも新たに生き直せとも言ってくれた。月下、嵯波を去るそのときまで、兄は弟を守り続けてくれたのだ。

その兄の部屋に呼ばれると、たいてい美味い茶と菓子、あるいは果物をふるまわれた。上等の菓子も果物も美味かったが、茶の味は格別だった。そう伝えると兄は、「おまえ幾つだ。菓子より茶が美味いなんて子どもの台詞じゃないぞ」と笑いながらも、この茶葉は嵯波の南の山でごく少量しか採れない最上品なのだと教えてくれた。

当時、二人の父である宮原中左衛門忠邦《ちゆうざえもんただくに》は藩政の中枢に座り、権勢を誇っていた。屋敷には、貴重で高価な品々が毎日のように届けられていたのだ。

その茶を八代屋で飲んだ。太右衛門はさらりと口にしたではないか。遠縁の者が毎年、送ってくる極上の茶だと。〝遠縁の者〟とはつまり、嵯波藩江戸屋敷のことだ。己がどこに結びついているか、どれほどの力を持ち得ているか、八代屋の主人は一杯の茶で示したのだ。清之介がかつてその茶を飲んだと心得ての振舞だ。

「いかがいたします」

源庵が低く囁く。

「八代屋も沖山も葬りますか」

「いや、その要はない。おれはおまえに暗殺など命じはせぬ」

「ならば、どうされます。このまま、やつらの跳梁《ちょうりょう》を許しておくと全てを奪われるやもしれませぬぞ。今のうちに芽を摘んでおくが得策ではありませぬか」

「奪われはせん」

「清弥さま、甘いお考えは命取りになりますぞ。あなたもあなたの店も危うい。死地に追いやられることにもなりましょう」

清之介は真正面から源庵を見詰めた。些かの戸惑いを覚える。

この男は、おれと遠野屋を案じているのか。

「源庵、おまえの眼には、おれが手をこまねいて滅びを待つだけの木偶《でく》と映るか」

源庵が背を起こした。そのまま、清之介を凝視する。

「さっきも申しただろう。手立ては講じている、とな。講じるために、おまえたち影の者にも働いてもらったではないか。執政たちの動向を探り、藩財政を調べ上げ、城下の様子を逐一知らせてくれた。ずい分と助けになった」

「清弥さまは、忠邦さま亡き後、困窮の極みに陥っていた我らに禄を与えてくだされた。その禄に見合うだけの働きはいたします。ただ我らは清弥さまの命のままに、探り、調べ、伝えたのみ。清弥さまがどのように使われたかは思い及ばぬところにございます」

「聞きたいか」

「いや、無用にござります。聞いたとて、何の足しにもなりませぬゆえ」

「だろうな」

執政の内にも紅花を栽培する農家にも、嵯波の商人たちの間にも網を張り巡らせ、細かく結びつき、城下には遠野屋の分店まで置いた。紅花を通して嵯波の人々と繋がってきたのだ。それは一朝一夕に作り上げられる関わりではない。八代屋がどれほどの豪商であろうと、沖山頼母がどれほどの権勢を誇ろうと、取って代われるものではないのだ。太右衛門も沖山もそこを読み違えている。この世の中を支えているのが誰なのか、見誤っているのだ。

「今井家老が亡くなったとしても、遠野屋の地歩《ちほ》は揺るがぬと仰せですな」

「そうだ。いずれは執政の座から退いてもらわねばならぬお方だった。それが、些か早まったに過ぎぬだろう。むしろありがたい」

「空いた席に誰が座るか、次の筆頭家老の顔が見えておられるのか」

「座っていただきたい方はいる。それだけだ。一介の商人が口出しできることでも、することでもない」

源庵が軽く肩を揺すった。

「口出しはせずとも、思い通りになると？」

「嵯波の政に関わる気はない。ただ、この商いは守る」

風の音が遠くなる。獣の咆哮《ほうこう》に似た鳴りは、彼方《かなた》に去ったようだ。明日の朝、庭はさぞや荒れているだろう。おみつの嘆く顔が妙に生々しく見えた。

「清弥さま、お気を付けなされませ。あなたは腕が立ちすぎる。刺客としても商人としても。沖山にすれば、あなたは目の上の瘤、しかも大層な大きさの瘤です。力ずくでも切り落とそうとするやもしれませぬぞ」

「おれを殺しに来るか」

「それがしなら、そういたします。邪魔を取り除くには、消すのが一番手っ取り早い。刀であなたを倒すのは至難でしょう。が、毒を盛っても、鉄砲を使っても、他のやり方でも人は殺せますゆえ」

刀でも薬でも鉄砲でもない、まさに〝他のやり方〟でこの男はおりんを殺めた。

鳩尾《みぞおち》のあたりが熱くなる。

熱を察したように、源庵は隅の暗がりへと退いた。低頭する。

「清弥さま、もう一つ、お伝えすることが……いや、願いたき儀がございます。それがしに、暇《いとま》を取らせてくだされませぬか」

思いもよらぬ申し出だった。返事を躊躇《ためら》う。

「むろん、それがしに代わる者はおります。今まで通り、嵯波の動きは漏らすことなく清弥さまにお伝えできるはず」

「何事だ、源庵。隠居暮らしでも始める気か」

「御意。それがしも年を取りました。先刻もあなたに手もなく捻られました。もう少し若ければ、敵わぬまでも浅傷《あさで》ぐらいはつけられたはず。もはや老いの身、どのような役にも立ちますまい」

「暇を取ってどうするのだ。当てがあるのか」

「清弥さまのおかげで、後《のち》の暮らしに足りるだけの金も貯まりました。いかような余生も送れると存じます」

余生？　この男が？　おりんを手にかけたこの男が、穏やかな日々をのうのうと生き続ける？　おれはそれを許すのか？　許せるのか？

行灯の明かりを受けて火箸が鈍く輝いている。あれを突き立ててやりたい。清之介は息を飲み下した。喉の奥にも熱がある。焼けて爛《ただ》れていくようだ。

源庵が立ち上がった。

「では、これにて失礼仕《つかまつ》ります。もう、お目にかかることもありますまい。清弥さま、重々、ご用心なされますように」

「おまえは何のために江戸に来たのだ」

出て行こうとする背中に問いをぶつける。

「江戸藩邸の動きを報せるのなら、書状でも事足りただろう」

「直に話さねば伝わらぬこともございましょう」

「おまえが伝えたことは全て、書状で足りる。これまでのおまえなら、もっと委細に調べ尽くしてきただろう。それが今回は些か杜撰《ずさん》だ。今までこんなことは一度としてなかった。なぜだ？　おれへの報告とは別の目途があるからではないのか。どうしても江戸に来なければならないわけがあった。むろん、別れの挨拶のためなどではなくだ」

源庵は半身になって、清之介を見下ろしてきた。

「それがし一己《いっこ》の所存にございます。清弥さまには何の関わりもございませぬ」

闇に潜み、闇に隠れて生きる男にも一己の事情とやらがあるものだろうか。清之介は奥歯を噛みしめた。剣呑な兆《きざ》しがする。得体のしれないものが、ひたひたと押し寄せてくる。そんな気配を感じてしまう。

「美味な茶でございました」

源庵はゆるりと笑い、束の間、視線を湯呑に落とした。

「影の者として座敷に上がり茶のもてなしを受けたのは、初めてやもしれませぬ」

軽く一礼すると、闇に紛れた。風が吹き込む。行灯の炎が震え、消えた。

闇に覆われた部屋の中で、清之介は一人いつまでも座していた。

第五章　月　影

両国橋の広小路ほど、殷賑《いんしん》という語がふさわしい場所はない。

殷賑を極める。

占師、丁字《ちょうじ》やき、からくり、歌祭文《うたざいもん》、南京《ナンキン》操り、軽業《かるわざ》、茶屋、蝦蟇《がま》の油、べっこう飴、漆器、端切れ、仮宅細見絵図……。床見世が並び、行き交う人々でごった返す。

さてお立合い。ご用とお急ぎでない方はゆっくり聞いてごろうじろ。

最後に野州日光《やしゅうにっこう》、麻の実が入りまして七色唐辛子。大辛に中辛、家伝の手法。お好みに応じて調合いたします。

さあさ、ずずっと前へ、前へ。

お客さん、お客さん。どうぞ寄って行ってくださいな。

巾着切りだ。誰か、そいつを捕まえてくれ。

あはあははは。危ねえじゃねえか、馬鹿野郎。おーい、おーい。

呼び声、売り声、叫び声、笑い声、怒鳴り声、嬌声、喚声、奇声。およそ人の上げられるあらゆる声が、出せる音が混ざり合い、絡まり合って四方からぶつかってくる。

昨日の雨は、確かに冬到来の先触れだった。

今朝、江戸の町は冷え込み、北方から吹いてくる風は身が縮むほど寒かった。日が差せば少しばかり温もりもしたが、雲に隠れたとたん凍えがぶり返す。

そんな日にもかかわらず、この人出だ。長くいると人いきれで汗ばんでくる。江戸の町そのものが無尽蔵の熱を吐き出し、撒《ま》き散らしているようだ。

おちやが文に記した料理屋は、路地の奥まった一画にあった。『ひなや』という店で、清之介も二度ばかり客遇《かくぐう》に使ったことがある。おしのやおみつを誘って、名物の淡雪《あわゆき》豆腐を食べに来たこともある。つまり、清之介の顔を店側は知っているのだ。おちやが八代屋の身内と気付かれる虞《おそれ》はそうそうあるまいが、まったくないとは言い切れない。

男と女が料理屋で逢う。男に女房はおらず、女は嫁入り前の娘だ。それがどういうことなのか、おちやはわかっているのだろうか。わかった上で呼び出したのか。

来るべきではなかったか。

清之介は店の前で足を止め、頬に手をやった。苦笑い一つ浮かんでいない。妙に強張っている。己の軽率、浅慮を嗤《わら》うことさえできないのだ。

当たり前だ。来るべきではなかったのだ。おちやの文は読まなかった、受け取らなかったものとして処分すべきだったのだ。昼間とは言え、おちやと二人きりで刻《とき》を過ごした。その事実を八代屋から詰《なじ》られれば、一分の申し開きも立たない。文を書いたのはおちやでも、出向いて来たのは清之介の意だ。

来ずにはいられなかった。

もしかしたらと思ったのだ。もしかしたら、あの小女もいるかもしれない。八代屋ほどの大店の娘が供も連れずに出歩くとは思えない。お供としてあの小女が付いてくることも十分考えられる。よしんば、おちやが一人であっても、お供が別の奉公人であっても、名前や生い立ちぐらいは聞き出せるのでは。そんな他念があった。おちやが何を告げるために呼び出したのか、そこへの思案は薄い。

何とも手前勝手で薄情な男だ。

「遠野屋さん、ちっと分別に欠けやしませんかい。頭を冷やして、よぉく考えなせえ」

伊佐治が傍らにいたら、諭《さと》しも叱りもしただろう。苦り切った顔つきや口調が浮かぶ。いつもは、信次郎に向けられる面相であり声音だ。

来るべきではなかった。あまりに軽率で浅慮だ。分別に欠けている。そして、今なら引き返せる。踵《きびす》を返して、遠ざかれる。

わかっている。痛いほどわかっている。

頭でわかっていることに、心が従わない。それでもそれでもと、抗う。

それでも逢いたい。

もう一度、もう一度だけでいいから、逢いたい。言葉を交わしたい。この眼でしっかりと見詰めたい。そっと触れてみたい。

おりんと出逢ったのは、橋の上だった。

春が長《た》けて、桜が散っていた。散った花弁は薄紅色の小紋となり水面を飾っていた。

「もし、あの……お武家さま……」

おずおずと声を掛けられ、水面から視線を移した先に木綿小袖のおりんが立っていた。桜の花びらが一枚、風に運ばれて黒髪に付いた。日の光のせいでなく、桜のせいでなく、おりんは照り輝いて見えた。身の内に光の源を宿しているようだった。まだ腰に太刀を佩《は》き、清弥という名しか持たなかった清之介はその光に向かって手を伸ばした。

「おいでなさいませ」

よく通る声が耳に滑り込む。藍色の前掛けを締めた女が頭を下げていた。『ひなや』の女将だ。清之介は暖簾をくぐり、店内に入っていた。三和土《たたき》の隅には火鉢が置かれ、炭が熾きている。そのはぜる音が微かに響いた。

「遠野屋さま、お久しぶりでございますねえ。お見限りかと案じておりましたよ」

痩せぎすで白髪が目立つのに、女将の笑みにも眼つきにも張りがある。客商売の中で生き抜いてきた女らしい、したたかさも垣間見えた。

「お越しくださって、ほっといたしました」

「忙《せわ》しい忙しいで知らぬ間に日が経ってしまって。ほんとうにご無沙汰でしたね」

「大女将さんはご息災ですか」

「ええ、おかげさまで元気ですよ。今度、連れてきます。おみつやおこまも一緒にね」

「あら、嬉しい。ほんとうにお願いいたしますよ。楽しみにお待ちしますから、この場限りの空言《そらごと》にしないでくださいね」

女将の変わらぬ愛想とやりとりに、笑むことができた。

「八代屋さまのお使いの方、お待ちですよ。ご案内します」

にこやかな笑顔のまま女将が告げる。おちやは、八代屋からの使いだと名乗ったのか。

「八代屋さんは、よく来られるのですか」

「いいえ、年に二度か三度ぐらいでしょうか。付き合いやおもてなしでご馳走ばかりを口にするので、たまに淡雪豆腐のようなあっさりしたものを食べたくなるのだと仰《おつしゃ》ってましたよ。まあ、淡雪豆腐はご飯にも合いますし、お茶請けにもなりますし。ほほ、遠野屋さまもますますご贔屓くださいね」

そつなく応じながら、女将は階段を上っていく。

なるほど淡雪豆腐か。集まりの折、お客さまに振舞うのも悪くないな。菓子とはまた目先が変わり、喜ばれるかもしれない。春先、淡雪に因《ちな》んだ品々を並べてみるのも……。思案が商いへと流れる。清之介は僅かばかりの安堵を感じた。己の生きる根は商いにあり、枝葉が震え、惑い、ざわめいても、根そのものは揺るがない。

「こちらでございます。お茶の用意はしてあります。それ以上は入用ないとのことでしたので。わたしはここで失礼いたします。何かありましたらお呼びください」

階段脇の襖戸《ふすまど》に「遠野屋さまがお見えになりました」と声を掛け、女将は身軽く後ずさった。会釈一つして、下りていく。その足音が消えるのを待って、清之介は引き手に手をかけた。山水絵の襖を開ける。

「お邪魔いたし……」

言葉と息が詰まった。

耳奥に昨日聞いた雷鳴がよみがえり、指先が痺《しび》れる。目にしている光景が現《うつつ》なのか幻なのか判断できない。

「あなたは……」

あの女が座っていた。いかにも柔らかそうな頬、白い肌、丸い顎《あご》、黒目勝ちの双眸《そうぼう》、小さなふっくらとした唇。おりんだ。

「この唇が気に入らないの」

おりんが磨いたばかりの鏡の前で口を尖らせた。おしのとおみつ、まだ存命だった遠野屋の先代吉之助、当時清之介が住んでいた長屋の大家、四人が立ち会っただけのささやかな祝言《しゅうげん》を終えてまもなくのころだ。

島田から丸髷《まるまげ》に変わった姿が気になるのか、おりんはよく鏡を覗き込んでいた。

「もっと薄くならないかなあ」

「唇が薄いと薄情に見える。つまらぬことを気に病まずとも、今のままでよいではないか」

「つまらぬことなんかじゃありません。清弥さまには……清さんにはわからないの。ちょっと薄情に見えるぐらいがいいんです」

「それは誰が決めたのだ。どうにも解《げ》せぬが」

「清さん、硬い、硬い。もうちょっと柔らかく、砕けていいの」

まだ武士の殻《から》を引きずって町人になり切れない亭主を、おりんは笑顔で正した。物言いも物腰も人との間合いの取り方も、笑みながら教えてくれた。

相生町の自身番で戸板に横たわったおりんの唇は、色を失ってどこまでも薄く、儚《はかな》く、蠟《ろう》細工の人形のようだった。

今、目の前にあるのは血の通った赤い唇だ。

女はいっさい化粧をしていなかった。眉も剃っていない。内側から艶めく唇や肌の色合いは、化粧を入用としない若さを語っていた。

出逢ったころのおりんの年端に近いだろうか。

女は手をつき、頭を下げる。

その前に座りながら、清之介は己に言い聞かせる。

落ち着け、落ち着け。落ち着くんだ。

ふっと眼差しを思い出した。おりんのものではない。男の冷ややかな、冷えて凍って人の心腑《しんぷ》を深く抉《えぐ》れる眼差しだ。凶刃とそう変わらない。

このとき、なぜ信次郎を思い出すのか合点がいかない。ただ、首筋に氷柱《つらら》を押し当てられたような覚えは、逸《はや》る気持ちも冷やしてくれた。

なあ遠野屋、死んだ人間ってのはな、どうやったって生き返りゃあしねえぜ。生き返ったように思えるのは、全て紛《まが》いさ。紛いに振り回されて、どんな無様な舞を舞うつもりだ。

清之介は束の間目を閉じ、唇を噛む。気息が整った。

「お名を教えていただけますか」

女が顔を上げ、瞬きをした。目尻に黒子《ほくろ》がある。そこまでおりんに瓜二つだ。

「あなたの名前です。どうお呼びすればいいのですか」

清之介の問いかけがよほど意外だったのか、女は寸の間息を詰めた。それからおずおずと手を差し出す。手のひらが上に向いていた。

「え？」

女は促すように、あるいは、乞うように手のひらを叩く。清之介は暫く躊躇《ためら》った後、左手を女の手のひらに載せた。手首が剝き出しになる。そこは、人の身体に幾つかある急所の一つだ。切り裂かれれば、助からない。

隙だらけだな。

清之介は己の隙と抜かりを疼くほど感じていた。

女の指が、手のひらの上で動く。

「よ、え。およえさん、ですか」

女は頷き、清之介は指を握り込んだ。

しゃべれないのか。

問うたわけではないのに、女、およえはもう一度深く頷いた。一通の文を取り出す。

「これは……おちやさんからですね」

三度目の首肯。清之介は、手触りのよい上質の紙を広げた。

乱れた筆が目に飛び込んでくる。昨日の文と同じ手跡《しゅせき》だ。しかし、明らかに筆は定まらず、墨が散って幾つもの染みを作っていた。

大ごと　ございました　いかれませぬ　ひらにおゆるしを　　　　ちや

走り書きの一文が、おちやの忙しい息遣いを伝えてくる。只事ではない気配が立ち上る。

「余程のことが起こったのですか？」

およえに尋ねる。おちやが何のために自分を呼び出したのか真意は摑めない。けれど、質《たち》の悪い戯《ざ》れ事や嫌がらせとは違うこと、おちやが本気で、かなりの覚悟で文を書いたことぐらいは察せられた。それを反古《ほご》にするのは、覚悟を上回る何かが起こったからだろう。およえがそっと右手を上げた。清之介が手のひらを差し出すと、細い女の指が一文字、一文字を刻んでいく。

だ、ん、な、さ、ま、が、な、く、な、ら、れ、ま、し、た

「何だって」

思わず声を上げていた。およえが身を縮めたほどの大きさだった。

「八代屋さんが亡くなった？　まさか、そんな……」

恰幅よく、福相の豪商、八代屋太右衛門。穏やかな立居振舞と顔様の後ろに、容赦ない牙も爪も隠し持っていた。あの男が死んだ？　どこかを患っていたとはとうてい見えなかった。大商人の貫禄と傲慢《ごうまん》を身に付け、この世の勝者であることに満足していたではないか。先を憂えてもいなかったし、死に怯えてもいなかった。とすれば、不意の病に襲われたか、大怪我を負ったか、惨禍に巻き込まれたか、それとも……殺された、か。

「八代屋さんは、今朝、亡くなられたのですか」

こくり。およえが首を前に倒す。

「ご病気でですか？　さもなければ、たいへんなお怪我をなさったとか？」

今度は横に振られた。ちらりと清之介を見上げ、およえが立ち上がる。役目は果たした。これ以上の長居は無用だと告げる動きだ。

「お待ちなさい」

待て。いや、待ってくれ。

このまま別れたら、今度いつ逢えるか定かではない。せめて、次の約定が欲しい。

とっさにおよえの手首を摑んでいた。力が籠《こも》っていたのか、およえがよろめいた。華《きゃ》奢《しゃ》な身体が倒れ込んでくる。両手で受け止め、清之介は息を吸い込んだ。

おりんが今、腕の中にいる。

若い女の髪の香りがした。おりんと同じ……。

束の間、瞬きの半分ほどの間、髪とは異なるにおいが鼻腔に触れる。異臭のようで僅かな甘やかさを含んでいる。纏わりつくようで、乾いている。

これは。

およえが身を捩《よじ》り、離れた。髪の香りは残ったが、微《かす》かなにおいは消えた。幻であったかのように消え去った。

「とんだ不躾《ぶしつけ》をいたしました。お詫びいたします」

およえは頬を染め、かぶりを振った。一礼すると、背を向け部屋を出て行く。階段を下りる足音を清之介は立ったまま聞いていた。

問いそびれた。

どうすれば、またあなたに逢えるのかと問えなかった。なぜ？　なぜ、問わなかった？　なぜ、みすみす帰してしまった？　遠野屋の主人としての克己《こっき》か。世間を慮《おもんぱか》っての用心か。

違う。そんなものじゃない。あの微かな……。

開いたままの戸口から風が流れ込んできた。手の中の文がかさりと音を立てる。

大ごと　ございました　いかれませせぬ　ひらにおゆるしを
乱れた女の文字、その震えが伝わってくるようだった。


八代屋太右衛門は、このところずっと常盤町の別邸で暮らしていた。もともと気に入りの屋敷ではあったが、二年前、女房のお松《まつ》に死に別れてから徐々に常盤町での居住が増えていったようだ。かといって隠居を決め込んだわけではなく、別邸から本店のある通旅籠町まで通い、あるいは分店を回り、商いに目を光らせていた。

跡継ぎの息子たちとの折り合いが悪く、顔を合わすのを避けている。幕府の重臣を度々招いて接伴《せっぱん》している。大奥を気取って妾《めかけ》を何人も囲っている。さまざまな噂や揣摩臆測《しまおくそく》が人の口に上った。中には、共に常盤町に住むおちやとの仲を取沙汰する下卑《げび》た声もあった。が、太右衛門は歯牙にもかけなかった。

嵐が去った翌朝、おちやは何度も髷に手をやった。

結ってくれたのは、およえだ。およえは驚くほど器用で、本物の髪結いに引けを取らぬほどきっちりと美しく結い上げてくれる。

「おまえ付きの小女として雇った娘だ。口は利けないが、年も変わらぬし気立ても申し分ない。いい相手になってくれるだろうよ」。太右衛門から言われたとき、少なからず戸惑った。物が言えぬなら、話し相手にもならないではないかと。しかし、杞憂だった。およえは器用で、控えめだけれどよく気が付いて、聡く、髷を見事に結えた。一月もしないうちに、おちやは心内の想いをとりとめなくおよえに話すようになっていた。

ねえ、およえ。伯父さんはあたしをどこに嫁がせるつもりなのかしらね。やっぱり、商いの繋がりがあるところかしら。ときどき、怖くなるの。二十も三十も年上だったりしたらどうしようって。伯父さん、商いのためにあたしを使おうって考えてるのかしら。ね、こんなこと言って、あたしのこと、恩知らずだなんて思わないでね。

ねえ、およえ。あたしって綺麗だと思う？　本当のこと、教えて。あたしの周りの人って、お上手しか言わないの。ほんと、いらいらしちゃうぐらい、おべんちゃらばかり。ねえ、およえ。知ってる？　因幡《いなば》屋のおふでちゃん、今、役者に夢中なの。店のお金を持ち出すほど入れあげてるのですって。それだけじゃなくて……、子どもを孕《はら》んだかもしれないって。ふしだらよね。けど、羨ましくもあるの。変？　あたしもふしだらなのかな。ねえ、およえ。おまえ、おぼこなの？　男を知らない？　あたしもよ。どういうものなんだろうね、あれって。あたしね、ときどき、たまらなくなるの。こんな風にお屋敷の奥で匿《かくま》われてるみたいな暮らし……嫌になるの。おふでちゃんが言うのよ。一生にたった一人、旦那さまになる男しか知らないなんてつまらない。そんなの真っ平だって。おまえ、どう思う？　あたし、少し……少しだけよ、少しだけそうかもしれないって思うの。

ねえ、およえ。もしかしたらだけどね……もしかしたら、伯父さんは、あたしの伯父さんじゃなくて……父親なんじゃないかしら。何の証もないけれど、ねえ。

ねえ、およえ。ねえ、およえ。ねえ、およえ。ねえ……。

それまで心の奥深く隠して、おちや本人でさえ気付かなかった想いがおよえに語ることで、次々に鮮明になっていく。沼底に埋まっていた泡が泥を取り除かれ、一斉に浮かび上がってきたようだ。

ぱちん、ぱちん。

泡が弾けるたびに、おちやは驚く。自分の中に、こんなにも怯えや憎悪や妬心《としん》が巣くっていたなんて信じられない。自分の性根の暗さをおぞましく感じながら、心身の縛りがほどけて身軽になっていく心地もした。

どれだけ想いを吐露《とろ》しても、本音をぶつけても、およえは全て受け入れてくれた。耳を傾け、相槌を打ち、寄り添ってくれた。そして、誰にもしゃべらない。しゃべれないからしゃべらないのではなく、おちやとの秘密事をしっかりと隠して、漏らさないのだ。

誰より信じられるし、頼りになる。今では、もういなくてはならない付き人、かけがえのない相手だった。

遠野屋の主人に文を書き、逢うように勧めてくれたのもおよえだった。

惹かれてしまった。

初めは、〝遠野紅〟が欲しかっただけだ。江戸で評判の紅を売る商人に、少しばかりの興を覚えただけだった。それが、一目見て、言葉を交わし、魅せられた。どうしようもないほど惹かれて、胸が疼いた。

伯父が遠野屋の主人におちやとの縁談を持ち掛けながら、その場で断られたと知ったとき、目の前が暗くなって立っていられなかった。

口惜しいより、恥ずかしいより、悲しかった。

あの人はあたしを拒んだのだ。

あたしはあの人に選ばれなかった。

「八代屋の名に臆したんだろうよ。店ごと呑み込まれると用心したのかもしれない。まあ、わしが遠野屋でも断ったかもしれんな。釣り合いがとれんからな。なかなか用心深い、小心な男だ。それだけのことさ」

そこで伯父は、おちやの背を二度叩きにやりと笑った。

「遠野屋は愚か者さ。そのうち自分の愚かさを思い知ることになる」

「え……」

見上げた福相には薄笑いがはりついていた。

「今回のことはわしの眼鏡違いだった。やはり、おまえの相手は、八代屋と引き合うだけの商人でないとな。じっくり次を探すさ」

こともなげに言われたけれど、おちやに次などなかった。

髪の毛が逆立つようだ。狂おしい。恋慕のあまり、安珍《あんちん》を焼き殺した清姫《きよひめ》が我が身に重なる。

おちやはおよえに縋りついた。

「およえ、どうしたらいいの。あたし……忘れられないの。遠野屋のご主人のことが忘れられない。このまま終わりになるなんて、嫌。でも、伯父さんはわかってくれない。遠野屋さんのことは二度と口にするなって。伯父さんは遠野屋さんをどうするつもりなのかしら。およえ、どうしよう、どうしよう。およえ、どうしたの。何を見てるの」

およえは部屋の隅の文机《ふづくえ》を見ていた。文箱と硯《すずり》がある。

「え……、文？　遠野屋さんに文を？」

およえは両手の食指を立て、左右から近づけた。

「文を書いて、どこかで逢えと言ってるの」

この半年で声にならないおよえの言葉が、全てではないがわかるようになった。

おじょうさま、文をお書きなさい。遠野屋さんとどこかで逢う算段をするのです。

「でも、遠野屋さん、来てくれるかしら。そのまま反古《ほご》にされるかもしれない」

およえの手がおちやの手を取った。強く握りしめてくる。

大丈夫、大丈夫です。

そうだ、このまま泣いていても何も変わらない。変わらないまま流されてしまう。文を認《したた》めよう。認めて届けよう。反古にされても、来てもらえなくても、何もしないで諦めるよりずっとましだ。

おちやは唇を結び、およえの手を握り返した。

鏡の中の娘はほとんど化粧をしていない。うっすらと紅を塗っただけだ。〝遠野紅〟だった。白粉も紅もいらないと遠野屋に言われた。けれど、〝遠野紅〟を薄く塗れば肌の艶が増して、輝く。

「ねえ、およえ。あたし、綺麗かな」

およえが微笑み、首肯する。おちやの胸に涼やかな風が吹き通った。

そうか、あたしは綺麗なんだ。

「伯父さんには、手習いのみんなと浅草寺《せんそうじ》に出かけるって言ってるの」

伯父に小さな嘘をついた。それを後ろめたいより愉快に感じる。自分の道を一歩、踏み出したような昂《たか》ぶりを覚える。気は張り詰めているのに、妙に楽しい。

「伯父さん、そろそろ、起きてくる刻よね。嘘がばれないようにしなくちゃ」

およえと顔を見合わせたとき、金切り声が響いた。

「きゃぁああああっ、旦那さまーっ」

女中の声だ。それだけしかわからない。おちやは部屋を飛び出した。

伯父の寝所の前で、おせきがしゃがみ込んでいる。八代屋の古参の女中の一人で、太右衛門の身の回りの世話を引き受けていた。

「おせき、どうしたの」

走り寄ったけれど、おせきは何も答えなかった。口も眼もぽかりと開け、涎《よだれ》をたらし、顎を震わせている。只事《ただごと》ではない。

おちやは、おせきを蹴飛ばすようにして前に出た。伯父の寝所を覗き込む。

ひえっ。

心の臓が縮み上がった。　舌が膨れ上がったようで、息が詰まる。

これは……なに……。

部屋の中は朝の光に照らされて、明るかった。半月窓の障子に庭木の影が映っている。

太右衛門は夜具の上にあおむけになっていた。深紅の寝間着を着ている。いや、深紅と見えるのは首から流れ出た血のせいだった。

夥《おびただ》しい血が、太右衛門の胸元を染め上げている。

太い釘の先が首から突き出ている。

壁にも畳にも血が散って、赤い花弁が張り付いたように見えた。

伯父……さん。

一歩、部屋に踏み込む。足裏がぬるりと滑った。血の溜まりを踏んだのだ。慌てて身体を立て直したとき、伯父と目が合った。大きく見開いた目は白く濁って、今にも、眼窩《がんか》から零れ落ちそうだ。唇が動いた気がした。「おちや」と呼ばれた気がした。叫んでいた。叫びながら、闇の中に落ちていった。

「これはこれは、おもしれえことになってきたぜ」

信次郎が呟いた。呟いただけではなく、薄く笑っている。いつもの冷笑、嗤笑《ししょう》の類ではない。本心からの笑みだ。

喜んでいなさる。

伊佐治は首を竦めて、主から目を逸らせた。目の奥がちりちり疼くようだ。悪臭を嗅ぐと鼻がひん曲がると人は言うが、おぞましい笑みは目にした者の目玉をひん曲げてしまうのではないか。

瞼を押さえ、息を整える。疼きが少し、楽になった。

このありさまをおもしろがれるのは、うちの旦那と鬼か狼ぐれえだろうぜ。

瞼を開けると、襖に散った血の痕が否応なく飛び込んできた。

八代屋太右衛門の亡骸はすでに運び去られている。部屋は、不気味なほど静まり返っていた。しかし、音にならない、声にならないざわめきは伝わってくる。主人の突然の、しかも尋常でない死に、屋敷全体が、いや、八代屋全てが狼狽《うろた》えている。その揺れが生々しく感じ取れた。

伊佐治自身も揺れている。戸惑い、啞然としている。面《おもて》には覗かせないが、心の内は昨日の嵐に負けない大荒れになっていた。

まったく同じだ。大工の棟梁と大店の主が寸分変わらぬ死に方、いや、殺され方をした。刺された、縊《くび》られた、殴られたではない。喉を裂かれ、首に五寸釘を突き立てられて息絶えていたのだ。正直、八代屋太右衛門の死に様を目にした刹那、膝が笑った。その場にへたり込みそうになった。頭の中を幻の手でこねくり回された気になった。腐れ物に中《あた》ったときのように気分が悪く、吐きそうにもなった。

そして、遠野屋。また、遠野屋と血が結びついた。

つい先日、遠野屋の番頭信三から聞いたばかりだ。

「八代屋さまから、〝遠野紅〟を含む品を注文いただいて別宅の方に伺ったのです。品は全てお買い上げいただいて、その後、諸々、世間話やら商いについての話をいたしました。半刻ばかりの間です。うちの旦那さまの様子が少しおかしいと感じたのは、そのとき、帰り道からです。ええ、そりゃあまあ、いろんな話はいたしましたが……、話をしているときは旦那さまは別段お変わりなかったんですよ。ですから、話の中身ではなく、その後に何かあったのだとわたしは感じております。その何かにまったく心当たりがないのですが。ともかく、親分さん、お願いいたします。木暮さまを遠野屋に近づけないでください」

よくわからない話ではあった。信三の物言いは歯切れが悪く、肝心なところを伏せているとすぐに察せられた。

肝心なところ、八代屋とどんなやりとりをしたのか、というところだ。しかし、伊佐治は問い質《ただ》さなかった。信三の本意は伊佐治の主、信次郎を遠ざけることにあると呑み込んでいた。気持ちがわからないではない。伊佐治が信三でも同じことをしただろう。

遠野屋さんは関わりねえ。

血の臭いを嗅ぎながら、胸裡でごちる。

たまたまだ。たまたま、商いの相手がこうなったに過ぎねえんだ。

言い聞かす。頭を振って、思案から遠野屋の姿を振り払った。

信次郎は、伊佐治より四半刻遅れてやってきた。着流し巻羽織、小銀杏髷の姿を見たとき、思いもかけず息が漏れた。ほうっと音がするほどの吐息とともに、身体が軽くなり、悪心も消えていく。重い荷を手渡して一息ついた心持ちだ。

「旦那、仏さんの出た家でほくそ笑むのは止めてくだせえ。それにおもしれえなんて、間違っても口にしちゃあなりやせんよ」

諫《いさ》めはしたが、そのほくそ笑みに自分は胸を撫で下ろしている。

おもしれえと言った。尋常ではない死体に舌なめずりした。楽し気に笑った。

いつもの旦那だ。

異様で、不気味ではあるけれど鬼界に迷い込んだわけではない。人の世の、現の出来事に向かい合っている。だから、主は楽し気で幸せそうにさえ見えるのだ。

「おもしれえじゃねえか。親分はそう思わねえのか」

信次郎はひょいと肩を上げると、笑声を漏らした。血だらけの骸《むくろ》が横たわっていた場所にも、濃く残る血の臭いにもまるでそぐわない軽やかさだ。

笑みを口元に残したまま、信次郎が言った。

「天の賜物ってやつさ。慶五郎の件で下手をした分を取り返せって天の声じゃねえか」

「旦那、人が殺されたんでやすよ。天を引き合いに出しちゃ神罰が下りますぜ」

これは本気で諌めていた。信次郎が神も仏も、ついでに人も信じていないのは承知していたが、あまりに不敬な物言いには腹も立つ。自分が信心深いとは口が裂けても言えない。それでも、人智を超えた大きなものに見られているという意気は大切だ。それを失えば、人道から外れると思っている。

伊佐治の苦言など耳に届きもしなかったのだろう。太右衛門の寝所を丁寧に調べあげた後、信次郎はやはり楽し気に喉の奥で笑った。

「さて、八代屋の皆さま方から話を聞かせていただくとするかな」

「ここででやすか」

「いや。もう少し、奥だ。ちょいと気になる座敷があったんでな」

「奥って、いつの間に……。あっ、さっき厠《かわや》に行くとか仰ってやしたね。そのふりをして、家内のあちこちを探ってらしたんで」

「人を夜盗の手先みたいに言うんじゃねえよ。厠にはちゃんと行ったさ。てえした屋敷だからよ、つい迷っちまってうろうろしただけさ」

「厠は廊下の端にあるじゃねえですか。あっしみてえな老いぼれでも迷いやしやせんよ」

「尾上町の親分が老いぼれなら、江戸府内は老いぼれだらけにならぁな。自分が耄碌《もうろく》してるなんざ小指の先っぽほども思ってやしねえだろうに。ふふん、心にもねえこと、言わぬがいいさ。お天道さまに笑われるぜ」

「そりゃどうも。今度はお天道さまでやすか。お天道さまがどうして笑うのか合点がいきやせんがね。まっ、おまえはまだ若いって褒めてもらったと、そう受け取っておきやすよ」

心にもないことをすらすら口にできる手並みは、旦那の方が数段勝っちゃいやすがね。喉元まで出かかった皮肉を呑み込み、伊佐治は主の後ろに従った。

「お役人さま、お待ちくださせい」

迷いのない足取りで廊下を歩く信次郎を手代風の男が呼び止めた。年のころは三十を僅かばかり超えたところだろう。頬が長い、いわゆる馬面だった。その頬に血の気のないことが、男の顔つきを余計に長く見せていた。ただ、眼つきにも所作にも物言いにも力がある。恐れ、おののき、混乱している屋敷内で、その落ち着き具合は目を引いた。

「うん？　おめえは？」

信次郎の眉が寄る。

「申し遅れました。わたしは、井平《いへい》と申しまして八代屋本店の手代をしております」

「ふーん、井平さんか。主人がこんなことになって気の毒だったな。お悔み申し上げるぜ」

気の毒がる風など微塵も見せず、信次郎は悔みを告げた。井平が黙って頭を下げる。

「おまえさん、報せを受けて飛んで来たって口かい」

「いえ、わたしは旦那さまがこちらにおられるときには、ここに寝泊まりしております。旦那さまのいいつけを店に伝えたり、入用な品を運んだりする役目ですので」

「ふーん、なるほど。殿さまの側近中の側近ってわけか。そりゃあ、いいな。願ってもねえやつが現れてくれたぜ。ついてきな、井平」

信次郎がまた、歩き出す。

「お役人さま、ですからお待ちください。どこに行かれるおつもりです」

「奥の座敷さ。廊下を曲がった先にある、な。えらく立派な造作になってるじゃねえか」

「わざわざ奥の座敷に行かずとも、表にお部屋を調《ととの》えます。そちらに」

「うるせえっ」

信次郎の一喝に、井平は二歩ほど後退《あとずさ》った。

「つべこべ、ぬかすんじゃねえ。この上、出過ぎた口を利くなら大牢《たいろう》にぶち込んじまうぞ。物相飯《もっそうめし》が食いてえなら、好きなだけほざいてろ」

井平の顔色がさらに悪くなる。唇を嚙んで黙り込みはしたが、さして動じた気配はない。なかなか肝が据わっている。頭の回りも速そうだ。太右衛門にとっては、さぞかし重宝な奉公人だったろう。とすれば、八代屋の家内事や太右衛門の私事を知っていてもおかしくない。知っているならしゃべってもらう。

伊佐治は井平の後ろに回り、背中に平手を添えた。添えて、軽く押す。

「さ、井平さん。行きやしょうか」

井平は眉を僅かに吊り上げただけで、素直に歩き出した。

信次郎の後に続いて踏み込んだ座敷は、確かに〝えらく立派な造作〟だった。天井も柱も壁も襖も畳も、上等な材を使っている。伊佐治の見慣れた安普請とは、明らかに違った。しかし、そっけない。飾りという物がほとんどないのだ。床の間は設《しつら》えてあるが、花一輪飾ってあるわけではなく、床脇に香炉が置かれているわけでもない。掛け軸の類も見当たらないし、なにより、襖は全て白地だった。

「親分、この襖障子を見なよ」

信次郎が白い襖に指先を滑らせた。

「こりゃあ……えらく頑丈な作りになってやすね」

襖は並の二つ分以上の厚さがあった。敷居に蠟でも塗ってあるらしく、開閉は楽にできる。

「襖障子だけじゃねえ。壁も結構な厚さだ」

信次郎の指先が塗壁を叩く。

「八代屋は何のためにこの座敷を造作したんだ、井平」

座敷の隅に畏《かしこ》まっていた井平が、首を傾《かし》げた。

「それは、やはり……客間としてだと思いますが」

「客と会う座敷を、自分の寝所より奥に造ったってか？　表にだって、客用の部屋は幾つもあったじゃねえか」

「はあ……、そのように言われましても手前どもには答えようがありませんので」

「誰が来てたんだ」

「はい？」

「客間って言うからには客が来ていたわけだろうが。その客ってのは、誰なんだ」

井平の首が再び傾く。視線が左右に揺れた。

「……わかりません。お客さまがここにいらしていたかどうかも、わたしにはわかりかねます。まったく知らないものですから」

伊佐治は信次郎の顔を上目遣いに見やった。井平には何かを隠したり、ごまかしたりしている様子はない。おそらく、本当に何も知らないのだ。

信次郎が微かに顎をしゃくった。もう少し揺さぶれと眼差しが命じる。伊佐治は、井平の側にしゃがみ込み、片膝を立てた。

「井平さん、表にも立派な客間がありやすね。そこに案内する客のこたぁ、あんた、知っていなさるんでしょう」

「はい、それは存じております。こちらの屋敷でお客さまの案内や接待をするのも、わたしの役目の一つですので」

「なるほど、大切なお役目を預かってる、それだけ頼りにされてるってわけでやすね。それで、どんな客が来るんで？　本店ではなくここに来るってこたぁ、商いとは関わりのない太右衛門さんのお仲間や知り合いってこってすかね」

「はぁ……いや、はぁ、まあそうとばかりも言えないのですが……」

「そうとばかりも言えないってのは、商いの相手も出向いてきたってこってすかね」

「いや、その……そのあたりは、どうも……」

井平の物言いが俄かに歯切れが悪くなる。伊佐治は眉間に僅かな皺《しわ》を寄せた。声も一段と低くする。さっきの信次郎のように露骨に脅す気はないが、こちらは本気なのだと、はっきりと伝えねばならない。

「井平さん、言わずもがなでやすが八代屋さんは殺されやした。しかも、あんな無残な殺され方をしたんでやすよ。殺ったやつを、下手人を捕まえたいとは思わねえんで？」

井平が背筋を反らせた。首を強く左右に振る。

「お、思います。当たり前じゃあありませんか。わたしは……奉公に上がった十四のときから八代屋一筋で働いてまいりました。旦那さまが何くれとなく目をかけてくださいまして……。それで、ここまでやってこられたのです。旦那さまには海より深いご恩がございます。その旦那さまが殺されたなんて……」

「下手人が憎かぁありやせんか」

「……憎い、怨むというよりもいったい何が起こったのか、これからどうしたらいいのか、戸惑いの方が先に立って、何も考えられません。旦那さまが亡くなられたことを現として受け止めかねております。そのくせ、声を上げて泣きたいようでもあって……」

「そりゃあそうでやしょうねえ」

口調を緩め、湿らせる。井平が芝居をしているとは思えない。素直に正直に内心を吐露しているのではないか。生きてきた年月の半分近くを岡っ引として過ごしてきた。数えきれないほどの者たちを取り調べてきた。品物の真贋《しんがん》はわからないが、人の真偽のほどはそこそこ見極めがつくようになった。むろん、欺《あざむ》かれることも騙《だま》されることもないとは言い切れない。これまでも思わぬ煮え湯を飲まされてきた。が、今はひとまず井平への疑念はわかない。その心細さも、戸惑いも、嘆きも本物だろう。

「気持ちはよくわかりやす。下手人への怒りや怨みなんてのは一息遅れて、気持ちがほんの少し落ち着いたころに頭をもたげやすからねえ。けど、あっしたちはそれを待っているわけにはいきやせん。下手人をとっ捕まえるのが役目なんでね。そのためには、なるべく詳しく、たくさんの話を聞かなきゃならねえんで」

「はい。わかります」

「じゃあ力を貸していただけやすね。井平さん、この屋敷にはどんな客が呼ばれてたんで」

「それは、やはり……商いに関わるお客さまが多かったと思います。お得意さまを接待することもございましたし」

「本宅じゃなくて、こちらででやすか？」

「そうです。旦那さまはこの屋敷が殊の外、お気に入りでございまして、大切なお客さまはこちらに招いていたと思います」

「なるほど、言い換えれば、こっちに呼ばれるってことは八代屋さんにとって大事な相手だと言われたのと同じって話になりやすね」

「まあ、そうです。八代屋の別邸に呼ばれたと、それはそれは喜ばれる方もおられましたから。もっとも、旦那さまが新たなお客さまを招くことはめったにございませんでした」

「それだけ客を選《よ》っていたってこってすかね」

客を選る。些《いささ》か傲慢ではあるが、効果はあるだろう。八代屋ほどの人物から選ばれ、豪勢な屋敷に招かれ、商いの話を持ち掛けられ、有頂天にならぬ者はそうそういまい。

八代屋太右衛門は酒を勧めながら、馳走を振舞いながら、親密に話しながら、案外醒めた眼で相手を見ていたのではないか。その力量や人品や商いへの思案を、見極めようとしていたのではないだろうか。

「そういう客を通すのは、表座敷の方でやすね」

「あ……はい」

「ここ、この奥座敷に呼ばれる客ってのは、表の客とは違うんでやすかね」

返ってくる答えは察しがつく。それでもあえて尋ねてみる。何度も同じところを穿《うが》つことで、人は隠していた本音や忘れていた往昔《おうせき》、気付かぬふりをしていた心情を零す。零れるまで、あるいは水脈はなかったと納得できるまで穿つ。無理も無駄も承知で、やってみる。岡っ引稼業で身に付けた心得だ。

「さきほども申し上げた通り、わたしはこちらの座敷については何も知らないのです」

察した通りの返事だった。井平の長い顎が引き締まる。

「表にはわたしが、お客さまをご案内します。けれど、こちらにどなたかを案内したことも、案内するよう命じられたことも一度もないのです。正直、今までどなたかが来られたのかどうかさえ、知らないのです」

「けど、ここは一番奥まったところですぜ。屋敷内の誰にも気付かれずに、なんてできねえでやしょ。それとも、別の出入り口があるんで?」

「裏に木戸門がございます。普段は閉め切っておりまして、年の晦日《みそか》の掃除の折にだけ開くのですが、あそこからなら……」

「誰にも見咎《みとが》められずに入ってこられると？」

「おそらくできるでしょう。でも、そこまでして隠さねばならないお客さまがおられるとは、ちょっと考え難いのですが」

「襖障子がやけに厚い」

不意に信次郎が割り込んできた。

「窓は一つもねえし壁もえらくしっかりしてる。これは、何のためだ？　声が外に漏れない用心のためとしか、おれには思えねえがなあ」

「襖が厚い？」

井平は身軽く立ち上がると、襖を確かめた。「ほんとだ」と呟く。

「井平さん、そこんとこもご存じなかったんで」

伊佐治は首を伸ばし、井平の面を窺った。馬を思わせる長い顔が左右に振られる。

「知りませんでした。旦那さまの寝所より奥に足を向けたことは、一度もありませんでしたから」

信次郎が「へえっ」とやや頓狂《とんきょう》な声を上げた。

「けど、おめえはさっき、やけに懸命におれたちを止めたよな。ここに近づけたくねえからじゃねえのか。近づけちゃいけねえと必死だった。違うかい？」

「旦那さまからきつく言われていたからです。誰も奥に立ち入るな。立ち入らせるなと。それで、お役人さまたちが奥に向かうのを見て、とっさに身体が動いてしまいました」

「なるほどね。たいした忠義じゃねえか、な、親分」

「てえしたもんでやすよ。井平さんの忠義立て、これからの八代屋に何より大切だと思いやすよ。あんたみてえな奉公人がいるなら、八代屋のお店《たな》も安泰ってもんでやす。これからもしっかり励みなせえよ。それが、何よりの供養になりやすからね」

「親分さん……、ありがとうございます」

井平の双眸《そうぼう》が潤んだ。働きのあるしっかり者の手代は乱れる心を何とか抑えて、気丈に振舞っていたのだ。自分の一言が、その構えに細かな罅《ひび》を入れた。信次郎が容赦なく問い質した後なら、柔らかな励ましはなおさら心に染みる。染みて、ほぐす。むろん、伊佐治は本心から認め、励まし、頷いているのだ。人の忠義を、真っ直ぐな心根を、思いやりを男気を称《たた》えたいから称えている。だから、人に染みる。ただ、そこに信次郎の吟味が加わることで、相手の心境や想いや隠し事が漏れやすくなるのは事実だ。漏れた言葉を一つ残らず拾い上げようと、伊佐治が耳をそばだててしまうのも事実だ。

いつだったか、遠野屋清之介に感嘆された。

「木暮さまと親分さんの息合《いきあい》は、いつものことながら見事ですねえ。ときに稀代の役者の舞台を観ている気になります」と。

「長年の務めで身に付けた因果ってやつですよ。うちの旦那とどれほど息が合ったって、嬉しくもねえし、楽しくもありやせんからね」

そう本気で返した。言葉通りだ。嬉しくも楽しくもない。詮議の場に役立ちはするが。

「掃除は誰がしてたんだ」

また唐突に、信次郎が問う。さほど口調が尖っているわけでもないのに、井平は身を竦ませた。縋るように伊佐治を見詰めてくる。

「そういやあ、塵《ちり》一つ落ちてねえ、きれいなお座敷でやすね」

掃除が行き届いている。窓はないが、埃っぽい臭いが立ち込めてもいない。きちんと風を通している。閉め切った、開かずの間の様子ではなかった。

「それは、およえだと思います」

「およえ？　そりゃあ、女中さんの名ぁですかい」

「おじょうさま付きの小女です。おじょうさまのお世話と奥の掃除を任されていたはずで」

「おじょうさま？　八代屋さんに娘がおられやしたかね」

「いえ、おじょうさまは旦那さまの姪御さまになられます。妹さまのお子だとか。幼いころに二親を亡くされて、旦那さまの許《もと》に引き取られたと聞きました。ですが、旦那さまは実の娘のようにかわいがっておいで……でした」

太右衛門の死で、太右衛門に纏《まつ》わる全てが過去のものになる。井平が瞼を伏せた。

「お幾つで」

「おじょうさまのお年ですか……、えっと、確か十八か十九かだと……」

主人の身内に言い及ぶ気まずさから、井平の語尾が曖昧になる。

「娘盛りでやすね。あっしには倅しかいやせんから、娘さんの、ぱあって花が開くみてえにきれいになるころが眩しく感じやすよ。八代屋さんのおじょうさんを引き合いに出すのも憚《はばか》られますが、花の盛りの美しさなんでやしょうねえ」

「はい、それはもうご器量のよいおじょうさまです。ご気性もよろしく、お琴も上手で、旦那さまはたいそう自慢にしておられました」

「ほう、八代屋さん自慢の娘さんでやすか。そりゃあ、なかなかだ。お名はなんと？」

「おちやさまと申されます」

ちらり。信次郎に目をやる。

この調子でようがすか。

かまわねえ、続けな。

眼差しだけのやりとりだ。胸の内で頷き、視線を井平に戻す。

「井平さん、ちょいと踏み込んでお尋ねしやすがね、そのおちやさんと八代屋さんの息子さんとの仲はどうだったんで？　いえね、下世話になっちまってもうしわけねえが、八代屋さんは血は繋がっているとはいえ、実の娘ではない姪っ子さんを猫かわいがりしていた。で、八代屋の跡取りになる息子さんはどうだったのかと思いやしてね。やはり、妹みてえにかわいがっていたのか、些か斜に構えていたのかどうなんでやしょうねえ」

　伊佐治は月代を指先で掻きながら、井平を窺った。月代は手下の源蔵が剃ってくれる。髪結い床で働いている源蔵に髷の手入れをしてもらい、巷《ちまた》の話を聞くのが習いになっていた。髪結い床には人が集まる。噂が集まる。町内を怪しい風体《ふうてい》の男がうろついていたことも、さる仕舞屋《しもたや》から夜な夜な女のすすり泣きが聞こえることも、どこぞのご隠居が急に姿を見せなくなったことも、耳に入ってくる。大半はどうでもいい与太話か浮世語りなのだが稀に引っ掛かるものがある。さらに稀にだが、その引っ掛かりから事件の諸相が見えてくることもある。だから、伊佐治は耳を傾けるのだ。

　八代屋の主とその息子たちが不仲だと聞いたのは、かなり前だ。桜の便りが届く届かないと人々がやきもきしていたころだった気がする。定かではないが。

「まあ八代屋の主人からすれば、乳母日傘《おんばひがさ》で育った息子たちが何とも歯痒《はがゆ》い、頼りないと思えるんでしょうねえ。次男はさっさと分店の主に納めちまったらしいですぜ。分店たって、そんじょそこらの店じゃ太刀打ちできねえほどの構えじゃあるんですがね」

「だろうな。で、残った惣領《そうりよう》息子と八代屋との仲は犬と猿なのか」

「どうでしょうかね。まあ、上手くはいってねえんじゃねえですか。おれたちには雲の上の世界でも、おれたちと同じ諍《いさか》いやどたばたがあるってこってすよ。金があってもなくても人は人で、馬鹿もあほうも変わりなしって、ね」

「おめえ、日ごろは口重のくせに、洒落《しゃれ》たこと言うじゃねえか」

源蔵と笑い合って、それっきりになった。何一つ引っ掛かるものはなかったのだ。源蔵の言う通り雲の上のごたごただときれいさっぱり忘れていた。まさか、こういう関わり方をするとは、してくるとは思いもしなかった。

惣領息子と父親との不和と悶着《もんちゃく》など、さして珍しくない。水茶屋の数より多いぐらいだ。が、一方が惨殺されたとあっては話の種だけで終わりにはできない。

伊佐治の視線から逃げるように、井平は目を伏せた。

「井平さん、ここで聞いたことは決して口外しやせん。お約束しやす。ですから、本当のことを教えてくだせえ。本当のことがわからねえと、あっしたちは下手人に近づけねえんで。みすみす、取り逃がしたりしたら悔やんでも悔やみきれやせん。それは、あっしたちも井平さんも同じでやしょ。下手人をお縄にして、八代屋さんの無念を晴らしたいじゃねえですか」

「それは、わたしも同じ思いです。ええ、まったく同じです。一日でも一刻でも早く、下手人を捕えてお白州《しらす》に引きずり出してもらいたい。でないと、旦那さまが浮かばれません」

そこで、井平は唾を呑み込んだ。気弱な色が目の中に宿る。肝の据わった奉公人と見えた男の、これが本来の気質だろうか。

「あの、でも……親分さん、ほんとに口外しないと誓ってくれますか。奉公人の分際でこんなことをしゃべったとわかれば、わたしは八代屋から出て行かねばなりません」

掛かった。

幻の釣り糸がひくりと動いた。その手応えを確かに感じる。井平の躊躇《ためら》いが、迷いが獲物に繋がっていく。長い岡っ引暮らしで得た覚えだ。そうそう外れはあるまい。

「むろんでやす。井平さんには一切、ご迷惑はかけやせん。どんな場合でも、井平さんの名ぁを出すことはありやせん。天地神明にかけて誓いやすよ」

八代屋の手代といえば、ちょっとした店の主より格はよほど上だ。井平の出自も生い立ちも知らないが、ここまで上ってくるのに相当の苦労、骨折りがあったことはわかる。心身を労して務め、努め続けた十数年もの年月があったのだ。それを捨てられる者など、そうそういはしない。相当の覚悟を決めたか、どうしようもない馬鹿か以外、たいていの者は躊躇い、迷う。そして、口を閉じてしまう。閉じられたらそこで終わりだ。釣り糸は切れ、手応えは泡と消える。しかし、井平は黙り込まなかった。「一切、口外しないでください。お願いいたしますよ」と、念を押した後、話し始めたのだ。前よりもやや低くはなったが、震えも揺らぎもないしっかりとした口調だった。

「長太郎《ちょうたろう》さま、若旦那さまはおじょうさまのことを憎からず思っていたようなのです。八代屋を継いだあかつきには夫婦《めおと》になってと考えておられたようでした。でも……」

「おちやさんが首を縦に振らなかったんで？」

「いえ、旦那さまがお許しになりませんでした」

「へえ、それはまたどうしてなんで？　やはり従妹《いとこ》ってことに拘《かかずら》ったんですかね」

「いえ……そうではなく、旦那さまは若旦那さまを、その……。あの、これはわたしに向かってはっきりおっしゃったのですが、若旦那さまは八代屋の主となるには、もう少し器を磨かねばならないと。そうしないと、身代を背負いきれないと……」

「なるほど、ありていに言っちまって、倅はまだまだ器量不足だと考えてたんですね」

源蔵とのやりとりを思い出す。あの噂、まんざら根も葉もない浮世話ではなかったのだ。

「それはまあ、しょうがねえところもありやすよ。これだけの身代だ。一人で担ぐにはちょいと、いや、かなり無理がありやすよね」

「はい。旦那さまは若旦那さまを助け、支えてくれる者がいると言われました。むろん、八代屋には筆頭番頭さんも、次席番頭さんも、三番番頭さんもいらっしゃいます。わたしも含め、手代も多くおります。けれど、奉公人とは別に身内にそういうどなたかを欲しいと望んでおられました」

次男はどうしたと、伊佐治は問わなかった。源蔵とのやりとりから勘繰れば、こちらも八代屋太右衛門の眼鏡には適わなかったのだろう。

「若旦那さまたちには、八代屋に釣り合う身代の店からお嫁さまを迎えるのがよいともお考えだったようです」

伊佐治は腕を組み、軽く点頭した。

武士なら家の存続を第一義とする。商人が守るのは家ではなく商いだ。店の商いを守り育てるためなら血縁など二の次となる。伊佐治の知っているだけでも、無能な息子を追い出し、商才に長《た》けた娘を跡継ぎにした例、これはと見込んだ男を入り婿にすることで店の安穏を図った例はいくつもある。両の指では足らないぐらいだ。それが後々騒動に繋がったり、厄介事を引き起こしたりした例もまた、十指に余るほど知ってはいるが。

太右衛門の息子たちは道楽者でも愚か者でもないだろう。ただ、凡庸《ぼんよう》ではあるのかもしれない。八代屋を背負って生きてきた商人には、それがどうにも心許なかった。だから、身内にもう一本、支え柱を欲したのだ。おちやに器量のある婿を取り、息子たちにはしかるべき家から嫁をもらい、店の基《もとい》を盤石な上にも盤石にしていく。太右衛門の狙い通りに、事が進んだかどうか推し量るのも、今となっては詮ない。人は駒にはなれない。指し手の思うがままに動いても、生きてもくれないのだ。婿と息子たちの間に不和が生じるかもしれない、番頭たちが新たな主人に見切りをつけるかもしれない。一寸先に何が起こるかわからないのが人の世だと、太右衛門は骨の髄まで解していただろう。だからこそ、己の目の黒いうちに八代屋の行く末を能《あた》う限り整えようとした。己の目がこんなにも早く、唐突に色を失い瞑《つむ》らされてしまうとまでは、さすがに読み切れなかっただろうが。

「で、その婿取り、嫁取りの話は進んでたんでやすかい」

「さて……、詳しくは存じませんが、八代屋と釣り合うとなると江戸でも限られたお家になるでしょうから、なかなか難しいのではないでしょうか」

「なるほどなるほど、わかりやす」

だいぶ、八代屋の家内の様子が見えてきた。今のところ、強く引っ掛かるものはない。もう少し用心深く、丁寧に、探っていかねばならないようだ。

「けど、婿となると家柄云々《うんぬん》よりも、八代屋さんがこれはと見込んだ相手でないと駄目なわけでやしょう。そっちも難しゅうござんすよねえ」

「はあ、どうも上手くいかなかったようでして。旦那さまがしきりに、おじょうさまを慰めておいででした。ですから、おじょうさまも満更ではなかったのでしょうねえ」

「へえ、てことは、おちやさんとの縁談、断られたわけですかい」

そこで井平は息を一つ、吐いた。

「こういうと、いかにも下種《げす》な心根だと嗤われるかもしれませんが、おじょうさまの婿になって、八代屋の身内になる。わたしでしたら一も二もなく受けますよ。いえ、わたしでなくとも大抵の男なら喜んで……あ、やはり、少し卑しい話になりました」

「卑しいなんてとんでもねえ。井平さんが正直に語ってくれている証でやす。ええ、信じられやすよ。こっちとしては、ありがてえことなんで」

涙を誘うほど美しく、健気《けなげ》、あるいは立派な話の九割が偽物だ。眉唾物だ。井平のように包み隠さず語ろうとすれば、そこに卑しさやあさましさ、ときにおぞましささえ滲《にじ》み出てしまう。人に纏わる真実が美しいだけのわけがないからだ。

「あっしなら、有頂天になって大川に飛び込んじまうかもしれねえ。我を忘れるほどの、ええ、そりゃあもうとんでもねえ果報じゃねえですかい。断ったやつがいるなんて、俄かには信じられやせんよ。よっぽどの世間知らずなんでやしょうか」

やや大げさに、同意を示す。せっかくしゃべる気になってくれているのだ。引きずり出せるものは全て引きずり出す。吐き出せるものはことごとく吐き出してもらう。

いつもなら聞いたことを見たものを後生大事に持ち帰り、信次郎に伝える。今日は、その主は後ろで伊佐治と同じ話を聞き、同じ光景を見ている。だから、全てを引きずり出し、ことごとくを吐き出させるのだ。そこから、信次郎が何を拾い上げるか、それはそれで楽しみではある。背筋がぞくりと震えた。

頼みますよ、井平さん。

「そうですよねえ。大抵は有頂天になりますよね。何しろ八代屋のおじょうさんなんですから。まさか、断るお人がいるなんて……、ほんとに考えられませんよ。まあ、旦那さまが気に入って縁談を持ちかけるような方ですから、やはり並とは違う器なんでしょうかねえ。遠野屋のご主人が世間知らずのわけもないし、かといって、そんな豪胆な風にも奇矯《ききよう》な方にも見えなかったのですが。わたしの目が曇っていたとしか」

井平が口を閉じた。長い顔を伊佐治に向かって、突き出す。

「親分さん？　どうかしましたか」

「……え？　あ、いや、その……ちょっ、ちょっと待ってくだせえ。い、井平さん、それじゃあ、その、えっと、八代屋さんが婿に望んだ相手ってのは、あの遠野屋さんなんですかい。森下町の小間物問屋の」

「そうです」

あっさりと井平は頷いた。伊佐治は喉に詰まった息を何とか吐き出す。

聞いていない。信三は八代屋に品を届けたと言いはした。その後、商いについて諸々しゃべったとも言った。が、おちやという娘のことも八代屋から誘いがあったことも告げなかった。あまりに主の私事に踏み込む話だから、言いかねたのだろうか。

地団太を踏みたくなる。信三を蹴飛ばしてやりたくもなる。ちゃんと聞いてさえいたら、もう少し持っていきようがあったものを。

そこまで考えて、内心でかぶりを振っていた。

いや、持っていきようなんてなかった。人が殺されたのだ。その事実を前にして、伊佐治は遠野屋のことを忘れようとしていた。ひとまず横にかわして、考えないようにしていた。改めて思案すれば、遠野屋ほどの人物に八代屋が目を付けるのは当たり前、少しも不思議ではない。そこに思い至らなかったのは、己の不覚だ。

「親分さん、遠野屋のご主人を知っておられるんですか」

「は？　あ、へ、へえ。森下町はあっしの縄張りですんで、そりゃあ知ってはいやす」

「ああ、そうですか。なるほどね。たいそう評判の高いお店のようですが、ご主人はどんな方なのですか。屋敷にお見えになったとき、わたしが案内をしたのですが、とてもお若かったので驚きました。お店の評判や身代からして、もっと年がいっているとばかり思っておりました。あの若さなら、おじょうさまとも釣り合いますのにねえ」

伊佐治は唇を噛んだ。

「いつだ？」

背後から信次郎が問う。いつもと同じ声音なのに、尖っているわけでも猛っているわけでもないのに、伊佐治は腰を浮かし振り向いていた。信次郎は立ったまま壁にもたれ、伊井平を見下ろしている。眼つきも物言いも表情も何一つ、変わってはいない。その不変が不気味だった。

「遠野屋がここに来たのはいつのことだ」

「えっと、いつだったか、数日前になると思います。あ、もちろん、お通ししたのはここではなく、表座敷の方でしたが」

「八代屋が呼んだんだな」

「はい、表向きは〝遠野紅〟を含む品々を買い上げるためでしたが、旦那さまとしては遠野屋さんの為人《ひととなり》をしっかり見極めるおつもりだったのでしょう」

「そうかい。で、その為人とやらを八代屋は気に入ったんだな」

「そのもようです。おじょうさまにお茶を運ぶよう言いつけられましたから」

浮かせていた腰を落とす。心の臓が激しく脈打っていた。腋《わき》の下にも背中にも額にも、冷汗が噴き出ている。額の汗を拭く。同時に観念した。

こうなったらしょうがねえ。全て、旦那にお任せするしかねえや。

遠野屋が下手人だなどと微塵も考えていない。下手人ではないが、どこか一端で関わり合っている。信次郎は遠野屋を死神だと言う。本人の心根とも意思とも別に死を呼び寄せるのだと。尋常ではない死、血の臭いに塗《まみ》れた死を、だ。信次郎がそう口にするたびに、諫《いさ》めてきた。伊佐治は、遠野屋清之介が好きだった。名を成した商人でありながら驕《おご》りも他人を見下しもしない。控え目で、清々しく、そのくせ修羅《しゅら》を潜ってきた者の凄みを底に抱えている。

そうそうお目にかかれる人物じゃねえ。何もかもうちの旦那とは逆さまだ。本心から思う。遠野屋とたわいない話を交わし、笑い合っていると心地よい。おもしろい。愉快でさえある。が、ときに違うなと感じもするのだ。これは違う。何がどう違うのか、言葉にできない。できないから、信次郎を諫めきれない。逡巡すれば、そこを信次郎にも遠野屋にも見透かされているようで、身が縮む。

遠野屋は下手人ではない。けれど、死を呼び寄せる。今回も、また……。

「おちやをここに連れてきな。ちょいと話を聞かせてもらいてえ。およえって小女も一緒にな」

「おじょうさまはお休みになっておられます。旦那さまの……あんなお姿を目の当たりにしたのです。とても話ができる様子ではないと思いますが」

「できるできねえは会ってみねえとわからねえさ。こっちは忙しいんだ。おじょうさまのお目覚めを悠長に待っている暇はねえんだ。おちやとおよえ、二人をさっさと連れてきな」

「およえは無理かと存じます。口が利けないので」

「口が利けない？　しゃべれねえってか？」

「はい。耳はよく、こちらの言うことは全て解せます。けれど、一切しゃべれません。

幼いころの病が因《もと》で声を失ったそうです」

「ほう、人の話は聞き取れるが自分からはしゃべれないってか。これはまた、おもしれえ女が出てきたじゃねえか。そのしゃべらずの女がこの座敷の世話をしてたんだな」

「……かと思います」

井平が僅かだが眉を顰めた。信次郎の不遜《ふそん》な物言いに口元も歪む。

「畳も床の間もきれいに拭かれて塵《ちり》一つ、落ちてねえ。どんな客が来たのかわからねえが、毎回、きっちり掃除をしてたんだろうよ。客の跡形を残さねえように」

井平の眉が吊り上がった。

「客間の掃除は念には念を入れてするように言い付かっております。わたしは表座敷しか知りませんが、お客さまがお出でになる前と帰られた後に、必ず拭き掃除をいたします。万が一にも、お客さまにご不快をかけてはならぬと旦那さまが」

「ああ、わかってる、わかってる。そりゃあ客に対する礼儀ってもんだよな。さすがに心掛けが違うぜ。けどよ、客をもてなすにしては、この座敷、そっけなさ過ぎねえか」

「それは……手前どもにはわかりかねますが、そういう座敷があってもよろしいかと」

「ああ、そうかいそうかい。よろしいだろうよ。これ以上、おまえさんと話をしていても埒が明かねえな。さっさと、女二人を呼んできな。ぐずぐずすんじゃねえよ」

眉を顰めたまま井平が立ち上がる。しぶしぶといった動作だった。

何て傲慢なお役人なんだ。物の言いようってのを知らないのか。

顰めた眉が語る声にならない声を伊佐治の耳は捉えていた。

申し訳ねえ。けど、抗ってもしかたありやせんよ。

詫びと宥《なだ》めの気持ちを込め、眼差しを井平に送る。送られた者は、微かに首を傾げただけだった。そこを信次郎が呼び止める。

「ちょっと、待ちな」

食指の先を壁にそって滑らせる。井平が口元を引き締めた。

「ここを造作した大工は誰でぇ」

「えっ、大工？」

「まさか八代屋がてめえで造ったわけじゃねえだろう。どこの大工に任せたんだ」

「知りません」

即座に、きっぱりと井平は言い切った。伊佐治はまた、腰を浮かせていた。口を半ば開けて、信次郎を見上げる。

大工だって？　まさか……。まさか、そんな。

「何度も申し上げますが、奥の一切に手前どもは関わっておりません。何も知らないのです、お役人さま」

「関わっていないのか、八代屋が関わらせなかったのか。ふふ、店の者にも秘密裏に事を進めたわけか。なるほどねえ。けど、それなら井平さんよ、ちょいと調べちゃくれねえか。お忍びの遊びじゃねえ、大工が座敷を拵《こしら》えてんだ。屋敷の中が誰も知らぬまんまってわけじゃねえと思うんだよなあ。そこんとこ、女中でも下働きの小僧でもいいから聞いてみちゃあくれねえかい」

ねとり。信次郎の口吻が粘り付く。蜘蛛の円網《えんもう》のようだ。迂闊《うかつ》に近づくと搦め捕られる。

「調べるって……そんなこと、わたしにはできませんよ。できるわけがありません」

井平は長い顔を振って、抗った。

「井平さん、ちょいとこれを見てくれよ」

信次郎がすいっと前に出る。井平の肩に手を回し、さも親し気ににやりと笑う。懐から取り出したのは、一枚の粗末な紙だった。

慶五郎の事件についての読売だ。五寸釘を身体中に刺された男が怨みの形相で横たわっている。稚拙な絵が故のおどろおどろしさが漂う。

「この一件、知ってんだろう。慶五郎って大工が、相生町の路地で八代屋の旦那とまったく同じ殺され方をしたんだよ。そう、同じさ。五寸釘をここに」

信次郎の長い指が井平の首を押した。「ひっ」。井平が小さな悲鳴を上げる。

「ぶすりと刺されて殺された。知ってるだろ」

「いえ……し、知りませんでした。わたしはそういうのが苦手で……。際物《きわもの》や怪談の類は嫌いなんです。確かに、女中たちが読売を囲んで、騒いでいたような気はします。でも、まさか、そんな同じ殺され方って……ど、どういう意味なのか……」

「さあて、どういう意味なのかねえ。ともかく、大工と商人が殺されて喉に五寸釘をぶち込まれた。それだけは事実なんだよ」

信次郎が井平の身体を押した。さして強い力ではなかったようだが、井平はよろめき、襖にぶつかった。襖は物音をたてない。静かなままだ。

「その騒々しい女中とやらに聞いてみな。ここを造作した大工を知っちゃあいねえかとな」

「わ、わたしに御用の片棒を担げとおっしゃるんですか」

「片棒を担げってのはいただけねえな。善良な商人ならお上の御用を手助けするのは当たり前だろうが。それによ、おまえさんは、ここまであれこれ家内のことをしゃべってくれたじゃねえか。親分の言う通り、ありがたかったぜ。もう仲間みてえなもんだろう。今更、そっけない風はなしにしようぜ」

「な……」

井平が大きく息を吸う。顎が震えた。

「旦那、言い過ぎでやすよ。井平さん、心配はいりやせん。大丈夫です。約定通り、ここの話はここだけで済みやすから。ただ、もうちょい力を貸してくれるなら助かりやす」

何とかとりなす。井平は、無言のまま座敷から出て行った。唇も頬も血の気はまったくなかった。

「ふふん、あのくれえ脅しとけば、何かくわえてくるかもしれねえな。親分の手下の半分も役には立つめえが、まあ、いねえよりましさ」

「旦那」

諫めようとした舌が動かなくなる。信次郎が薄く笑ったからだ。蜘蛛の糸に搦《から》め捕られたのは井平だけではない。伊佐治も、そして遠野屋も円網に掛かってしまったらしい。

「さて、八代屋のおじょうさまが来る前に、親分からも話を伺おうか」

信次郎が傍らに座り込む。

「どういう経緯で、遠野屋がここに招かれたと知ってたんだい、親分」

優し気な声は耳に入るとたんに凍える。凍えて、突き刺さる。

伊佐治は膝の上でこぶしを握った。

第六章　薄　明

障子の陰から覗《のぞ》いた信三の顔は、今にも泣き出しそうに歪んでいた。

「旦那さま、あの……」

「お出でになったのか」

「え？　あ、はい、あの」

「木暮さまと尾上町の親分さんが見えたのだろう」

信三が答える前に、足音が聞こえてきた。とうの昔に、耳に馴染んでしまった二つの足音。一つはたいていが軽やかに響き、もう一つはたいていが重く軋んでいる。それらは混ざり合うのでも溶け合うのでもなく、奇妙な調和を保って届いてくるのだ。

冬の初めの夕暮れ間近、日はまだ淡く地を照らしていた。一瞬の残照となり、黒い屋根瓦の向こうに沈むまで、あと少しばかりの刻しかない。

清之介が考えていたより、ずい分と遅いおとないだ。

「こちらにお通ししてくれ。と言うまでもないか」

信三が目を伏せ、ため息を吐く。暗い顔つきのまま、退く。足音が大きくなる。庭で雀が地鳴きをしている。火鉢にかかった鉄瓶の口からゆるりと湯気が上がる。

清之介は三客並べた湯呑に湯を注いだ。煎茶をいれる前に急須と湯呑を温めておくことも、沸き立ったものではなく僅かに冷めた湯が相応《ふさわ》しいことも、おりんから教わった。

「清さん、綺麗な濃い緑でしょ。これが、上等の茶の色なの。ふふ、あたしたちが飲めるのは番茶がいいとこなんだけど。でも、番茶だって茎茶だって淹れ方しだいで美味《おい》しくなるの。番茶の淹れたてなんて、ほんと美味しい」

「なるほど、番茶も出花《でばな》と言うからな」

「まっ、清さんたら。それ、違うでしょ」

おりんの笑声が耳奥にこだまする。清之介は目の前に手のひらを広げてみた。ここを伝った指先の硬さがよみがえる。見上げてきた黒い眸《ひとみ》。小さな黒子《ほくろ》。髪の匂いもよみがえる。

今、自分が思い出しているのは、おりんなのか、およえという女なのか……。

おりんだと思う。

おりんより他の女を思い出すことは、ない。

ゆっくりと指を握り込む。手のひらが微かに疼いた。

「よう、遠野屋、久しぶりだな」

信次郎がずかりと入ってくる。後ろに控えた伊佐治がこれも暗い顔つき、眼つきで低頭した。清之介も頭を下げる。

「ご無沙汰でございました。このところお二人がお見えにならないと、義母やおみつと話していたところです」

「そりゃあ、どういう風に取ればいいんだ。来なくて清々《せいせい》してるのか、ちっとは物足らねえ心持ちがしてたのか。まあ、さしずめ、おみつは清々している口だろうな」

「そうですね。おみつはそうかもしれません。義母は淋しがっておりましたが」

「おしのが？　へえ、そりゃあ果報だぜ。おみつみてえな苔の生えた牛女より年を食ってるとはいえ、姥桜《うばざくら》のおしのの方が酒の相手にゃ嬉しいからよ」

信次郎の機嫌はすこぶるよかった。笑みが絶えず、口が軽い。上座に腰を下ろし、つまらない冗談を言い、また、笑う。

危ないな。

湯を捨てた湯呑に茶を注ぎながら、気が張り詰めていく。こういうときの信次郎は危ない。ひどく剣呑《けんのん》で厄介だ。罠にかかって動けない獲物を前に、山猫が喉を鳴らしている。久々の餌に涎《よだれ》を垂らしている。そういう類《たぐい》の機嫌顔だ。さしずめ、罠にかかった獲物は清之介自身か。茶の馥郁《ふくいく》とした香りが立ち上る。

「どうぞ」

信次郎と伊佐治の前に湯呑を置く。「お手数とらせやす」。伊佐治が小さく、ほとんど囁《ささや》くように礼を述べた。目元にも口元にもくっきりと皺《しわ》が刻まれて、ずい分と老けて見える。清之介は背筋を伸ばした。

覚悟はしていた。しかし、その覚悟以上の覚悟がいるかもしれない。

茶をすすり、信次郎は「やはり美味いな」と口元をさらに綻《ほころ》ばせた。明朗で屈託のない笑顔を向けてくる。

「遠野屋の旦那はどうでぇ」

「はい？」

「おれたちの足が遠のいて、淋しかなかったかい。それとも、おみつ同様清々してたのか」

伊佐治が身じろぎする。いかにも居心地の悪そうな仕草だった。

「旦那、露骨に尋ねるこっちゃねえでしょうが」

伊佐治の物言いは、いつになく威勢が悪い。もそもそとくぐもり、消えていく。消えた後にため息が一つ、漏れる。

「わたしはお待ちしておりました」

伊佐治が顔を上げ、信次郎の笑みが消えた。

「普段は日々の忙しさに紛れて忘れてはいるのですが、ふとした折に、このところ木暮さまや親分さんがお見えになっていないと気が付くのです。そうすれば、それがどんなときであっても物足らないような、どこかに失《う》せ物をしたような気持ちになりました。それで、自分がお二人を待っているのだと改めて思い知ったしだいです。なぜ待っているのかは、わかりかねるのですが」

「ふーん、やけに素直じゃねえか。今をときめく遠野屋のご主人にそこまで言われるたぁ、おれたちも果報者さ。なぁ、親分」

「もったいなさ過ぎまさぁ。大夫《たゆう》に惚れられた幇間《たいこもち》みてえな気分でやすよ」

「えらい喩《たと》えだな。うん、美味い茶だ。遠野屋、もう一杯くんな」

「畏《かしこ》まりました。それで、木暮さまは如何《いかが》だったのですか」

「うん？」

「なぜ、こんなに長くお見えになりませんでした」

新たな茶葉に湯を注《つ》ぎ、小振りの湯呑に替えて差し出す。

「そうさな……少し、飽きたのかもしれねえな」

濃い緑の茶から白い湯気が細く立つ。控え目な香りが、それでも仄《ほの》かに広がった。

「おまえさんがいつまでも商人面して、ちんまりお店《たな》の主人に納まってるからよ、些《いささ》か飽きてきた。そそられるところがなきゃあ、退屈なだけだからな。まっ、そういうとこが事訳《ことわけ》かな。へへ、気分を損ねさせちまったなら、謝るぜ」

「いえ、いっこうに。むしろ、木暮さまがわたしを退屈な一介の商人と認めてくださった証のようで、何やら浮き立つ気さえいたしますが」

「けっ、相変わらずの詭弁《きべん》使いだな。嗤えるぜ。な、親分」

知りやせんよと、伊佐治は鼻を鳴らした。

「あっしはお二人のやりとりに割って入る気は毛頭、ござんせんからね。触らぬ神に祟りなしでやす。ただ、旦那が本気で飽きて足を運ばなくなったら、おみつさんは、さぞかし喜ぶでしょうよ。祝い膳ぐれえ振舞ってくれるんじゃねえですか。飽いたの退屈だのってのが本心ならでやすが」

ふふん。信次郎の口の端が持ち上がる。薄い笑いが浮かぶ。

清之介はその薄笑みから目を逸らさなかった。端座したまま正面から受け止める。

「悪かったたな、遠野屋」

詫びられる謂《いわ》れが摑《つか》めない。ただ、心身が張り詰めた。殺気など欠片《かけら》も発していない相手に身の毛を詰める。そういう己が腹立たしくはあるが、どうしようもない。

「おまえさんとは、けっこう長《なげ》え付き合いがあるのにとんだ見誤りをしてた。どんな男なのかついつい忘れかけてたぜ。ったくな、おれも焼きが回ったのかもしれねえ。面目ねえっちゃあ面目ねえ話さ」

清之介は膝に置いた手に力を込めた。その姿勢で信次郎を見詰める。

来るか。

「なあ、遠野屋。おまえさんは、いつだっておもしれえよ。おれをちゃんと楽しませてくれる。退屈なんてさせやしねえ。ふふ、重宝な男さ、昔も今もな。で、聞きてえのよ。およえって女を初めて見たときどれくれえ驚いたのかってな」

覚悟はしていた。が、やはり、鼓動が速まる。頰が強張《こわば》るのを感じる。

「いやな、正直なとこおれはいまひとつ、ぴんと来なかったんだ。なんせ、ずぶ濡れの死体姿でしか、おりんを見てねえんだから、ぴんと来る方がおかしいだろう。言い訳じゃねえけど、人の死に顔ってのは生きてたときとえらく違っちまうもんだ。おれの眼が節穴だったわけじゃねえと思うんだよな。ところが、こっちの親分さんが」

信次郎は伊佐治に向かって顎をしゃくった。伊佐治は俯《うつむ》いたままだ。俯いて、手の中で湯呑を回している。

「およえを見るなり、えらく仰天してな。はは、あのときの親分の顔、今思い出しても笑えるぜ。ぽかんと口を開けて、文字通り目が真ん丸になっていたな。肝の据わりじゃ誰にも引けを取らねえ親分があそこまで驚いた。珍しいじゃねえか。だから、問い質《ただ》したんだ。そしたら、遠野屋の亡くなった女房に瓜二つだと言うじゃねえか。さすがに、それにはおれもびっくりしちまった。あ、言い忘れたが、八代屋での話をしてんだぜ」

「わかっております」

「八代屋が今朝、殺された。知ってたかい」

「……亡くなられたとは知っておりました」

「えらく耳が早いな。八代屋が殺《や》られたのは、死体の強張り具合からして昨夜遅くだろうよ。見つかったのは、今日の朝だがな。まだ、読売にもなっちゃあいねえ。どこから、八代屋殺しの報を仕入れた」

「およえさんからです」

清之介は丹田《たんでん》に力を込め、信次郎を見据えた。受け止めるだけではなく、踏み込む。

「木暮さま、もう少し腹蔵なく話をいたしませんか。でないと、埒《らち》が明きません。わたしが八代屋さんを訪れたことも、そこでどんなやりとりがあったのかも、全てご存じなのでしょう。わたしもお話ししたいことが幾つかございます。腹の探り合いをしていても始まらないと思いますが」

「まったくで。ええ、まったく遠野屋さんの仰る通りでやすよ。でね、遠野屋さん」

伊佐治が膝を前に進める。

「およえさんのこたぁ、確かに驚きやした。けど、この世にはまったく同じ顔形の者が三人はいるって言うじゃねえですか。だから、こういうこともあるんでやすよ、きっと。そこんとこは置いといて、遠野屋さん、聞きてえことがありやす」

「はい」

「旦那が言った通り、八代屋さんが殺されやした。しかも、大工の慶五郎と同じ殺り方で」

「大工？　えっ、あの読売で騒がれていた事件ですか。大工の頭梁が身体中に五寸釘を打ち込まれていたとか」

「五寸釘は一本だけでやすよ。首のところにぐさりと一本、刺さってたんで。それはそれで何とも禍々《まがまが》しくはありやしたがね。しかも、ご丁寧に喉を切り裂いてからでやすよ。禍々しさも増すってもんでさ。ええ、慶五郎、八代屋ともそうでやした」

「下手人が同じということですか」

「あるいは前の殺しに倣《なら》ったとも考えられやす」

「何のために、そんなことを」

殺したいなら喉を掻き切るだけで事足りる。わざわざ、釘を突き刺す用はない。喉に刺さった一本の釘。そこに意味があるのか。

「わかりやせん。まったくわかりやせん。あっしにわかってるのは、もう誰も殺させちゃならねえってそれだけでやす」

伊佐治の言葉は重かった。その重みが伝わってくる。身体の芯にずしりと錘《おもり》が入ったようだ。清之介は深く頷いていた。

その通りだ。人が死なぬこと。己の迷いや惑いに引きずられて最も肝要《かんよう》なものを忘れていた。その一点において、伊佐治はいつも不動だ。揺れない。

「そうでやすよね、旦那」

ちらり、老岡っ引の黒目が横に動き、信次郎を窺った。

「さあ、どうだかなぁ。人には天の決めた定《さだめ》ってものがある。殺されるやつはどう足《あ》掻《が》いても殺されるし、殺すやつは殺す。こっちが躍起になっても覆せねえこともままあるんじゃねえのか」

とたん、伊佐治が顔を歪めた。とてつもなくおぞましい何かを見た。あるいは悪臭を嗅いだ、そんな顔つきだ。

「よくもそこまで思ってもねえことを口にできやすね。天の定なんて、これっぽっちも信じてねえくせに、まったく呆れちまいまさぁ」

信次郎は肩を竦め、茶をすすった。さっきまでの弾みは影を潜め、どこかなげやりで草臥《くたび》れた風にさえ見える。むろん、見えるだけだ。明るく騒ごうと、無聊《ぶりよう》を託《かこ》とうと信次郎は信次郎で、そう見えるだけに過ぎない。伊佐治は不動だが信次郎は模糊《もこ》だ。身の内の真個《しんこ》を僅かも覗かせない。

「とにもかくにも、これ以上の殺しは止めなきゃならねえ。どんな手立てを使ってもです」

伊佐治は前のめりになり、顎を引き締めた。

「それでね、遠野屋さん、お聞きしますが八代屋さんの別邸に行かれましたよね。常盤町にあるやつです」

「はい、まいりました。八代屋さんから直々に声がかかり、店の品を持参いたしました」

「むろん、品の中に〝遠野紅〟も含まれておりやすよね」

「極上のものを二品、お納めいたしました」

「そこで、おちやさんとの縁談を持ち出されたんでやすね」

「そうです。あまりに唐突なお話なので驚きました」

「で、遠野屋さんは、その場で断った」

「はい。誰であろうと所帯を持つ気はないと申し上げました」

八代屋が亡くなった。しかも尋常でない死に方をしたのは、おちやの文から容易に察せられた。頓死《とんし》であるなら、あそこまで筆は乱れないだろう。一度切り顔を合わせただけの相手だが、おちやは気丈な娘であると思えたのだ。

尋常でない死であれば、必ず信次郎と伊佐治が出てくる。八代屋と自分の関わりなど造作《ぞうさ》なく調べ上げるだろう。隠し立てしても無駄であるし、そのつもりもない。

「本当のことってのは力になりやす。本当のことじゃねえと、真相を炙り出せねえんで。もっとも、何が本当で何が違うのか、見当がつかねえときも多々ございやすがね」

伊佐治が語ったことがある。偽や嘘や紛《まが》いでは炙り出す炎にはなれないのだと。今、清之介にできるのは自分にとっての真実を答え、炎に柴を焼《く》べることだ。

「遠野屋さんは縁談を断った。けど、おちやさんと逢うつもりはあったんでやすね」

座っているのに膕《ひかがみ》のあたりが攣《つ》った気がした。

そこまでわかっているのか。

「それは、おちやさんが仰ったのですか」

「ええ、まあ……。旦那が見抜いたっていうか……」

伊佐治の黒目がまたちらりと動いた。

「いい色の紅を差してるじゃねえか」

おちやを一目見るなり、信次郎は言った。何の前置きもなかった。おちやが瞬きをする。眸《ひとみ》の中に惑いが走った。無理もない。伊佐治だって、いつもなら信次郎に目を向け、首を捻っただろう。旦那、何を尋ねていなさるんで。紅の色なんてどうでもようがしょ、と。

しかし、そのとき、伊佐治の眼はおちやの後ろに控える小女に釘付けになっていた。およえという女だ。遠野屋の女房、おりんによく似ている。伊佐治は生前のおりんをほとんど知らなかった。ただ一度、不意の雨に祟られた日、傘を手渡してもらっただけだ。

しかし、そのときの顔はどうしてだか記憶に焼き付いている。まだ娘の名残を留めながら人妻の色香を纏った面《おもて》が美しかったからだろうか。次に出会ったとき、その女が物言わぬ死体となっていたからだろうか。

伊佐治の覚えているおりんに、小女が重なる。心の臓が縮み、膨れ、また縮む。

そうか、遠野屋さんのぼんやりはこれか。

わたしにとって、おりんは、弥勒でございました。

一言一句、区切るように呟いた遠野屋の声は今でも耳底に残っている。

弥勒にも喩える女房と写し絵と紛うほど似ている女。さすがの遠野屋も呆然とした。一時でも商いを忘れるほど、心を乱された。人であるなら当然だろう。

伊佐治は息を呑み込み、固く目を閉じた。そのまま気息を整え、おちやと信次郎に向き合う。己の仕事と役割を己に言い聞かす。

「育ての親ともいえる伯父貴があんな死に方したのによ、おじょうさんは紅を差してたのかい。えらく、落ち着いてんだな」

冷ややかな声に、おちやは顎を上げ声の主を睨《にら》んだ。なかなか気の強い娘であるらしい。

「違います。紅は朝起きてすぐに施しました。伯父さんが、あんなことに……あんなことになってるなんて……知らなくて、思いもしなくて、あたし……」

気が強くても娘は娘だ。おちやの唇がわななく。おちやの背後で音もなくおよえが立ち上がった。おちやの隣に座る。おちやは乳を求める赤子のように、小女の手をまさぐった。信次郎の目が細まる。

気が付きなさったか。

信次郎は生きていたころのおりんを知らない。それでも、およえが生き写しであると気が付いたか。巣立ち前の雛《ひな》を想わせて寄り添う二人の娘を、信次郎は暫く見下ろしていた。それから、おもむろに口を開いた。およえについては一言もなかった。

「その紅、〝遠野紅〟だな」

「……そうです」

「八代屋が遠野屋から仕入れたってやつか」

「……そうです」

「八代屋に渡すんだ、おそらく最上等の紅だろうな。とすれば、そうとうな値だろう。百両は下らねえんじゃねえのか」

「知りません。お代を払ってくれたのは伯父さんですから」

「そうだったな。まったくけっこうなご身分だ。江戸でも指折りの分限者《ぶげんしゃ》が後ろについてんだ、羨ましい限りだな。けど、その後ろ盾がおっ死《ち》んじまった。さて、これからどうなることやら。おめえも悩ましいとこだな、おちや」

おちやの眉根が寄った。嫌悪の情が面に広がる。おちやは親とも頼む伯父を失った。そういう娘にかける台詞《せりふ》ではない。嫌悪を抱かれて当たり前だ。伊佐治がおちやであったなら、飛び掛かって頬に爪を立てていたかもしれない。けれど、伊佐治はおちやではない。信次郎に長年仕えた岡っ引であって、世間の風を知らず育った佳人《かじん》ではないのだ。信次郎の露骨な物言いが、相手を揺さぶり情を掻き立てるための方便だと十分に心得ている。

「〝遠野紅〟はそうそう手に入らねえ代物だと聞いたぜ。品数そのものがもともと少ねえ上に作るのにも日数がかかる。どれだけ金を積まれても好きなだけどうぞってわけにはいかないいんだとよ。もっとも、手に入らないものだから欲しいってのは人の性《さが》だろうがな」

おちやがまた、顎を上げた。

「お役人さま、よくご存じでいらっしゃいますこと」

挑む響きが声音に混ざる。やはり、なかなか勝気な娘だ。

「まあな。遠野屋とはそこそこ長《なげ》え付き合いだから、何かと耳にしてんだよ」

「まあ、お役人さまと遠野屋さんがお知り合い？」

「そうさ、遠野屋ってのは、わりにいいやつでな。おれは気に入ってんだ。酒を酌み交わしても、気が置けない相手で楽しいしな」

「信じられないわ。遠野屋さんのような方がお役人さまと親しいなんて」

おちやの手をおよえが押さえた。おちやが慌てて口をつぐむ。

「およえ」

信次郎はおよえに向かって、ひらりと手を振った。

「喉が渇いた。白湯《さゆ》を一杯、持ってきてもらおうか」

およえの喉が上下した。息を呑み込んだのだ。

「早くしな。おれは気が短けえんだ。口が利けなくても白湯は運べるぜ」

およえが座敷を出て行く。出て行く刹那、おちやと視線を交わす。おちやの口元が僅かに歪んで、震えた。

あっ、違う。

伊佐治の頭の中で思いが一閃する。

おりんさんとは、まるで違う。

どこがどう違うのかとっさには言葉にならない。おりんをさほど深く知っているわけでもない。しかし、違うと感じる。別人なのだから違って当たり前だとか、そんな理屈ではない。勘、なのかもしれない。これは違うと、伊佐治の勘が告げているのだ。

「さてと、おちや、話の続きに戻ろうぜ。おめえ、遠野屋に逢うつもりだったのかい」

おちやの頬がそれとわかるほど硬くなる。そうですと告げているようなものだ。

「朝っぱらから身綺麗に拵《こしら》えている、しかも、とっておきの紅まで塗ってな。とすりゃあ、よっぽどの相手との逢瀬かと勘繰りたくもなるだろう。これまで豪勢な屋敷の奥で大切に育てられたおじょうさまだ。男との浮いた話一つ、あったわけじゃねえ。とすれば、遠野屋ぐれえしか相手に思い浮かばないんだが、どうでえ、まんざら的外れでもねえだろう」

「……浅草寺にお友達とお参りするつもりで……」

おちやが目を伏せた。哀れなほど萎《しお》れている。

「どこの友達だ？　調べりゃすぐにわかることだぜ。つまんねえ嘘なんざつかねえがいいと思うがな」

信次郎は腰を落とすと、くらりと語調を変えた。幼子を諭すように柔らかくなる。信次郎が幼子を諭している場面など見たこともないが。

「八代屋はおめえと遠野屋との縁談を考えていたんだってな。それをあっさり断られた。おめえは乗り気だったんだろう。まったくな。こんな、愛らしい娘との縁談を断るなんて、遠野屋の気が知れねえ。あいつ、見た目と違って変わり者で偏屈なとこがあるからなあ」

おちやが顔を上げる。

「……そうなんですか」

「そうなんだよ。それに変に義理堅いというか融通が利かねえとこもあって、いまだに亡くなった女房に操立《みさおだ》てしてるのさ。本心はおめえに心を惹かれたとおれは思うぜ。けど、はいわかりました。おちやさんをぜひ嫁にとあっさり言える性分じゃねえんだよな。面倒くせえ男じゃあるが、そこがいいとこでもあるからよ、許してやんな」

「許すだなんて……」

強張っていた頰が緩み赤みが差す。

「おめえ、思い切れなくて遠野屋に逢う段取りをした。文でも書いたかい」

おちやは答えない。ふっと信次郎が笑った。やはり柔らかい笑みだ。

「遠野屋はきっと来たと思うぜ。てか、来たんだろう。せっかくの逢瀬がおしゃかになった。それを伝えなきゃならねえもんな。おめえが行けなくても人は遣わすわな。およえでも役にしたかい。で、待ち合わせの場所にあいつ、来てただろうが」

おちやが目を見張る。

「どうして……どうして、そんなことまでわかるんです」

「わかるとも。言ったろう、あいつとは長え付き合いなんだ。遠野屋はおめえのことを憎からず思っているんだよ。でねえと、のこのこ出かけたりするもんかい」

おちやの頰がさらに紅潮する。その色が、娘に一刷の艶を加えた。こんなときなのに、おちやは幸せそうに見えた。

そうだわ、あの人は来てくれた。あたしに応じてくれた。全てを拒んだわけじゃなかった。このお役人さまの言う通りだ。

伊佐治は信次郎に目配せする。

旦那、やり過ぎでやすよ。

遠野屋が出向いたのは、おちやではなくおよえのためだ。遠野屋はもう一度、およえに逢いたいと望んだ。信次郎が伊佐治の、およえを見たときの狼狽《ろうばい》に気が付かないわけがない。伊佐治なりにぼやかしはしたが、信三から頼まれた話の中身も伝えた。おりんとおよえの似ようも、むろん、わかっている。その上で、娘の一途な恋心を煽《あお》るのはやり過ぎだ。人の道に悖《もと》る。

「遠野屋と逢って、何を話すつもりだったんだ」

伊佐治の目配せなど淒もひっかけず、信次郎は問いを続けた。

「おめえの本心を告げるつもりだったのか」

「……わかりません。いえ、そうだと思います。あたし、このままじゃ嫌だったんです。このまま、二度と遠野屋さんに逢えなくなるのは我慢できなかった。あたし……どうしていいかわからなくて、そうしたら、およえが文を書けって……」

「しゃべれねえ小女が、おめえに忠言したと」

「あたし、わかるんです。およえの身振りや眼つきで、およえが何を言っているのかよぉくわかるんです。だから、およえが文机の方を見たとき、すぐにわかりました。およえに励まされて、文を書いて……。あたしは行けなかったけれど、遠野屋さんが来てくれたと知って、あたし……嬉しかったです。伯父さんがあんな亡くなり方をしたのに、嬉しいなんて言っちゃいけないとわかっています。あんまりにも薄情だってわかってるんです。でも、やっぱり嬉しくて……」

おちやのいじらしさに、伊佐治は涙ぐみそうになった。こんな風にひたむきに誰かを想うことを忘れて久しい。清い水が喉を滑り落ちる気がした。

「いや、薄情なんかじゃあるものか。当たり前のことさ。今はどたばたしているが、この一件が片付けば、改めて遠野屋に逢いに行ってみなよ。男と女の仲だ。お互い惹かれているからといって上手く転がるなんて言い切れねえ。けどな、想いってのはやはり伝えた方がいい。伝えなきゃ何にもならねえからな。男と女であろうと、親と子であろうと、友と友であろうと誰かを愛しい、恋しいって気持ちは綺麗なもんさ。綺麗なものは見せてやればいいじゃねえか」

「……はい」

おちやが頬を染めたまま頷いた。

伊佐治は息を吐き出し、天井を仰いだ。

よくもここまでいいかげんなことをしゃべれるものだと半ば呆れ、半ば腹立たしい。

初心《うぶ》な娘を食い物にしているようで、悪心を覚えた。

「で、ほんとうにそれだけかい」

信次郎は胡坐《あぐら》を組み、おちやの顔を覗き込んだ。

「遠野屋に逢いたかったのは気持ちを打ち明ける、そのためだけなのか。他のわけは、なかったのかい」

「あ……それは……」

「この座敷、八代屋は隠密に使っていた。造作のときも、ここに来る客も奉公人には報せなかった。だとしたら、誰がもてなしを担っていた。茶も酒も、ときにはちょっとした膳だって調えなきゃならなかったはずだ。ざっと見回して、その役をしてたのは、おめえとおよえの二人しか見つからねえんだよな。これも当たりだよな」

伊佐治の中から悪心も腹立ちも消えていく。

こういう流れになるとは考えてもいなかった。

「ここに来ていた客ってのは誰だ」

「知りません」

「武家もいるよな。それも、かなり高位の」

「どうしてそんなことが、わかるんでやす」

堪《たま》らず口を挟んでいた。この、がらんとしたそっけない座敷のどこにそんな印があった？　少なくとも、伊佐治は気が付かなかった。

「地袋《じぶくろ》戸棚の中に刀架《とうか》が仕舞ってあった。相当な上物さ。つまり、刀を佩《は》いた御仁が訪れるって証だろう。伊達《だて》や酔狂で、商人が刀架なんぞ仕舞い込まねえさ。むろん、八代屋ほどの身代だ。あちこちのお偉方と繋がってはいただろうよ。そんな客はみんな表に通された。お偉方との繋がりを世間にさらすのも、商いの肥やしになるって寸法さ。けど、この座敷は隠れ座敷だ。密談の場だ。決して外には漏らさない話をするための部屋。とくりゃあ、いったいどんな客が訪れるのか知りてえじゃねえか。で、おめえはそれを知っているはずだよな」

「知りません」

小さいけれどはっきりとした声音で、おちやは言い切った。

「本当に知りません。伯父からお客のお世話をするように言い付かりはしました。あたし一人では手に余るから、およえにも手伝ってもらっていました。それだけです。お見えになったのがどんな方なのか、伯父はいっさい教えてくれませんでしたし、あたしも聞きませんでした。それに、ここにおいでになるお客なんて、ほとんどいなかったですし……。来られても、あたしたちは用がないときの方が多かったですから」

小声のまま、おちやはそれでもよくしゃべった。隠し立てする気を失ったようだ。

「およえって小女はいつから雇ってる」

「えっと……もう一年半、いえ、二年ぐらいになると思います」

「どこかの口入屋を通してかい」

「知りません。伯父さんが、あたしのお付きにって連れてきたんです」

「なるほど、二年てことは、ここの座敷を造作したころか」

「はい、同じくらいです。およえは大工さんたちのお世話をしてましたから。お茶を出したり、甘い物を運んだりしてました。初めはあたしのお付きよりそっちの仕事が主だったようです」

聡明な娘らしく、しゃきしゃきとした答えが返ってくる。おちやが信次郎の手のひらで転がされているようで、伊佐治は背中のあたりがうそ寒かった。

「遠野屋が来た日はどうでぇ」

おちやの紅い唇がぴたりと合わさった。

「遠野屋が紅を売りに来た日だよ。その日は、ここに客はなかったのか」

「……ありました。お武家さまが一人、お見えになりました。遠野屋さんより先にお出でになっていて、遠野屋さんより後に帰られました」

伊佐治は腰を浮かしそうになった。

客が来ていた？　では、八代屋は遠野屋とのやりとりの間、その客をここで待たせていたのか。武家を？

「武家ってのはどんなやつなんだ。名前は？　身分は？」

「お名前もご身分も存じ上げません。でも、お召し物からみて、上士のお武家さまだとは推察されました。いつも、ご紋などついていない着流しのお姿でしたが」

「いつもってこたぁ、前にも来てたわけか」

「二度ほど、お出でになりました。あたしが知っている限りはですが」

「その武士と遠野屋が関わりあると思うかい」

おちやは目を見開いたまま顎を引いた。心持ち、息が速くなる。

「あると思ったんだろう。だから、遠野屋にそのことを報せたかった。ただ恋しくて逢いたいだけじゃなくて、伝えたかったんだよな。八代屋と身形《みなり》のいい武士がなにやら秘密裏に動いているってよ」

「……あたしは、そんな……そんなつもりじゃ……」

「なかったのかい。それにしちゃあ、急いだじゃねえか。遠野屋に逢いたいだけなら、もうちょっとほとぼりが冷めてからでもよかろうに。わざわざ呼び出して話をするってのはどうなんだ。いやな、おめえが頭の軽い、男に目が眩《くら》んで周りが見えなくなっちまう娘ならそれもありさ。でもな、おめえは賢いよな。自分の早まった行いが遠野屋にどれくれえ迷惑かけるか考えられるほどには賢い。で、おれは思ったわけよ。こりゃあ、男が恋しい愛しいだけの浮いた話じゃねえなって。な、おちや。本当のところ、おめえが遠野屋を呼び出し伝えたかったのは、なんでえ」

　おちやが小さく叫んだ。信次郎の腕が伸び、指先がおちやの唇を掠《かす》ったのだ。

「これのことか」

　うっすらと紅の付いた食指を信次郎は、真っ直ぐに立てた。

「遠野屋は大店だ。しかし、八代屋からすればはるか格下だろうぜ。八代屋が遠野屋から奪いたいものとすれば紅しかねえ。江戸広しといえども遠野屋でしか手に入らねえ〝遠野紅〟、心底欲しがったのは娘のおめえじゃなくて八代屋自身なんだろうな。商人の眼力で、先々〝遠野紅〟がどれほどの富を生み出すか見抜いたんだろうよ。だから、遠野屋を取り込もうとした。おめえを餌にしてな。それがしくじったとなると、どうするか。次の手を打つよな。その手がどんなものか、おめえは知っている。ちゃんと知らなくても薄々ぐれえは感づいているんじゃねえか」

　おちやは紅の取れた唇を一文字に結んだ。紅の色が褪《あ》せると、おちやは少し年を経て見えた。年を経て、疲れて、今にもくずおれそうに見えた。無理もない。伯父の無残な死の衝撃が冷めやらぬ間に、容赦なく揺さぶられる。娘にとっては酷の上にも酷な仕打ちだ。

　助けてやりたいけれど、手を差し出せなかった。信次郎が追い詰め、引きずり出そうとしているのは事件の真相だ。情に負けて、邪魔立てはできない。

「伝えてやるよ」

信次郎が囁いた。

「おれが遠野屋に伝えてやる。おめえが伝えたかった全てをな」

おちやが長く、長く息を吐いた。


「それは、おちやさんが気の毒だ」

清之介はつい顔を顰《しか》めてしまった。まだ十九になるかならずかの娘が信次郎に太刀打ちできるわけもない。身も心もさぞかし、草臥《くたび》れ果て弱り切っただろう。

「あっしも目を覆いたくなりやしたよ。でも、おかげで……旦那のおかげでとは言いたくありやせんが、おちやさん、しゃべってくれやした」

「わたしに伝えたかったことを、ですか」

「へえ、そうでやす。遠野屋さん、八代屋はどうやら嵯波のお偉い方と結びついているようですぜ。おちやさんは座敷の客が誰かは知りやせんでしたが、八代屋と客が嵯波の紅について話しているのを一度だけ耳にしたそうでやす。そのとき、八代屋は『どんな手を使っても嵯波の紅はいただきたい』と言ったそうなんで。不用意な一言で、おちやさん、すぐに座敷から出て行かされたらしいですが、そのときは意味がよくわからなかったが、遠野屋さんとの縁談の話がでたことで嵯波の紅と〝遠野紅〟が結びついたとか。

頭のいい娘さんでやすね」

「ええ、聡明な方のようです」

「誰なんだよ」

信次郎の声が割って入る。上機嫌な響きはもう失せていた。

「八代屋とつるんでいたのは誰なんだ。知ってんだろう、遠野屋」

伊佐治が息を呑んだ。千切《ちぎ》れるかと思うほど首を伸ばす。

「知ってる？　え、まさかそんな……」

「知ってんだよ。八代屋が嵯波の江戸藩邸と結びついていることも、紅を手に入れようと画策していることも、とっくの昔に知ってやがんのさ。そういう顔してやがるじゃねえか」

「木暮さまとてご存じでしょう。わたしに聞かずとも、客の正体など見抜いておられるはずです」

ちっ。信次郎が舌を鳴らした。久々に聞く舌打ちの音に、清之介は妙な安気を覚えた。どうしてここで安堵するのか自分でもわからない。

「沖山頼母。嵯波藩江戸家老は確か、そんな名前だったな」

「はい」

「そいつが八代屋の黒幕だな」

「間違いなく」

「そんなに長い結びつきじゃねえ。おそらく二年足らずだろうよ。二年前に八代屋は沖山と手を組み、組んだ手を嵯峨の紅に伸ばした」

「二年前……」

「そのころ、八代屋は別宅の座敷を建て増しした。今度、機会があったら見物させてもらいな。よくできた秘密部屋だ。声も気配も漏れねえ。密談にはもってこいさ」

あの屋敷にそんな部屋があったのか。

清之介は湯呑から上がる仄かな湯気に目をやった。

商売の上で秘密事を話す機会は多々、ある。しかし、そのための部屋まで入用だろうか。そうとうの用心だ。秘密とは闇だ。まっとうな商いが光の下にあるのなら、闇の中にあるのはつまり、人の目にも耳にも触れてはならぬものだ。遠野屋の商売全てが光にさらされているとは言わない。清濁併《あわ》せ呑んで商いを回してきた。が、八代屋の動きは商人の範疇《はんちゅう》を超えているように思えてならない。思うというより感じてしまう。遠野屋の主人として生きてきた年月が清之介に告げるのだ。

商いの道から些か外れてはいないか。

商人は品を売ることを生業《なりわい》にする。品の作り手と買い手を結びつけ、そこに生まれた利を受け取る。棒手振《ぼてふり》だろうが大店だろうが同じ理屈だ。その道が深い闇に包まれるとなると、商いの理屈以外の何かが絡まってくる。闇を連れてきた何かがあるのだ。

「政《まつりごと》、ですか」

清之介はふっと息を吐いた。

「八代屋さんは沖山さまを介して嵯波の政に関わろうとしていた……のでしょうか」

「かもしれねえ。沖山を引っ張り出して問い質すのが一番、手っ取り早いが、痩せても枯れても一藩の江戸家老だからな。ちょいと難しいぜ。まずは外堀から埋めていかねえとな。てことで遠野屋、二年前に何かあったのか。嵯波の紅に関わることでな。八代屋と沖山が動き出すきっかけみてえなもんがよ」

「吉井《よしい》屋さんが亡くなられました」

吉井屋十蔵《じゅうぞう》。海辺大工町《うみべだいくちょう》の搗《つ》き米屋であり、かつては、嵯波藩きっての豪商だった男だ。嵯波の紅花産業に清之介とともに携わった商人でもある。その十蔵が二年前に亡くなった。女房に先立たれ、子のいない十蔵は吉井屋の身代を養子にした若者に、そして、紅花に関わる利権の一切を清之介に譲って逝った。大店吉井屋の身代の半分近くが紅花に注ぎ込まれていたから、途方もない額の譲渡となったが、見返りは一切いらぬとの遺言だった。

「なるほど、吉井屋が死んだことで嵯波の紅花は、遠野屋の旦那が独占できたわけだ」

「そうです」

「けっ、ちったぁ悪びれた風の一つも見せな。まったく、どこまで運がいい男なんだ」

「お人柄でやしょ」

伊佐治が顎をひょいと上げる。

「娘さんに惚れられるのも大店の主人に信用されるのも、遠野屋さんのお人柄ですよ。あっしや旦那には逆立ちしたってできねえ芸当でやすねえ」

「どうしておれと親分が一緒に並ぶんだ。いいかげんにしろよ」

「人柄の点でいやあ、あっしの方がかなり上でやすよ」

言いたいことだけを言って、伊佐治はそっぽを向いた。清之介は新たな茶を注ぎ、二人の前に置く。

「吉井屋さんの亡くなられたことが今回の件と繋がりますか」

「直にはなかろうよ。ただ、おぬし一人に紅花の益が流れ込む仕組みが、吉井屋の死ではっきりと固まった。固まったものは目につきやすい。一藩の行く末を左右するほどの産業だ。八代屋としては、どうしても手に入れたかったんだろうな」

「それで政と結びついた」

「そう。沖山の力を借りて、おまえさんに取って代わろうとしたのさ」

「けど、八代屋さんは江戸でも名の知れた大店でやすよ。その上に、さらに身代を肥やしたかったんでやすかねえ」

「てっぺんを取りたかったんじゃねえのか」

さらりと、信次郎が言い放つ。

「てっぺん？」

伊佐治と清之介の声が重なった。

「八代屋は大身代だ。けど、江戸には八代屋よりでかい店は幾つもある。三井越後屋《みついえちご》、大丸屋、大国屋《だいこく》……。さすがの八代屋も及ばねえ店さ。けど、嵯峨波でなら一等になれる。政に深く食い込んでしまえば、政そのものを動かせるだけの地歩に立てる。そう考えたのかもしれねえな」

「嵯峨波の主になりたかったと」

「別に藩主になりたかったわけじゃなかろうよ。好きなように動かせればおもしろいと考えたんじゃねえのか。無能なくせに武士というだけでふんぞり返っているやつらを蹴飛ばしたくなったのかもな。ちっとは、わかる気がするぜ。ふふん、まあ、八代屋もおまえさんのことを知らなければ野心は野心として仕舞い込んでいたかもな。遠野屋の若い主人が、新たな産業を興すことで一藩の政と深く関わっていく。それを知っちまって、埋もれていた野心が頭をもたげた、とも考えられる。おぬしが作り上げた仕組み、藩政との関わりも含めた仕組みを丸ごと奪えば野心が叶うとな。そこに沖山が乗っかった。乗っかったのか、乗り入れたのかはわかんねえが」

伊佐治がため息の音を立てた。

「まるで、全てが遠野屋さんのせいのように聞こえやすねえ。旦那、無理押しはここまでにして話を先に進めやしょうよ。茶は美味いけど、ゆっくり味わってる暇《いとま》はありやせん。遠野屋さん、話を戻してお尋ねしやすよ」

伊佐治は膝の上に手を置いて、やや前屈みになった。

「八代屋と嵯波江戸藩邸の結びつき、どうして知りやした。まさか、八代屋がしゃべったわけじゃねえでしょ」

一息を呑み込む。それで、僅かの間をかせぐ。気持ちを静める。

顔を上げると、伊佐治の眼差しとぶつかった。信次郎はさきほどの清之介のように、湯気に視線を落としていた。

「木暮さまはわかっておいでなのですか」

信次郎が僅かに眼を動かす。

「おれを試すつもりか」

「はい」

素直に答えた。試してみたい。この男が闇溜まりでしかないところから何をどうやって引きずり出すのか、試せる限り試してみたい。

「源庵あたりだろうな」

信次郎が言った。明日の天気を占うような、こともなげな口調だった。伊佐治だけが口を開け、湯呑を握り締めた。驚きのあまり、指から転げそうになったのだ。

「おぬしは嵯波と取引をしている。城下に分店まで拵えた。名うての遠野屋の旦那のことだ、表からも裏からも報告がくるように抜かりなく段取りしてるだろうよ。表は分店通じてで事足りる。けど、裏側となると、そう簡単にはいかねえ。源庵みてえな闇の者、しかも、嵯波を知り尽くした者じゃねえと務まらねえよな。おまえさんみてえなやり手が、そんな重宝な男を放っておくとは考えられない。だろ？」

「はい。おっしゃる通りです」

手をつき、頭を下げる。おれを試そうなんざ、何様のつもりだと怒鳴りつけられるかとも思ったけれど、信次郎は静かだった。何も言わない。

「出過ぎた真似をいたしました。お許しください」

詫びた後、源庵とのやりとりを手短に包み隠さず告げる。

「なるほどな、暇乞いにきたか」

「はい。一己《いっこ》の所存とは申しておりましたが、何か決意した風ではありました。それが気になります」

「げ、源庵が江戸に出てきたことと今度の一件、つ、繋がるんでやすか」

伊佐治がげほげほと咽《む》せた。茶は飲んでいなかったから何に咽せたかわからない。

「どちらも嵯波が深く関わってくる。繋がってると考える方が普通だろうよ」

「けど、慶五郎の一件もありやすよ。あれは……あ、そうだ、遠野屋さん、八代屋の座敷を造作したのは慶五郎でやしたよ」

「えっ」

今度は清之介が湯呑を握った。手のひらに温かさが伝わる。

「へえ、そうなんでやす。屋敷の女中がたまたま裏門から入る慶五郎を見てやしてね。女中好みの渋い男だったんで覚えてやした。裏門近くで待ち伏せて口説こうとしたけれど相手にしてもらえなかったとさばさば言ってやした。亭主もいるってのにたいした浮気性でやすよ。もっとも、そのおかげで大工の素性が割れやしたがね。ここに来る前に、慶五郎の店によって確かめやした。間違いなかったでやす」

「お里って女中が茶をいれてくれたが、不味《まず》くてな。ここで口直しできてよかったぜ」

「旦那はお里さんと話し込んでたじゃねえですか。大川の鴨の群れがどうの、大根の値がどうのって、どうでもいい世間話をだらだらとねえ。ありゃあ何だったんでやす」

「木暮さまが世間話？」

「そうなんで。引っ掛かるでやしょ。ねえ旦那、何を考えてんです。さっき源庵の名ぁが出たとき、ちょいと眉が動いたでやしょ。ありゃあ、旦那の頭の中で何かがくっついた証でやすよねえ。どうなんで。え？　どうなんです、旦那」

眉が動いた？　気が付かなかったな。

清之介は伊佐治と同じように、信次郎を見詰めた。

どうなのです、木暮さま。

「遠野屋」

「はい」

「源庵はもう役目を終えた。自分から退きたいと申し出た」

「はい」

「生かしておいていいのか」

「旦那！」

伊佐治の湯呑から茶が零れそうになる。辛うじて止めて、伊佐治は主を睨《にら》みつけた。

「止めてくだせえ。もう、いいかげんにしときやしょうぜ」

「あやつはおりんの仇《かたき》だ。役に立つうちは生かして使えばいいさ。けど、老いぼれて暇を申し出たとなるとどうなんだ。おぬしの腕なら、さほど苦労もなく殺《や》れるだろう」

清之介は信次郎を見据えたまま、背筋を心持ち伸ばした。

「人は殺しませぬ。そう、何度も申し上げました」

視線が絡む。尖った爪に眼球を抉《えぐ》られる。刹那だが、そう感じた。奥歯を嚙みしめる。

眼差しごときに怯えるなと己を叱る。

「源庵を殺すことで、遠野屋の商いに罅《ひび》が入るやもしれません。そんな剣呑な真似をするわけも、つもりもございません」

「女房の仇を討たないつもりか」

「おりんは仇討など望んでいないのです」

「ふざけた口、利くんじゃねえ」

ばしりと頬が鳴った。鈍い痛みが口の中まで広がる。

「何をわかったようなこと言ってやがる。そこまで割り切っているなら、なんで、のこのこおちやの誘いに乗った。おぬし、およえと逢いたかったんだろう。女房と瓜二つの女ともう一度逢いたかった。はっ、笑わせんじゃねえ。どこまで薄ら呆けたら気が済むんだ。その隙間だらけの甘さを狙われたらひとたまりもねえぜ。おぬしの命も遠野屋の商いも」

口の端に滲《にじ》んだのか、口中で微かに血の味がする。

「木暮さまは、およえさんが今回の一件に関わっているとお考えなのですか」

信次郎が大小を腰に落とした。

「その薄らぼんやりした頭を使ってみなよ。八代屋が動き出した時期におよえが雇われた。大工の世話や箱入り娘の相手をするためなら別にどうってこたぁねえ。けど、その女が黒子の場所まで遠野屋の女房と似てんだ。たまたまでしたで済ませられるか。しかも、国許じゃ筆頭家老が死にかかってんだろうが。沖山がそれを機に藩政の勢力図を塗り替えようと考えたっておかしかねえぜ」

「遠野屋と八代屋を入れ替えることも含めてですか」

しかし、八代屋は殺されたではないか。誰が何のために葬ったのか見当がつかない。

そして、もう一つ。沖山頼母は、兄宮原主馬の後ろ盾でもある。今井に妻子を殺され、嵯峨を追われた主馬を沖山は江戸に匿《かくま》った。そのことがこの先何を及ぼすのか。その見極めも、今は難い。

がたっ。乱暴に障子が開いた。おみつが箒《ほうき》を手に立っている。

「まっ、やっぱり」

きりりと眉が吊り上がった。

「おくみが人を打つ音を聞いたって駆け込んできたんですよ。まっ、まっ、旦那さまお口に血が滲んで……。ちょっと、このへぼ役人、よくもうちの旦那さまをこんな目に遭わせてくれたね。今日という今日は堪忍できないからね。外に叩き出してやる」

箒が唸りを上げて、信次郎に襲い掛かった。文字通り唸りが聞こえるほどの一撃だ。それを辛うじて避け、信次郎が怒鳴る。

「うわっ、馬鹿、やめろ。おみつ、てめえ、大番所にしょっ引くぞ」

「どこへでも引っ張っていくといいよ。その前に一発、ぶん殴ってやるから」

「おみつさん、おみつさん。いけねえって。ここんとこはあっしに免じて勘弁してくだせえ。あっしが謝りやすから落ち着いて、頼んますよ、おみつさん」

伊佐治がおみつに縋りつく。乞うように清之介を見る。

「おみつ、止めなさい。木暮さまへのご無礼は許さんぞ」

「でも、旦那さま。あたし、悔しくて」

おみつは涙ぐんでいる。何とか宥《なだ》めて引き下がらせたけれど、座敷の中は茶が零れ、湯呑が転がり、一騒動後のありさまだった。

「何だ、あの牛女。小伝馬町《こてんまちょう》にぶち込んでやる」

「旦那が悪いんじゃねえですか。手向かいもしないお方をぶっ叩くなんて役人の風上にもおけやせん。おみつさんが小伝馬町なら旦那は島送りになりやすよ。まったく、いいじゃねえですか。遠野屋さんだって人間だ。迷うときだってありまさあ。そこに焦《じ》れたってしょうがねえでしょうが。ささっ、動きやしょうぜ。あっしにはさっぱりでも旦那には下手人が見えてるんでやしょ。どう働きゃいいんですかい」

伊佐治が早口でまくし立てた。

「おれは焦れてなんかいねえさ。遠野屋の目を覚まさせてやっただけだ。自分がどんな所で生きているか思い出させてやったんだよ。遠野屋、おぬしはな、まだ刃の上にいるんだぜ。ずっとそこで生きてきたし、そこより他に生きる場所はねえ。よく覚えときな」

「それは、木暮さまが思うておられるだけに過ぎません」

「ふふん、自分は一介の商人でございますと言い張るならそれもよし。おれが教えてやるよ。おぬしの足の下にどれほどの白刃が潜んでいるかな。楽しみに待ってな」

「旦那、憎まれ口をたたいてるとまた、おみつさんにどやされますぜ。さっ、行きやしょう。あっしは何をしたらいいんで。指図をくだせえ」

伊佐治が手を左右に振る。焦れているのは伊佐治自身のようだ。ただ、この焦れったさは事件の謎が解ける兆《きざ》しのようなものだと、誰より心得ているのも伊佐治自身だろう。渋面を作りながらも、眼の奥が淡く輝いていた。

「親分、手下を石原町にやりな」

「え？　石原町って、おはまのとこですかい」

「そうだ。ついでにおはまの昔を穿《うが》ってくれ。菊八と一緒になる前のことさ」

「おはまの昔が気になるんで？」

「親分は、おはまと慶五郎の間柄にひっかかっていた。そこが気になるわけよ」

「へえ、けどそりゃあ、あっしの勘が的を外してたわけでやしょ」

落ちついて思案してみれば、慶五郎がおはまの名を知っていたとしても不思議ではない。菊八がしゃべったかもしれないし、他人《ひと》伝てに聞いたかもしれないのだ。

「的は外れたさ。けど、親分の鼻が何かを嗅いだのは確かだろうぜ。だから、慶五郎のひと言にひっかかった。親分が何を嗅いだのか、ずっと気になってたんだ」

「それがわかったんでやすか？」

伊佐治が瞬きを繰り返す。

「自分のことながら、あっしにはさっぱりでやすが」

「親分は慶五郎じゃなく、おはまにひっかかったのさ、たぶんな。とことん調べてみな」

何か言いかけた口を閉じ、伊佐治は黙って首肯した。その後、身軽に走り去っていく。動きたくてうずうずしていた。そんな気配が伝わってくる去り方だ。

「木暮さま」

廊下に出た背中を呼び止める。

「間もなく、真相が明らかになるのでございますか。その道筋が見えておられるのですか」

緩慢な仕草で、信次郎が振り向いた。

「見えてるさ。だいたいの札は揃ったからな。けど、死ぬかもしれねえな」

「は？　死ぬとは……」

「だからよ、もう一人、二人死なねえと終わらないかもしれねえぜ」

くすくすくす。

信次郎は笑った。闇の迫った庭に笑声が吸い込まれていく。

「その中に入らねえように、しっかり目を覚ましとけよ、遠野屋」

夜気を含んだ風が吹いて、笑う男の羽織を揺らした。


石原町には伊佐治が足を運んだ。

自分がおはまの何を嗅ぎとったのか、合点がいかない。しかし、信次郎が命じたからには何かあるに違いない。どう口が曲がっても褒めも認めもできない性根の男だが、頭の中身なら信じるに足る。

が、驚いたことに、おはまはいなかった。数日前に引っ越したのだと言う。空き家になった一室は真っ暗で、冷え冷えとして人の住処《すみか》というより獣の巣穴のようだった。

呆然とする。

何てこった。とんでもねえドジを踏んじまった。まさか逃げるとは。

「親分さん」

背後から呼ばれる。薄闇の向こうにずんぐりとした女が立っていた。おはまの見張りを頼んだ女だ。背に赤ん坊を括《くく》りつけていた。

「これ」

女が負ぶい紐で締め付けられた胸元から、折り畳んだ紙を取り出す。

「おはまさんが移った先、新しい所書きです」

開くと思いの外しっかりした文字で、馬喰町《ばくろちょう》の番地と長屋の名が記されていた。おうっと声を上げそうになる。

「ありがてえ。これ、おはまが残していったのか」

女はかぶりを振り、赤ん坊を揺すり上げた。

「おはまさん、何にも言わずに出て行きましたよ。朝、早いうちにね。長屋の誰にも一言の挨拶もなくですよ。みんな怒ってます。菊八さんが亡くなった後、あれこれ心配してあげたのにって」

江戸の長屋で一番嫌われるのは、礼を欠くことだ。公家や武家にそれぞれの決め事や本分があるように、長屋暮らしにも欠いてはならない礼があるのだ。

助け合う。支え合う。付き合いを疎《おろそ》かにしない。義理を重んじる。貧しい長屋の住人だからこそ守り通すべき諸々がある。おはまはそれを破った。世話になった人々になんの挨拶も託《ことづけ》も残さず消えたのだ。詰《なじ》られてもしかたない。

「おはまさん、もっと義理堅い人だと思ってたのにねえ。けっこう長くここに住んでたんだからさ、一言あってもいいはずなのに。どうしようもありませんよ」

女は鼻先に皺を寄せた。

そうだ。おはまが長屋の礼を知らぬわけはないし、義理を欠いて平気な性分にも思えない。とすれば、よほど慌てていたのか。慌てなければならない何かが起こったのか。

「この所書き、おはまが残したわけじゃねえんだな」

「違いますよ。あたし、朝早くここを出て行くおはまさんに気が付いたんですよ。壁が薄いんでがたがたやってたら、すぐにわかっちまいますからね。それで、親分さんのこと思い出して……。ほら、ちゃんと見張るようにって金子《きんす》をもらってたでしょ。あれ、正直、助かったんですよ。うちの宿六《やどろく》が大風邪をひき込んで商売ができなかったときで、あれのおかげで子どもにひもじい思いをさせなくてすみました」

「そうかい。そりゃあよかった。それはそれでいいから、おはまの話にもどしてくんな」

焦れったさを隠して、続きを促す。

「そうそう、ですから金子に見合うだけの仕事はしなくちゃって思って、一番上の倅におはまさんの後を追うようにいいつけたんです。どこに行くのか確かめろって。うちの倅、今年十二になったんですけど、なかなかしっかり者でね。こういうとき役に立つんです」

「そうかい。じゃあその長男坊が突き止めてくれたのかい。この字も坊のか？　うん、確かにしっかりしてる。おかげで助かったよ」

「そうでしょ。ほんとにしっかりしてて、あたしも頼りにしてんです。この前も……。あら、親分、これは」

「ありがとうよ。助かったぜ。これで自慢の倅に菓子でも買ってやってくんな」

女の手に銭を握らせる。女はすいませんねと肩を窄《すぼ》めた。

「でな、ついでにちょいと尋ねてえんだが、おはまの昔ってのを知ってるか。菊八と一緒になる前でもなった後でもいいから、知ってること教えちゃくれないか」

「おはまさんの昔……うーん」

女は首を傾げ、暗い空に目を向けた。

「そういえば馬喰町の長屋で育ったとか言ってましたよ。ああ、だから生まれた町に帰ったんですかね。うんうん、そうそう、馬喰町で生まれ育って、確か、えっと……浅草の茶屋で働いていたとか、そんな話を聞いたことがあるようなないような……」

「浅草の茶屋？　店の名はわかるかい」

「いえ、そこまではちょっとね。すみません」

赤ん坊が泣きだした。いい折だとばかりに、女は愛想笑いを残して家の中に消えた。

伊佐治は木戸を出ながら、我知らず呟いていた。

浅草の茶屋。浅草の茶屋。どこかで同じ言葉を耳にした。あれは……あっ。

どこで耳にしたか思い当たった。伊佐治は立ち止まり、小さく唸った。息を吸い込み、吐き、足を前に出す。

気持ちが逸《はや》る。日はすでに暮れて、江戸は宵闇の刻になっていたけれど伊佐治は馬喰町に向かって休むことなく歩き続けた。

「親分さん」

伊佐治の顔を見るなり、おはまは全身を震わせた。

越したばかりの長屋の一間には行灯が灯って、安油の臭いが鼻を突いた。

「おはまさん、せっかく家移りしたのに追いかけてきて申し訳ねえ」

上がり框《かまち》に腰を下ろし、伊佐治は詫び言葉を口にした。

「しかし、えらく急な越し方じゃねえか。慌てなきゃならねえわけでもあったのか」

わざとぞんざいな物言いをする。脅すつもりはないが、いや、ほんの少し脅しながら迫っていく。

おはまが俯《うつむ》いた。傍らに、幼子が眠っている。安らかな寝息に気持ちが和《なご》む。

「……申し訳ありません」

「いや、おはまさんは罪人じゃねえ。どこに移ろうとあんたの勝手さ。けど、長屋の面々にろくな挨拶もしなかったそうじゃねえか。あんたらしくねえなって思ってよ」

おはまの肩が震えた。膝の上に重ねた手も震えている。

落ちる。

おはまは何かを抱え込み、その重さに呻《うめ》いている。もうぎりぎりだ。罪の、想いの、隠し事の重さに、人はそうそう耐えきれない。

「何かあるなら、吐き出しな。あの長屋から逃げ出さなくちゃならねえわけがあったんだろう。おれは岡っ引だが闇雲《やみくも》に罪人を拵えたりはしねえつもりだ。聞くだけ聞いて、聞かなかった振りもできる。な、おはまさん、あんた自分の顔、水鏡でいいから映してみなよ」

「え……顔を」

おはまが頰に手をやった。

「そうさ、そんな暗い苦し気な顔してたら、坊がかわいそうだぜ。子どもってのはおっかさんの笑った顔が大好きなんじゃねえのか。ときには乳より大切なもんなんだぜ」

「親分さん」

おはまが両手で顔を覆った。

「ごめんなさい。ごめんなさい。お許しください」

「何を謝ってんだ。謝らなきゃならねえようなこと、あんたしたのかい」

暫くすすり泣いた後、おはまは袖で涙を拭った。そして、湿ってはいるけれどしっかりした口調で告げた。

「親分さん、菊八を殺したのはあたしなんです」

これには、些か驚いた。その驚きを面には出さず、伊佐治は声をやや低くした。

「いってえどういうことだ。まさか、慶五郎さんと示し合わせて亭主を殺ったなんて筋書きじゃねえだろうな」

「違います。あたし一人の仕業です。あたしが……あの人を殺したんです」

「ちょっと待ちなよ。そりゃあねえだろう。菊八は男だ。あんたみてえな華奢な女が一人でどうのこうのできる相手じゃねえよ」

酔い潰れた菊八を縊《くび》るまではやれるかもしれない。けれど、その後、死体を寺まで運び銀杏の枝に吊るすのは無理だ。できっこない。

「直に手を下したわけじゃないんです。でも……死んだ方がいいと……もう逃げ場はないから、死んだ方がいいとあたし、菊八に言いました。だから、死んだんです」

「うん？　どうも話が呑み込めねえな。もうちょい詳しく聞かせてもらえるかい」

「はい」

おはまは居住まいを正し、頷いた。頬に涙の跡が残っている。

「あたし、ずっと苦しくて、どうしていいかわからなくて……でも、誰にもしゃべれなくて。親分さん、聞いてください」

「おう、聞かせてもらうぜ。焦らなくていいから、じっくり話してくんな。おはまさんは菊八に死んだ方がいいと言った。そりゃあ、もちろん、あの夜のことだよな」

「そうです。菊八が棟梁に怪我を負わせた夜です。あの夜のこと、親分さんに嘘をつきました。本当は……本当はあの人、うちに帰ってきておいおい泣いたんです。おれは人を殺《あや》めちまった。取り返しのつかないことをしでかしちまったって。着物の前には血が飛び散ってました。だから、あたしは菊八の言葉を信じたんです。うちの亭主は人を殺したんだって……」

相槌を打つ。余計な口は挟まない。夜具の中で子どもが寝返りを打った。おはまがそっと、背中に手をやる。

「あたし、正直、菊八にはうんざりしていました。おっかさんが亡くなってから酒浸りになって、呂律《ろれつ》の回らない口であたしを詰ったり、ときには……いいえ、しょっちゅう殴ったりもするようになってましたから。あたしだけならいいんです。でも、この子にまで手を上げるようになって……。その上、他人さまの命を奪ったなんて、この子を人殺しの息子にしてしまったなんて、あたし、腸《はらわた》が煮えくり返るようでした。だから、言ったんです。菊八に、人を殺しちゃもうお終《しま》いだ。下手人《げしゅにん》に処せられて首を落とされるって……」

間違ってはいない。喧嘩口論による殺人なら下手人の刑だ。切場で斬首されるが、様《ためし》ものにされることも、家財を没収されることもない。もっとも、首を落とされる者に下手人と死罪の違いなどどうでもいいことだろう。

「菊八、怯えていました。いつもは容赦なく殴るくせに、あの夜はあたしに縋ってどうしよう、どうしようって泣いて……こうなったら一家心中しようかなんて言い出して。

だから、あたし、言ったんです。わかった、一緒に死にましょう。親子三人で死ぬしかないよねって。もちろん、死ぬ気なんかありませんでした。あたしはこの子を守らなきゃいけないんです。亭主の道連れなんかにさせません。あたしは菊八に別れの酒だって、茶碗酒を飲ませました。飲んでる間中、耳元で囁いたんです。あたしと坊はここで鼠取りの薬で死ぬ。あんたはお寺で首を吊るのがいい。あんたの分まで薬がないんだ、それに、薬は苦しいけど、首吊りは楽だって。菊八は真っ青になってました。死ぬのが怖いって震えてました。あたし、だから、ずっとずっと囁き続けたんです。もう死ぬしかないじゃないか。あんたは生きてちゃいけないんだ。人を殺した償いをしなきゃならないんだ。捕らえられて牢屋に入れられて首を斬られるより、一思いに首を吊った方がずっと楽だよ。あの世で親子三人でまた暮らそうって」

おはまが唾を飲み下した。眼が熱を帯びてぎらついている。あの夜、こんな眼で亭主を追い詰めていったのだろうか。

そうか、おれが嗅いだのはこれか。

伊佐治はやっと得心《とくしん》がいった。おはまの内にあった罪の臭いが鼻に届いたのだ。

「菊八はふらふら立ち上がって、そうだなそうだな、おはまの言う通りだなって……何回も何回も頷いて、それで……」

「それで？」

「出て行きました。土間の隅にあった縄を持って……。次の朝、お寺の銀杏で首を吊ったと聞かされて……あたし、身体が震えました。棟梁が死んだんじゃなくて怪我をしただけだと知って、もっと震えました。あの人、人殺しじゃなかったんだって……」

不意におはまの双眸から涙が溢《あふ》れた。

「親分さん、あたし、このごろ菊八のことをやたら思い出すんです。酔って殴りつけてくる姿じゃなくて、所帯を持ったころの優しい物言いとか、笑った顔とか、この子を抱っこしてあやしていた様子とか、おっかさんといっしょに花見に出かけたときのことか……。あの人、酒に飲まれて崩れてはいたけど、悪いことばっかりじゃなかった、酷《ひど》いことばっかりじゃなかったって思い出されて……。なのに、あたしはあの人が首を吊るように仕向けたんです。死ぬしかないと追い詰めたんです」

涙が頰を伝い、滴り、手の甲を濡らしていく。うっうっとおはまはしゃくりあげた。

「棟梁が殺された読売を見て、あたし、菊八の呪いだと思いました。菊八の怨念があたしじゃなく棟梁に向いてしまったんだって。そう思うと怖くて怖くて、あたし、逃げ出してしまったんです」

「そりゃあ違うぜ」

きっぱりと言い切る。人の思い込みを断ち切るための口調だ。

「棟梁を殺したのは現《うつつ》の人間だ。怨霊なんかじゃねえ」

おはまが洟《はな》をすすり上げた。見開いた目を伊佐治に向ける。

「人を殺すのは人なんだ、人だけなんだよ。それに、菊八だってあんたが殺したわけじゃねえ。菊八は棟梁を殺したと信じ込んでた。根は善良な男だったんだろうな。人殺しの重さに耐えきれなかったんだ。それで自分で自分に始末をつけた。いや、これはおれの勝手な考えだがよ、菊八は酒に飲まれ女房を殴る自分に嫌気がさしてたんじゃねえのか。こんな自分をどうにかしたいって思ってたのかもしれねえ。な、おはまさん、そういう風に思いなせえ。そうやって楽になって、菊八の冥福を祈ってやるがいいぜ。菊八は死んだけど、菊八の子は生きている。坊をしっかり育てることが何よりの供養になるんだ」

そうだろうか。菊八は女房の言葉に誘われて死へと踏み出したのではないのか。しかし、それは言うまい。言うても詮ないことだ。おはまには子がいる。生きねばならない。おそらくおはまは楽にはなるまい。薄れはしても一生、後ろめたさを背負っていく。菊八の面影に、自分の罪に涙を流す。それで十分ではないか。それを報いとして許していいのではないか。それに、江戸には直に手を下していない者を罰する法度はない。

うん？

これは……同じだ。この感じは確か……。

「おはまさん、あんた、このことを誰かにしゃべったかい」

「とんでもないです。しゃべるわけがないじゃないですか。しゃべれるようなことじゃないし……。親分さんに聞いていただけて、正直、ほっとしています」

ほっ。おはまが息を吐き出す。

「けどよ、なぜここで急に家移りなんかしたんだ。棟梁が殺されて直ぐにならな、話がわかるんだが。怖いって言ってたが菊八の怨霊だけを恐れてたのか」

「それは……あの……」

「お里か」

おはまが弾かれたように、顎を引いた。どんぴしゃ、的の真ん中を射たようだ。

「どうして、お里さんのことを」

「いや、あんたが若いころ、浅草の茶屋で働いていたと小耳にはさんだものだからな。確かお里もそうだった。慶五郎の家に奉公するまで浅草で働いていたはずだ。まあ、浅草には茶屋なんぞ星の数ほどあるが、もしやと思ってな」

伊佐治は身を乗り出し、おはまを促した。

「さっ、こうなったら洗いざらいしゃべってくれ。中途半端はなしだぜ。おはまさん」

「……あの、お里さんとは浅草の『まるいち』ってお店で一緒に働いてました」

「『まるいち』？　ちょっと待ちな。その店の暖簾《のれん》印ってのは、まさかこんな」

畳の上に○と一を指で描く。

おはまが頷いた。

「そうです、〇一の印です。よくご存じで」

「ここに繋がるのか。胸のざわめきを抑え、おはまを促す。ともかく話を聞かねばならない。

「お里さんの方がわたしよりだいぶ年上で、十年以上も先に奉公してましたけれど……。でも、お里さん、要領が悪くてよく叱られてました。女将さんは優しかったんですが、ご主人が厳しくて、しょっちゅう叱られてましたね。あたし、気の毒でよく慰めてました。お里さん、子どもみたいなところがあって叱られるたびに大泣きするんです。それがまた、ご主人の気に障るらしくて……。見ていてかわいそうでした。あたしが働き始めて三年ぐらい経ったころ、そのご主人がぽっくり亡くなられて、女将さんがお店を売っちゃったんです。そしたら……」

「新しい主人が女を売る商人だった、だな。お里から聞いたぜ」

「はい。あたしもお里さんも、それで辞めました。身体を売るなんてとんでもないですもの。あたしはそのころ菊八さんと知り合っていて……あ」

おはまが息を吸う。

「そうだ、あのとき、菊八さんが言ってくれたんです。『そんな店、辞めて、おれのところに来い。まだ半人前だが、おはまとおふくろぐらい食わしてやれるから』って。だから、あたし、辞めることができて……」

菊八さんと、おはまは呼んだ。柔らかな響きがあった。同時に眸が翳《かげ》る。若く頼もしく、優しかった〝菊八さん〟はもうどこにもいない。首を吊らなければ、菊八は菊八さんに戻れたのだろうか。途方に暮れる娘を受け止めた心意気を思い出していただろうか。

「お里とはそれっきりになってたんだな」

抑揚のない冷めた声で問う。信次郎ほど上手くはいかないが、情に流されないだけの分別が戻ってくる。

「はい。ずっと、会ってませんでした。どこでどうしてるかも知らなくて……。あたし、菊八さんといっしょになって……幸せでした。何年もかかりましたが菊八さんが一人前の版木彫職人として稼げるようになって、子どもも生まれましたし。お酒さえ飲まなかったら……。あ、すみません、お里さんの話でしたね」

おはまの口元が歪んでいる。菊八の名を口にするたびに苦いのだ。骨身に染みる苦みを味わっているのだ。

「棟梁からのお金を届けにきたのが、お里さんだったんです。驚きました。でも、懐かしかった。あたしたちいろいろとおしゃべりしました。ほとんどが、あたしがしゃべってたんですけど。もちろん、あたしが菊八さんにしたことは言えません。そのかわりに、菊八さんがどんなひどい亭主だったかをぶちまけたんです。飲んで、暴れて、殴ったり蹴ったりしたんだと。そしたら、ある日、お里さんが言ったんです。にやにやと笑いながら……あのときのお里さんの顔、思い出すたびにぞっとします」

おはまが頰を押さえた。本当に寒気を覚えたのか、血の気がない。

「そう、にやにや笑いながら言ったんです。『おはまちゃん、上手いこと始末したじゃないか』って。あたし、心の臓が止まるかと思いました。この人は、なぜ、知ってるんだと思って……。そうこうしているうちに、棟梁があああいうことになって、お里さんが来なくなってほっとしてたんです。でも、数日前にまたやってきて『あたしもおはまちゃんも天から選ばれた者なんだよ。だから、おはまちゃん、亭主を上手く始末できたんだよ。天が付いてるんだから、何も怖いものはないんだからね。屑《くず》な男なんか始末しちゃっていいんだから』って言うんです。やっぱりにやにや笑ってました。あたし、あたし、もう怖くて、菊八さんの霊がお里さんに取り憑《つ》いた気がしてともかく怖くて、逃げ出しました」

風に腰高障子が鳴った。幼子の寝息の音がかき消されてしまう。行灯の炎が揺れて消えかかる。おはまの顔が闇に埋もれた。

梅屋に戻ると、信次郎から託《ことづけ》が届いていた。今夜は遠野屋に泊まるから、来いという。事としだいによっては明日も泊まるかもしれないとも記されていた。

「何で遠野屋さんに泊まるのさ。ご迷惑じゃないのかい」

おふじは眉を顰《ひそ》め、おけいは「いいなあ、あたしも泊まってみたい」と羨ましがった。

伊佐治はまた森下町まで歩く。何のために遠野屋に泊まり込むのか解せなかったが、詮索はしない。

終わりが近いと感じていた。

信次郎には既に出口は見えているのだろう。それなら黙って従うまでだ。事件の終わりが近づけば、心は昂《たかぶ》り、妙に落ち着かない気分にもなるのだが、今回は沈んだままだ。

身の内、心の内が重たくてたまらない。なんてこった。なんてこった。独り言を繰り返していた。同じだ。おはまが菊八にやったことと、源庵がおりんを死に追い込んだやり方は同じ、とてもよく似ている。人の心の乱れや傷に乗じ、死へと導くのだ。もちろん源庵の方がずっと巧みではあったけれど。おはまのようなごく普通の女の中にそれ程の力があるのか。だとしたら、人とは何と恐ろしい生き物なのだ。

「菊八さん……」

伊佐治が去る間際、背後でおはまが嗚咽《おえつ》を漏らしていた。聞こえないふりをして路地に出たが、何ともやるせなかった。

風が吹き付けてくる。寒い。身を縮めながらも、伊佐治は足を速めた。

目が覚めた。

いや、眠ってなどいなかった。目を閉じて闇を見ていたに過ぎない。

気配がした。血が臭う。

清之介は起き上がり、手早く身支度を整えた。庭に出る。やや西に傾いた月がかかっている。虫の音の絶えた庭はどこまでも静かだった。

「源庵か」

静寂に沈む闇に呼びかける。植え込みが揺れ、黒い影が転がり出てきた。血の臭いが濃くも重くもなる。影が低く呻いた。清之介は足袋《たび》のまま影に走り寄った。

「源庵、どうした。しっかりしろ」

抱え起こす。肩の付け根あたりから腰にかけて、ぐっしょりと濡れていた。血だ。傍らに刺刀《さすが》が転がり、月の光に青白く浮かんでいる。

「……清弥さま……、最後の報せにまいりました」

「しゃべるな。すぐに医者を呼ぶ」

源庵が笑った。笑ったのだろうと思う。血塗《ちまみ》れの喉が微かに震えたのだ。

「医者など無用。この傷で……助かるわけもござらん……」

「誰にやられたのだ」

はっはっと短い息が源庵の唇から漏れた。血の混じった涎が細い紅糸となって零れる。

「清……弥さま、およえはそれがしが……育てました。嵯波のし、私娼窟《ししょうくつ》で見つけ……引き取ったのです。それがしが、嵯波に……戻って間もなくのころ……」

「それは、おりんに似ていたからか」

「……それも……ござった。あれほど似ていれば……清弥さまを惑乱させることも……できるかと考えた……のです。そのころはまだ、あなたはそれがしにとって……敵で……」

ごほっ。源庵の口から血の塊が流れ出た。

この男は死にかかっている。おりんの仇が今、目の前で息絶えようとしている。

「けれど、それだけでは……ござらん。あの娘には類稀《たぐいまれ》な才が……あって……。それがしの技を伝えるべき相手……かと……」

「おまえの技？　それは、あの……」

源庵が頷く。そして、また笑う。唇は動いたが声は出なかった。

人を言葉で殺す。刃を使わず鉄砲を使わず、首を絞めるわけでもない。道具の一切を無用のものとして言葉だけで相手を追い詰め、死へ誘《いざな》う。この男は、それを後世に遺そうとしていたのか。

「何という愚かな真似を」

「……あなたを葬らねばと……思うておったのです。けれど……あなたは、我らを救うてくだされた。およえは……不用となり申した……。けれど、もう並みの女子には戻れぬ……」

「当たり前だ。人を殺す技をいったん身に付けてしまった者が、そう容易《たやす》く戻れるか」

源庵の息がだんだん間遠くなっていく。血に汚れてはいるが、顔色が蒼白なのは見て取れた。最期が近い。

「二年前、突然……行方知れずになり……捜して……。江戸にいると突き止めて……、この手で始末するつもりでしたが……逆に、このありさま……。清弥さま、用心なされ。江戸で……およえを飼っていたのは……」

「沖山頼母か」

「いえ……主馬さまで……」

「兄者が」

闇がうねった。月を背景に黒い影が空に飛ぶ。白い閃光が走った。清之介は横に転がり、転がる間際摑《つか》んだ刺刀で次の一撃を受けた。受けたと同時に、刃を撥《は》ね返す。影は素早くはあったが剛力ではない。撥ね返され、よろめいた。一瞬の隙が見えた。その隙に向かって刺刀を投げる。

「うわっ」

悲鳴が上がった。刺刀は影の肩口に深々と突き刺さり、柄《つか》だけが月の光を弾いている。

漆黒の筒袖に短袴、覆面。闇の装いだ。

「なぜ、わたしを狙う。兄者の命ではあるまい」

それはない。主馬には、今、清之介を葬る事由がない。それは、沖山頼母も同じだ。八代屋が殺され、遠野屋の受け皿は消えた。清之介を殺しても藩には痛手になりこそすれ、益はないはずだ。

影がゆっくりと覆面をとった。

白い女の顔が現れる。おりんではなく、およえの顔だ。

「わたしは試してみたかった。父上がどうしても敵《かな》わなかった男を殺せるのかどうか、試してみたかった。それだけ」

「源庵を父と呼ぶのか」

「そう。五つのときから育ててくれたのですもの」

およえの声は深く、静かで、耳に届くと言うより身に染みてくる。

なるほど、類稀な声だ。

「その父親を殺そうとしたわけか」

「邪魔でしたから。父上もわたしを殺そうといたしましたしね」

およえが微笑む。肩口の痛みなど気にもしていない。そんな笑みだ。

「ねえ、清さん」

およえは微笑み続けている。微笑みながら近づいてくる。近づきながら筒袖の上着をはだける。白い乳房が揺れた。肌を血の筋が模様のように飾っていた。

「あなたにわたしは殺せないでしょ。そんなことできないわよねえ。だって、あなた、あんなにあたしのことを想ってくれたんですもの。ねえ、清さん、そうよね」

ねえ、清さん。ねえ、清さん。ねえ、清さ……。

「遠野屋」

呼び声とともに黒鞘の脇差《わきざし》が飛んできた。柄を掴むと、そのまま鞘を振り払う。抜き身が蒼く発光した。

「それを使いな。刃引きはしてねえ。紛い物を斬り捨てるには、ちょうどいい塩梅《あんばい》だろうよ」

およえの顔が歪む。肩を押さえ、身を翻す。月明かりの届かない闇が、瞬く間にその後ろ姿を呑み込んだ。

「追わないのか」

信次郎が庭に降りてくる。伊佐治も飛び降りた。

「追って、斬り捨てろと？」

「そうさ。殺しておいた方が後々の面倒は減じられただろうに。せっかく、脇差を貸してやったのによ。無用にするとはもったいねえ話だ」

鞘を拾い上げ、白刃を納める。

「お返しいたします。ありがとうございました」

「刀は刀らしく、役に立ててもらいたかったぜ。おぬしなら、どのようにでも使いこなせただろうになあ」

「木暮さま、もう一度、申し上げます。わたしは人を殺しはいたしません。まして、あなたの目の前で誰かを斬るぐらいなら」

「自分の腹をさばくかい」

「あなたを斬ります」

信次郎の眉間に皺《しわ》が寄った。頬が強張ったのは、奥歯を嚙みしめたからだろう。

「わたしを煽るのもそそのかすのも結構。けれど、それだけのお覚悟はなさいませ」

いずれこの男を斬る。そんな日がくるだろうか。それは、おれにとって破滅なのか、この上ない愉悦なのか。

信次郎と出逢ったそのときから身の内を巡る問いがまた、大きくうねった。

「ふふっ、言ってくれるじゃねえか、遠野屋」

信次郎の舌先が覗き、唇を舐める。

「おぬし、言ったよな。いったん人殺しの技を身に付ければそうそう容易くは戻れねえって。よぉく、わかってんだと感心したぜ。そうだよな、戻れりゃしねえ。おぬしは、いつまでも異形のままさ。おれを斬ることでそれが明るみに出る。やってみな。おもしれえよな。ぞくぞくするほどおもしれえ」

「旦那、遠野屋さん」

源庵の傍らに跪《ひざまず》いて、伊佐治がかぶりを振った。

「今、息を引き取りやしたよ」

カサッ、どこかで枯れ葉が鳴った。幻に似て儚い音だった。それっきり遠野屋の庭は、また、静寂《しじま》と闇と月明かりに包まれた。

嵯波藩江戸屋敷。その一室に伊佐治は控えていた。本来なら町人の、しかも岡っ引風情が出入りできる場所ではない。だからといって気後れするわけでもなかった。事件が起こり、人が死んだ。その真相を明らかにするためなら、千代田《ちよだ》城に通されても臆さない。

信次郎と遠野屋の後ろに座りながら、上座に座る武士を眺める。

嵯波藩江戸家老、沖山頼母だ。思っていたより若い。細面のすっきりとした顔立ちをしている。ただ、物言いは磊落《らいらく》で、声はよく響いた。

「いや、いずれ逢わねばならぬと思うておったぞ、遠野屋。わざわざ出向いてくれるとはな、ありがたいことだ。まあ、同心や岡っ引までついてくるとは意外であったが」

「ご無礼は承知でまかり越しました。役目柄、二、三、確かめねばならないことがございまして。どうか、ご寛恕《かんじょ》くださいませ」

信次郎が頭を下げる。伊佐治も倣った。

「かまわぬ、かまわぬ。して、何を確かめたい。わしに答えられることかのう」

「いたって手軽な尋ねでございます」

「ふむ、何であろうか」

「沖山さまがなぜ、八代屋を葬らねばならなかったか。そこをお聞きしたいのですが」

頼母の眉が心持ち吊り上がった。

「わしが？　八代屋を？　何のことだ」

「あ、いや。刻がおしゅうございますからな。いらぬ惚《とぼ》けはなしにいたしましょう。むろん、沖山さまが直に手を下したわけではございませぬ。大工慶五郎と八代屋殺しの下手人は既に捕えております。慶五郎の家の奉公人でお里という女でございました」

「女？　ほぉ、女にあのような殺しができるのか。余程の怨みがあったのかのう」

「木暮さま」

遠野屋が信次郎に顔を向けた。

「やはり埒《らち》が明きません。沖山さまにあらましをお話しされた方がよいのでは」

「そのようだな。では、沖山さま、手短にお話しいたします。下手人はお里です。しかし、そのお里を動かしていたのは、およえです。およえ、むろんご存じでしょうな」

「知っておる。八代屋の姪おちや付きの女中だ」

「そのおよえを八代屋に送り込んだのは沖山さまですな。およえは並みの娘ではございませんでした。闇の技とやらを体得していた。つまり、口一つで人を操り、下手人にすることも、自らの命を絶つようにも仕向けられる力を持っておったのです。技というより術に近いものでしょう。むろん、誰でも言いなりになるわけではない。およえの力は未熟であったようですからな。が、容易くその術に陥る者もいた。性分として操られやすい者、心に重荷や傷や弱みを抱えていて、そこから陥ってしまう者、まあ、人それぞれでございましょう。お里は性分の方でした。信じ込みやすく、執念深く、思い込みが強い。そういう女だったのです。八代屋の座敷を造作したのは慶五郎です。その関わりで、時折、お里もあの屋敷に出入りしていた。道具や弁当を届けたり、言伝《ことづて》を持ってきたりと。およえはそこでお里に目を付けたのです。おそらく、腕試しのつもりであったのでしょう。未熟な技、術を磨くのには修業しかありませんからな。お里に近づき、思い通りに動かせるかどうか試してみた」

伊佐治はふうっと息を吐いていた。縄を掛けられる寸前のお里の姿が思い出される。

「あたしは、お内儀《かみ》さんの言う通りにしたんですよ。棟梁が甘酒屋の女将なんかと懇《ねんご》ろになって、お内儀さん、辛い思いをされました。ちょうど身体の具合を悪くされたころですからね。堪《こた》えますよ。おかわいそうに。お内儀さん、亡くなる前に、あたしに言ったんです。『お里、今度、棟梁があの女といい仲になって、またあたしを裏切るようなら殺しておくれ』って。その言葉がずっと耳に残ってます。恩のあるお内儀さんの言うことを聞いただけですよ。あたし、何にも悪いことしてません。お内儀さんの遺言を守ったんです」

口から泡を飛ばしながらお里は訴えた。

「馬鹿言うんじゃねえ。棟梁はどこの女とも懇ろになったりしてねえよ」

「そんなこと、あるもんですか。甘酒屋の樽が裏木戸に置いてあったんだから。あのあばずれ女将とまた縒《よ》りを戻したんだ。そうに決まってる。だから、のこのこ相生町のあの路地にやってきたんじゃないか。あたしの書いた偽文に騙されて、のこのこと」

伊佐治は唸ってしまった。

では、慶五郎はお里の書いた文をお末乃のものだと信じて、『よしや』の裏に忍んできたのか。豪儀さと気っ風《ぷ》の良さで評判の男が、女への未練で手繰り寄せられた。

なんてことだと、ため息が漏れる。

「けど、お内儀さんが亡くなってから何年経ってんだ。女遊びの一つぐれえで殺しちまうなんてことあるかい」

「許さないんだ。何年経ったって、お内儀さんを裏切るのは許さないんだよ。女を苛《さいな》む男は許さないんだ」

叫び、お里は身を捩《よじ》った。身体を押さえていた伊佐治がよろめいたほどの力だった。樽を置いたのも、文を書くように促したのもおよえだろう。どうすれば、傀儡《くぐつ》になって動くか調べ上げ、丁寧に刻《とき》をかけて手中に収めていく。

寒気がする。あの無垢な姿の裏に、なんというおぞましさを張り付けた女なのか。

「慶五郎殺しは上手くいった。そして、いよいよ、本番に取り掛かる。それが八代屋を殺すことでございました」

一息を吐いて、信次郎は頼母に目をやった。脇息にもたれ、頼母は天井辺りを眺めている。昼下がりだ。空は晴れて、外は明るく、風は僅かも吹いていない。

「お里にどう仕向けて八代屋を殺させたのか。お里は、八代屋が女房を蔑《ないがし》ろにしていた、苛んで殺してしまった、だから天罰を与えたのだと言い張っております。自分は天からそのような役目を賜った者だとか。まあ、些か狂っておるのでしょうが。その狂いを生じさせたのが、およえ、ひいては沖山さまではありませんか」

ふふっと、信次郎は笑った。頼母はまだ天井を見ている。

「およえによって屋敷内に導かれたお里は、八代屋を殺した。まあ、お里が下手人であれば、嵯波藩と八代屋の関わりを取り沙汰される心配はいっさい、なくなりますからな。沖山さまにとってもおよえにとっても、お里はなかなかに重宝な人形でございましたな。ただ、あの座敷を造作したのは二年前。およえがお里に目を付けてから二年が経っています。傀儡にするのに刻がかかるとはいえ、なぜ、ここに来て八代屋を殺さねばならなかったのか。なぜ邪魔になったのか。そこのところが、わかりませぬ。まあ、ありていに申し上げて、今日はそれをお尋ねしたく参上したのですが」

頼母がゆっくりと視線を戻した。

「わからぬ？　真か？　木暮とか申したな。そなた、なかなかの切れ者のようではないか。わからぬのか、わからぬ振りをしておるのか、さて、どちらであるかのう」

「畏《おそ》れ入りまする。それがしなりに思うところはありまするが、なにぶん、証が立ちませぬゆえ。どれほど言い募ってもただの推察としかなりえませせぬ」

「かまわぬ。申してみよ」

遠野屋がわずかに身じろぎした。どこか遠くで百舌《もず》が鳴いている。

「二年前と今で何が違ったか。聞き及ぶところ、お国許、嵯波藩のご家老今井さまが病に倒れ、明日をも知れぬ命だとか。いや、既に亡くなっておるのかもしれませぬが。ともかく、今井さまが亡くなることで藩政の勢力模様は大きく変わってまいります。沖山さまとしては、国許を穏便に収めたい。執政間の無用な諍《いさか》いは避けたいとお考えだったのでは。嵯波藩の財政は紅花という新たな産業によって何とか持ち直し、さらに伸びようとしている。沖山さまも今井さまも、それを守りたいとお望みだった。しかし、八代屋はそうではなかったのでしょう。国許の押さえともいうべき今井さまが亡くなれば、そこに江戸の意のままに動く何某《なにがし》かを据えて、かつ、紅花という産業を一手に握る。そうすれば、嵯波の政と財の両方を握ることもできる。そのように考えていた……のではありませぬか」

頼母がゆるりと背を伸ばした。

「遠野屋」

「はい」

「八代屋が生前、言うたことがある。この世を動かすのは金だとな。つまり武士ではなく商人なのだと言いおったのだ。そなたも、そう思うか」

「はい」

遠野屋が明瞭に答えた。

「思います。ただ、商いは商い、政道と深く結びついてはならぬはず。結びつけば、どちらの形も歪みます。金のための政、政のための商いとなれば、それはもはや真の商いとも政とも呼べぬ代物に堕ちてしまう。わたしは、そう思うております。むろん、わたしとて、嵯波藩のご執政の方々を知らぬわけではありません。今井さまとも数々の約定を取り交わしました。しかし、それは飽くまで商いを根付かすためのもの。政を意のままに動かすためではございません」

「なるほど、それがそなたの信じる商いの道か」

「はい」

「今井どのも生前、そう申されておった。遠野屋の商いは後を引かぬ。余計なものがいっさいなく、商いだけがある。だから信じてもよかろうとな」

遠野屋が深く低頭した。伊佐治はもぞりと尻を動かす。

生前？　てこたぁ、その今井ってご家老は亡くなったわけか。

「遠野屋は政には近付きたくないのだとも申されておったな。政の中枢で何が起こり、人がどう動かされ、潰され、狂うていくかつぶさに見てしもうただけに、辟易《へきえき》しておるのだともな。そうなのか、遠野屋」

「かもしれませぬ。政というより政権のための争いをおぞましいと感じております。おぞましいものはおぞましい化け物しか生み出しませぬ」

おぞましい化け物。

源庵がそうなのか。およえもそうなのか。そして、遥か昔の遠野屋自身がそうなのか。源庵は死んだ。遠野屋は人の世に這い上がってきた。およえは？　およえはどうだ。

「八代屋は金の力で政を変えようとした。正直、我が藩は八代屋から相当な借入金がある。昨年、大手三之門と二ノ丸の修繕を申し渡され莫大な資金が入用となったのだ。八代屋の狙いが紅花にあると気が付いたときには、借金で首の根元を押さえ込まれていた。八代屋はわしのことを何より権勢の好きな男と読んでおったらしいが、それは、己の姿をわしの中に見ていたに過ぎぬ。秘密の座敷まで拵え、そこにわしを呼び、密談を交わす。それが楽しくてたまらなかったようだ。まあ、わしも下手な芝居をうちもしたがな。つまり、遠野屋を邪魔者として、その後釜に八代屋の名を出す。そうこうしながら、刻を稼ぐ腹積もりであったのだ。いずれ、借入金を全て返済し、手を切れる。が、あやつの野心は嵯波の政にまで及んだ。木暮の言う通りだ。やつは政と財の両面を押さえ、嵯波の陰の主になろうとした。それは許されるものではない」

「だから、始末なされたのか」

信次郎が言った。微かに笑いを含む口調だ。

「八代屋は江戸の商人だ。武士ではない。武士の域に入ってきてはならぬのだ。それを踏み越えたのなら、処分するしかあるまい。一介の商人として、死んでもらわねばならない」

「読売で騒がれるような、奇天烈《きてれつ》で俗な死に方という意味でございますか。なるほど、沖山さまはああいう死に方が、武士の潔い死とは対蹠《たいしょ》にあると考えておられたのか。ですから、些か奇怪な殺し方をなされた。なるほど、なるほど」

信次郎の物言いにはまだ笑いが残っていた。頼母の目尻が震えた。

「釘で喉を刺し貫くなど考えてもおらなんだわ。さすがに、およえも慌てておった。あれはいったいなぜだ」

信次郎が振り向く。やはり、口元が薄く笑っていた。伊佐治は進み出て、懐から紙を取り出した。信次郎に渡す。岡っ引の身では、高位の武士に口はきけない。ききたいとも望まないが。

信次郎は紙を頼母の前に広げた。丸の下に一の文字。〇一の印。

「何だこれは？」

「お里がかつて働いていた茶屋の暖簾印でございます。いかがです、沖山さま。丸を釘、一文字を裂き傷と見立てることはできませぬか」

「なんと……」

「お里は、この茶屋の主から酷い扱いを受けてきたようです。それが男憎しの基《もとい》になったのやもしれませぬ。男を殺し、その男に丸に一の印を刻む。お里にはそれが男への復讐とも感じられた。もっとも、お里はすっかり呆けてしまって、何も言わず何も聞こえず、ただ壁に向かって座り続けておりましてな、取り調べて事を明らかにするのはもう無理なようです」

信次郎は紙をくしゃくしゃと丸めると、火鉢の中に投げ入れた。炎が上がる。

「さてと、およえはどこにおりますか。と、尋ねても答えてはいただけませんか」

「答えようがない。知らぬのだから。あれは、もともと、宮原のところに転がり込んだ者よ。そこに帰ったのかもしれん。宮原が何のために、およえを囲い込んだのか、わしには意図がわからぬ。遠野屋、いかがする。兄のところに行くか」

「いえ、まいりませぬ。沖山さま、兄には今井さまの死を……」

「伝えた。書面でな。今、宮原が何を思うておるかはわからぬ」

遠野屋さん。

後ろから声を掛けたい。伊佐治はこぶしを握った。

もういいじゃねえですかい。兄さまのことは忘れなせえ。あんたは、もう十分に兄さまに尽くした。きれいさっぱり忘れていいんじゃねえですかい。

「遠野屋」

頼母が手をついた。

「この通りだ。嵯波の紅花を守ってくれ。そなたに全てを委ねる。どうか、頼む」

「沖山さま、おやめください。紅花は遠野屋にとってもなくてはならぬ宝です。何があっても守り抜き、育て抜きます」

雲が出てきたのか。日が翳る。急に寒さが迫ってきた。

「ああ、もう一つ、確かめたいことがあった」

信次郎が頓狂《とんきょう》な声を出す。

「おちやのことです。あの娘は、もしや沖山さまのお子ではないのですか」

えっ。伊佐治は思わず中腰になっていた。

「いやいや、下種《げす》な勘繰りで申し訳ない。しかし、沖山さまが八代屋に頭が上がらなかったのは借入金のためだけではないような気がいたしましてな。もしや、八代屋の妹を孕《はら》ませたのは……。はは、これは失礼した。やはり下種の勘繰りでございますな。では、これにて失礼つかまつります」

信次郎が一礼する。

百舌がまた鳴いた。


「まったく、なにが頼むだ。三文芝居しやがって」

森下町に向かって歩きながら、信次郎が舌を鳴らす。

「遠野屋と手を組めば、沖山は江戸と国許とどちらも押さえられるじゃねえか。遠野屋だって何の憂さもなく商いを回せる。嵯波の藩に敵は一人もいなくなったわけだからな。けっ、政と商いは結びつかない？　笑わせてくれるぜ」

「わたしは本気で申し上げました。嘘はございません」

清之介は空を見上げた。江戸の空はどこまでも碧《あお》く、雲が輝いていた。

嘘は一つもない。

私欲を持って政には関わらない。関われば商いが腐る。信じていた。

「で、およえをどうすんだ。放っておくのか」

「放っておきます。それしかありません」

「あそこまでおりんと似ているのにかよ」

「似ているだけです」

およえはおりんとは別人だ。一瞬、刃を交わしただけで、確信できた。おりんと刃は相容《い》れない。

「遠野屋、教えてくんな。およえに見切りをつけられたのはなぜだ。見切りをつけてなきゃあ、ああまですっぱり戦えなかっただろう」

「血の臭いがいたしました」

およえを抱きとめた一瞬、血が臭った。清之介はおよえに染みついたものを嗅ぎ取ってしまったのだ。あれは、自分にも染みついているのか。およえもまた、嗅ぎ取っていたのか。

頭を振る。話題を変えたかった。

「それより、お里という女は本当に呆けてしまったのですか」

「だろうな。もともと壊れかけていたのよ。辛うじて保っていた正気をおよえに壊された。それに、おはまが亭主を言葉だけで殺せたと感付いて、ますます、その気になったんだろう。自分にだって男を殺せるって、な。狂い始めた者の勘と思い込みってやつさ」

「そうですか。しかし……」

男が女を追い詰め、女が男を追い迫る。

「後味が悪過ぎまさあね」

伊佐治が呟いた。

「そうかい。けど、遠野屋の旦那は万万歳だぜ。目の上の瘤《こぶ》として取り除かれたのは、遠野屋じゃなくて八代屋だったわけだからよ。嵯波だけじゃなく、江戸でも憂いはなくなった。まったく、どこまで運のいい男なんだ」

「そうでしょうか。江戸での憂いなら大きなものが一つ、残っております」

「確かに。よくわかりますぜ」

伊佐治が肩を竦め、へへっと笑った。

穏やかな日だ。この穏やかな日の下を、生きて歩いている。それは、とてつもない神《しん》異《い》ではないのか。

「木暮さま。もう一つだけお聞かせください。いつ、およえさんを疑われたのですか」

「逢ってすぐさ」

「おりんに似ていたからですか」

「いいや、おちやがあんまりおよえに頼り切ってたからな。で、ちょいと、二人を離してみた。すると、おちやが妙にしっかりとしゃべり始めたんだ。それで、およえが傍らにいて、おちやを押さえ込んでいるんじゃねえかって思ったのさ。そういう力がおよえにはある。ただ、おちやは根っこがしっかりした娘だから、お里のように操られはしなかったけれどな」

「そうですか。端から見えておられたのですか。お里さんのことも、ですね」

「まあな。慶五郎の傷口から見て、下手人は慶五郎より背が低いとはわかっていた。そして、慶五郎とお末乃との仲を知っていたやつ。となると、絞られてくるだろうが。その中にお里もいた。で、世間話なんぞしてみると、妙にねっとりした女で、慶五郎の女房を神か仏かって崇《あが》めてるじゃねえか。これは臭うなと、目を付けたしだいさ」

「あっしは何にも気が付きやせんでしたがね」

「おはまには利いた鼻が役に立たなかったってわけか。まあ、おはまは己の咎をわかっちゃいたが、お里は自分が人殺しだと思ってもいなかった。そこんとこが、違ったのかもな。つくづく、面白れえ器量だな、親分」

「知りやせんよ、そんなこと」

伊佐治がかぶりを振った。ここ数日で白髪が増えたようだ。清之介は丸まった背中にそっと手を添えたかった。添えた手からは、伊佐治の温もりが伝わってくるに違いない。

遠野屋が見えてきた。

「今日はご膳を用意してございます。この前のおみつのご無礼のお詫びに、ぜひ」

清之介は言葉を切った。

遠野屋から女が出てきたのだ。木綿小袖を着て、赤い襷《たすき》を締めている。女は箒で店先を掃き始めた。ぎこちない動きで、掃くというより埃《ほこり》を散らしている。

「……おちやさん」

「あ、遠野屋さん、お帰りなさいませ」

おちやが笑った。髷には櫛が一つ納まっているだけだ。見違えるほど質素な形《なり》だった。

「何をしておいでなのです」

「はい、押しかけ奉公にまいりました」

「押しかけ奉公？」

「ま、旦那さま。お帰りなさいまし」

おみつが飛び出してくる。

「あ、おちやさん。ここはいいから、奥座敷の畳を拭いてくださいな。旦那さまには、あたしからお話ししておきます」

「あ、はい」

おちやが引っ込むと、おみつは鼻から息を吐き出し、信次郎の前に仁王立ちになった。

「ちょっと、お役人さま。どうするつもりなんです」

「どうするって、おれに関わりがあるのかよ」

「大ありですよ。おちやさん、八代屋に居づらくなって飛び出してきたそうですよ。で、うちで雇ってくれって、さっきお見えになって。何でも、木暮さまに言われたんだとか。想いは伝えなきゃならないって。そう励まされたから、やってみる。旦那さまの側にいたいから遠野屋で働かせてくれって。断りましたよ、もちろん、断りました。でも、あのおじょうさん強情で……。それに、八代屋さんのお身内でしょ。邪険にもできません。お役人さま、どうするんです。あなたのせいですからね、何とかしてくださいよ」

「おれが知るかよ。そんなこと言った覚えはねえからな」

「言いやしたよ。おちやさんをさかんに煽ってたじゃねえですかい。どうすんです。娘っ子をその気にさせて。遠野屋さんに大迷惑がかかりやすよ」

「だから、知らねえよ。おれは帰る。遠野屋、膳はまた次だ」

信次郎が背を向けた。おみつが腰に手を当てる。

「まっ、逃げる気ですか。ちょっと、木暮さま」

清之介は店の前に立ち、遠野屋の建物を見上げた。

ここで人が生きている、商いが回っている。騒ぎが起こる。

おちやを愛しいと感じた。女としてではない。真っ直ぐに精一杯生きている命が愛しい。この上なく大切に感じる。

このまま日が過ぎてくれたら。

この愛しい日々の中で老いていけたら。

黒羽織の背中が町角に消えていく。どうしてなのか、そこに兄の背中が重なる。

兄者、今井さまは亡くなりました。あなたの憎しみはどこに向かいます。この先、何を糧《かて》に生きるおつもりです。

「遠野屋さん、雁《かり》が飛んでまさあ」

伊佐治が囁いた。

空を見上げる。

碧空を鳥が渡る。

冬の風が、足元を過ぎていった。

解説

竹山康彦《たけやまやすひこ》
（元旭屋書店取締役）

「わたしにとって、おりんは、弥勒でございました」

この一行が、あさのあつこさんの「弥勒」シリーズを無くてはならない愛読シリーズにした。

新刊を待ち焦がれる作家がいることは、何ものにも代え難い幸せだと思っている。書店に行くと最後に必ず時代小説の棚に向かう。そして平積み、棚差しの背表紙をじっくり見廻す。目当ては勿論、「弥勒」シリーズの新刊である。発売日を確認しているのに足が棚に向かってしまうのだ。

私が籍を置いていた書店チェーンは、店頭のタブレットと専用サイトで新刊を紹介する動画を流していた。紹介する書籍の選定から撮影、撮影時のインタビュー、その後の編集までを自社で行っていた。

作品の紹介は作家さんご自身にお願いしていた。「弥勒」シリーズ七作目『花を呑む』の刊行時もあさのさんご本人に登場していただいた。現在、そのシステムは書店チェーンの手を離れていて、あさのさんの動画を見ることが出来ないのが残念である。

光文社さんから送られてきた『花を呑む』を読了し、遡《さかのぼ》って第一巻『弥勒の月』を読み、全巻を一気に読了した。

ヌーベルバーグ。そう感じた。マイルス・デイヴィスの吹く『死刑台のエレベーター』のテーマが流れてきそうなモノクロームの舞台。

そこに木暮信次郎が立っていた。

亡くなられた読書の達人、児玉清さんが『弥勒の月』の解説にこう書かれている。


同心という埒《らち》の中には到底収まらない信次郎。切れ者故《ゆえ》に日々心の中に出来するいら立ち。枠の中でしか生きられない武家社会の中でも最も辛い下級武士であればなおさらだ。彼の発する突飛な言葉や人の意表を衝くといった奇矯な態度に、読者もどきっとさせられるが、岡っ引の伊佐治もしょっちゅう違和感と驚きを感じては眉をひそめる。一体このお方はどういうお方なんだ、と。

埒外の存在、信次郎。誰とも群れない、馴れあわない、そして人の本性を容赦なく暴き出す。油断しているとスーッと音もなく近づいてきて急所を違《たが》わずひと突きにする。出来れば一生出会いたくない類の男。

本書でも伊佐治にとっての信次郎がこう描かれている。

信次郎に供《とも》して、江戸の巷《ちまた》で起こる事件と向かい合う。そして、伊佐治は震えるのだ。

人はぬばたまの闇と眩《まばゆ》い光を抱え持ち、夜叉にも菩薩にもなれる。善人とか悪人とか、そんな線引きなど何の役にも立たない。決して線引きできないのが人だ。いつも闇と光の間《あわい》にいる。一筋縄ではいかない。正体が知れない。

信次郎といると、人の正体の一端を垣間《かいま》見ることができる。ほんの一端だ。全てを見通すことなど神さまも仏さまもできはしないと、伊佐治は思う。だから、一端でいい。信次郎がいなければ窺《うかが》い知れなかった人の貌《かお》、姿に接し、唸《うな》る。

伊佐治は、信次郎に重ねて己の本性をもさらけ出している。

伊佐治の中で渦巻いている、人の正体や、人の隠された貌を抉《えぐ》り出したいというどす黒い欲望は誰もが持っているのかもしれない。だから、剣呑《けんのん》そのものの信次郎という男から目を離すことができないのだ。

さて本書に本腰をいれよう。

待ちに待った第九巻『鬼を待つ』。唸るほどおもしろい。なにしろ謎解きの糸の絡まり方が尋常ではない。

前作の導入もそうだが、読者はまず目の前にぽーんっと餌を投げられる。この餌が謎を解く鍵なのだが、そんな事をすぐにばらしてしまうような作者ではない。

本書では最初のページに置かれた独白がそれだ。もう一度、全文を味わっていただこう。

ああ、そうか。

こんな力が我が身の内にはあったのか。

知らないまま、今日まで生きてしまった。口惜しい。

でも、明日からは変わる。もう、今までとは違うのだ。

あの人がそう言ってくれた。耳元で囁《ささや》いてくれた。

不意に呼びかけられたときは驚いたけれど、あんな所であの人に出会えたのも神の力だ。

足にも手にも熱がこもる。身体が伸びて行くようだ。

あの一言、あの囁き。

何でもやれる。望むことは何でも。誰も邪魔などできない。

誰にも邪魔などさせない。

先へ進むとしよう。

大川《おおかわ》に鴨が帰ってきた。

独白に続く第一ページはそう始まった。

料理以外はからっきしの太助が、鴨なんぞを眺めているから帰りが遅くなるんだとおふじにやり込められている。息子が仕入れてきた沙魚《はぜ》の下拵えをしながら伊佐治が聞くともなく聞いている。「梅屋」の調理場にあがる湯気はきっと柔らかい。儲かりはしないが人様に喜んでもらえて、きちんとおまんまをいただければそれが幸せだと信じて疑わない。障子越しの日差しにほどよく温められた陽だまりのような場所。伊佐治と「梅屋」の家族の存在に、なんだか毎回ほっとさせられる。

それでも伊佐治親分は禍々《まがまが》しい骸《むくろ》のもとへ飛び出してゆく。それが生きがいなのだと、伊佐治にもおふじにも分かっているのだ。

伊佐治が向かった先は一軒の飲み屋だった。酒の上での喧嘩で、相手を殺してしまったと早とちりした男が首を吊っているのが見つかった。信次郎は自殺に見せかけた殺しではないかと疑っている。男と女が共謀して邪魔な亭主を殺してしまった〝ただの些《さ》事《じ》〟だと言い放つ信次郎に、伊佐治が人ひとり死んでいるのに些事とは、と小言を言う。この辺りの掛け合いが見事なのだ。まるで放蕩《ほうとう》息子を叱る父親のようで、思わずにやついてしまう。そして、あさのさんうまいなぁ、とひとり嬉しくなってくる。

私が「弥勒」シリーズにのめり込むのは、うっかり読み飛ばしそうになる文脈の中に、さりげなく謎解きのヒントを埋め込むセンスがたまらなく好きだからである。いや、さりげないものばかりではない。かっ！　と目を見開いて凝視しているのに、それが謎解きの大きな鍵だったことに気づかないことなど一度や二度ではない。そして、二人の親子のような皮肉と小言の応酬も毎回のお楽しみなのだ。

話を進めよう。

信次郎と伊佐治が必死に慶五郎殺しの下手人を追っている頃、可愛い盛りのおこまを抱き上げる清之介に、女たちのおかしそうな笑い声が聞こえてくる。平穏この上ない場面に作者はこう書いている。

江戸のどこかで陰惨な殺しがあったとしても、何の関わりもない。邪悪なるものも、剣呑なものもここには近寄れない。そう信じ切っている口振りだった。

だが、そうはいかない。

死とも不幸とも無縁の場所など、どこにもないのだ。邪悪は人の内に棲《す》む。だとしたら、人がいる限り鬼は出没し、人を食らう。

前作『雲の果《はたて》』の発売に際して、「小説宝石」二〇一八年六月号の「著者新刊エッセイ」に、十二年、八巻まで続いたシリーズについて寄稿された文中にこうある。

この物語を執筆している最中、ずっと追いかけ、見詰め続けた（ストーカーもどきに）二人の、今まで捉えてきたのとは違う一面がふっと浮かんだ気がしたのだ。（中略）信次郎がやけに信次郎らしく、清之介がまさに清之介そのものの巻だった。だからこそ、この先、その〝らしさ〟〝そのもの〟の姿が変わっていくのではないだろうか。

彼岸のおりんに酷似したおよえの登場に動揺を隠せない清之介。信三にさえ見抜かれるほどのこころの揺れは、冷徹な暗殺者としての過去を持つこの男が、これまで一度も見せたことのない激情だ。これが作者の予言する「〝そのもの〟の姿が変わっていく」ということなのか。

さて、物語は慌ただしく動き始めていく。八代屋の主人太右衛門が別邸の秘密の部屋で、慶五郎同様に首に五寸釘を打ち込まれ、その下を真一文字に切り裂かれた死体で発見される。

八代屋に乗り込む信次郎と伊佐治。

容赦のない尋問によって信次郎の手札が一枚、また一枚と揃いはじめる。謎解きの答えはぎりぎりまで信次郎の中で熟成しつづける。伊佐治も清之介もその瞬間を待つしか手がない。それは私にしても毎回同じなのだが、それもこのシリーズを読む楽しみのひとつなのだ。

熟成から飛び出した鍵が一気に謎の扉を開けにかかる。

人殺しには動機がいる。大工の棟梁・慶五郎を殺す動機は何か？　豪商・八代屋太右衛門の場合は何なのか？　さらに、ふたりは同じ手口で殺されている。慶五郎が八代屋の別邸改築に携わっていたことだけは解っているのだが……。

「弥勒」シリーズの点と点はそう簡単に結びつかない。無数の点が線になり、面となって謎解きの絵図が現れるまでには、幾つもの鍵を掘り出さなければならない。どの巻だったか、どんな禍々しい殺しでも、鬼や魑魅魍魎《ちみもうりよう》の仕業ではない。みんな人がやったことだ。信次郎がそんな事を嘯《うそぶ》いていなかったか。

人がやったことなら腹を据えてとことん抉り出す。それが木暮信次郎なのだ。

信次郎は清之介を〝おれの獲物〟だと言っていた。頰を打擲《ちようちやく》する。いきなり斬りつける。だがいつの頃からか、打擲は気付け薬に、皮肉に警鐘が混ざり込む。清之介は街角に消えようとしている信次郎の背中に兄の姿を重ねている。

シリーズ第九巻『鬼を待つ』は新たな物語のはじまりでもあるのか。

嵐の夜。組屋敷で伊佐治の報告を聴く信次郎。使用人はとっくに寝入ってしまい茶の一杯も出てこない。ふっと頭に浮かんだ。信次郎の母親は、どんな人だったのだろうか。こんな時、丁寧に淹れたお茶を二人の前にそっと置いていってくれる。その人は、弥勒のような人だったかもしれない。

いつの時代も、どんな困難に見舞われても、本は、物語は、人を勇気づけ奮い立たせてくれる。私にとっては、あさのあつこという作家と「弥勒」シリーズがそんな存在なのだ。

二〇一九年五月　光文社刊

光文社文庫

長編時代小説
鬼《おに》を待《ま》つ
著者　あさのあつこ

2021年2月20日　初版1刷発行
2023年12月30日　7刷発行

発行者　三宅貴久
印刷　萩原印刷
製本　ナショナル製本

発行所　株式会社 光文社
〒112-8011　東京都文京区音羽1-16-6
電話 (03)5395-8149 編集部
8116 書籍販売部
8125 業務部

ISBN978-4-334-79161-2 Printed in Japan

組版　萩原印刷